Deux ans de vacances

쥘 베른 지음

1828년에 프랑스 서부의 항구 도시 낭트에서 태어났으며, 어린 시절부터 바다와 그 너머 미지의 세계를 동경했다. 소년 시절 인도행 무역선에 몰래 탔다가 아버지에게 들키자 "앞으로는 꿈속에서만 여행하겠다"고 약속했다고 한다. 변호사인 아버지의 뜻에 따라 법률을 공부했으나 그의 꿈은 작가가 되는 것이었다. 20대에는 극작가를 지망했지만 빛을 보지 못했고, 1863년에《기구를 타고 5주간》이 출간되어 성공을 거두면서 인기 작가가 되었다. 그 후《해저 2만 리》《80일간의 세계일주》같은 '경이의 여행' 연작을 해마다 두어 편씩 집필하여 1905년에 죽을 때까지 80여 편의 장편소설을 남겼다. 세계 각국에서 번역되어 수많은 독자들의 사랑을 받았으며, 그는 '과학소설의 아버지'라는 칭호를 얻었다.

김석희 옮김

서울대학교 불문학과를 졸업하고 대학원 국문학과를 중퇴했으며, 1988년 한국일보 신춘문예에 소설이 당선되어 작가로 데뷔했다. 영어·프랑스어·일본어를 넘나들며 허먼 멜빌의《모비 딕》, 헨리 소로의《월든》, F. 스콧 피츠제럴드의《위대한 개츠비》, 알렉상드르 뒤마의《삼총사》, 생텍쥐페리의《어린 왕자》, 시오노 나나미의《로마인 이야기》등 많은 책을 번역했으며, 제1회 한국번역대상을 받았다.

Deux ans de vacances
15소년 표류기
2년 동안의 방학

쥘 베른 지음 | 김석희 옮김

1판 1쇄 인쇄 2023년 3월 27일 | 1판 1쇄 발행 2023년 4월 3일

펴낸이 정중모 | 펴낸곳 열림원어린이 | 등록 1988년 1월 21일(제406-2000-000202호)
편집장 서경진 | 편집 정혜연, 김보라 | 디자인 권순영 | 마케팅 김선규 | 홍보 최가인
온라인사업팀 서명희 | 제작 윤준수 | 관리 이원희, 고은정, 구지영
주소 경기도 파주시 회동길 152
전화 031-955-0670 | 팩스 031-955-0661 | 홈페이지 www.yolimwon.com
전자우편 bbchild@yolimwon.com

ISBN 978-89-6155-062-8 04800, 978-89-6155-905-8(세트)

어린이제품안전특별법에 의한 제품 표시
제조자명 열림원어린이 | 제조년월 2023년 3월 | 제조국 대한민국 | 사용연령 8세 이상

Deux ans de vacances

15소년 표류기
2년 동안의 방학

쥘 베른 지음 | 김석희 옮김

열림원어린이

쥘 베른(Jule Verne)은 과학의 시대가 시작될까 말까 한 1828년에 태어나 20세기가 막 시작된 1905년에 세상을 떠났습니다. 그러니 그는 19세기 사람이었지요. 게다가 그는 과학자도 아니고 기술자도 아니었습니다. 그런데도 그는 20세기에 이룩된 놀라운 과학기술의 진보에 실질적으로 참여했습니다. 영감을 받은 몽상가이자 인류의 미래상을 통찰한 예언자로서.

베른은 죽을 때까지 80여 편의 소설을 썼는데, 과학소설·모험소설·환상소설 등이 망라된 이 총서를 '경이의 여행' 시리즈라고 부릅니다. 그중에서 62편의 장편 소설을 보면 지상과 지하, 하늘과 바다에 그가 '탐험'하지 않은 곳이 없고, 그가 작품 속에서 '발명'한 기계와 장치들 중에는 훗날 실용화되어 우리 생활에 편의를 가져다준 것이 적지 않습니다. 그래서 우리는 그에게 '과학소설의 아버지'라는 칭호를 바침으로써 그의 공적을 기리고 있는 것이지요.

이렇게 놀라운 상상력과 비범한 통찰력을 가진 작가 쥘 베른은 어떤 사람이었을까요?

쥘 베른은 프랑스 북서부의 항구 도시 낭트에서 태어났습니다. 낭트는 대서양으로 흘러드는 루아르강 연안에 위치한 지리적 여건 때문에 예로부터 무역 기지로 발달했으며, 그런 만큼 이국정서가 풍부한 도시였지요. 그런 환경 속에서 태어나 자란

덕에 쥘 소년의 마음에도 일찍부터 바다와 그 너머에 대한 동경이 싹텄던 모양입니다.

그의 생애를 이야기할 때면 빼놓지 않고 인용되는 에피소드가 하나 있습니다. 열한 살 때인 1839년, 동갑내기 사촌누이에게 연정을 품고 있던 쥘은 산호 목걸이를 구해다 주려고 인도로 가는 무역선에 몰래 탔다가 배가 프랑스 해안을 벗어나기 직전에 루아르강 어귀에서 아버지에게 붙잡히고 맙니다. 그때 소년은 "앞으로는 상상 속에서만 여행하겠다"고 약속했다고 합니다. 이 유명한 '전설'이 사실인지 아닌지는 알 수 없지만, 낭만적인 꿈을 좇아 미지의 세계로 떠나려는 소년의 모습은 과연 쥘 베른답다는 생각이 듭니다.

그 후 베른은 변호사인 아버지의 뜻에 따라 법조계에 진출하려고 파리로 나와 법률을 공부하게 됩니다. 1849년에 법학대학을 졸업했지만, 소싯적부터 문학에 관심을 가졌던 베른은 낭트로 돌아가지 않고 문학의 길을 걷기로 결심합니다. 1857년에는 남편을 여의고 두 아이를 키우던 젊은 여인 오노린과 결혼했으며, '생계를 위해' 한때 증권거래소에 취직하기도 했습니다.

그러면서도 베른의 문학 활동은 계속되었지만, 가벼운 희극이나 단편소설을 쓰는 정도였습니다. 그러다가 1862년에 베른은 열기구를 타고 아프리카 대륙을 탐험하는 이야기를 썼습니다. 당시 열기구 비행은 대중의 관심을 모았지만, 베른의 소설은 출간될 전망조차 보이지 않았습니다. 그는 원고를 들고 여기저기 출판사를 찾아다니는 형편이었지요. 그 무렵, 베른의 생애에서 가장 중요한 만남이 이루어집니다. 피에르-쥘 에첼(1814~86)과의 만남이었습니다.

에첼은 단순한 출판업자가 아니었습니다. 직접 작품을 쓴 작가였고, 공화주의자로서 나폴레옹 3세의 제정(1852~1870)이 시작되자 벨기에로 잠시 망명했다가 파리로 돌아온 뒤에는 아동도서 출판에 힘을 쏟게 됩니다. 당시 프랑스에서는 가톨릭교회가 아동 교육을 지배하고 있었습니다. 프랑스의 미래는 교육에 달려 있다고 생각한 에첼은 나라의 새싹들이 종교에 편향되고 시대에 뒤떨어진 교육에 묶여 있는 현실을 개탄하고, '재미있고 유익한 책', 특히 당시의 교육 체제에서 무시되고 있던 유용한 과학 지식을 알기 쉽게 가르치는 서적을 출판하여 새 시대에 어울리는 아이들을 키우려고 했습니다.

1862년에 에첼은 청소년용 잡지인 〈교육과 오락〉을 창간할 계획을 세우고 집필자를 찾고 있었습니다. 따라서 두 사람의 만남은 양쪽에 운명적인 고리가 되었지요. 에첼은 베른의 원고를 읽고는 그 재능을 한눈에 알아보고 장기 계약을 맺었습니다. 이리하여 소설가 베른이 탄생하게 된 것입니다.

1863년에 《기구를 타고 5주간》이 출간되어 대성공을 거두었고, 그 후 베른은 쌓여 있던 것을 토해 내듯 차례로 작품을 써냈습니다. 그리하여 '경이의 여행' 시리즈로 지금도 전 세계 독자들에게 사랑받고 있는 걸작들이 1년에 두세 권이라는 놀라운 속도로 잇따라 태어났습니다.

1869년에 《해저 2만 리》를 발표한 뒤, 1872년에는 파리를 떠나 아내의 고향인 아미앵으로 이주했습니다. 이 무렵부터 베른은 국민적, 아니 세계적인 명성을 얻게 되었습니다. 발표하는 작품마다 베스트셀러가 되었고, 레지옹도뇌르 훈장과 아카데미 프랑세즈 문학상 등의 영예도 얻었지요. 이렇게 명성과 부를 얻었지만 그의 생활방식에는 거의 변화가 없었습니다. 1888년에는 아미앵 시의회 의원에 당선되기도 했지만, 사교계에는 발을 끊고 집안에 틀어박힌 채, 백내장으로 말미암은 시력 저하와 싸우면서도 집필에만 몰두했습니다.

1905년, 전부터 앓고 있던 당뇨병이 악화하여, 3월 24일 베른은 가족에게 둘러싸인 가운데 숨을 거두었습니다. 장례식에는 수많은 사람이 모여들었고, 전 세계에서 조의를 표하는 편지가 밀려들었다고 합니다.

《15소년 표류기》는 1888년에 〈교육과 오락〉 잡지에 연재된 뒤 단행본으로 출간되었습니다.

여덟 살부터 열네 살까지의 소년 15명이 탄 배가 뜻하지 않은 사고로 폭풍에 휩쓸려 남태평양을 표류하다가 무인도에 도착합니다. 도와줄 어른도 하나 없이 소년들은 자기들만의 힘으로 살아 나가야 합니다.

너무나 유명한 이 작품은 벌써 몇 세대에 걸쳐, 특히 작품 속의 소년들과 같은 나이 또래인 독자들에게 널리 읽히며 열광을 자아냈습니다. 아니, 과거만이 아니라 앞으로도 시대를 뛰어넘어 계속 읽힐 것입니다. 무인도에 표착한 아이들이라는 특이한 소재는 언제나 사람들의 호기심을 부추기는 주제이기 때문이지요.

영국의 소설가 다니엘 디포가 1719년에 《로빈슨 크루소》를 발표하여 성공을 거두자, 그 후 여러 나라의 작가들이 '무인도 이야기'에 도전했는데, 그들 중에서도 쥘 베른은 중요한 위치를 차지하고 있습니다. 《15소년 표류기》를 쓰기 전에도 《모피의 나라》와 《신비의 섬》,《로빈슨의 학교》를 발표하여 다양한 '로빈슨의 모습'을 만들어 내려고 시도했기 때문입니다.

《15소년 표류기》도 '무인도 이야기'의 계보에 속하지만, 소년들만 등장했다는 점이 당시로서는 매우 이채롭고 신선했을 것입니다. 어른도 살아남기 힘든 무인도의 가혹한 환경에서 나이도 어린 소년들이 어떻게 살아가느냐가 흥미를 불러일으킨 것이지요.

열다섯 소년들의 활약상은 실로 감탄을 자아냅니다. 난파선에서 가져온 물건들을 점검하는 일에서부터, 물고기를 잡고 사냥을 하고 동굴을 거처로 꾸미고 짐승을 잡아다 가축으로 기릅니다. 선거로 지도자를 뽑고, 어른 사회의 축소판 같은 공동체를 이룩해 냅니다. 리더십을 둘러싸고 파벌이 생기는 것까지 문명 사회의 복사판입니다.

호방하고 다정한 성격으로 아이들을 통솔하는 브리앙은 프랑스인, 영리하고 자존심이 강한 도니펀은 영국인, 현실적이고 판단력이 뛰어난 고든은 미국인입니다. 이렇게 소년들의 국적이 다양한 것도 이 작품의 특징이고, 무인도 소설의 새로운 면일 테지만, 견습 선원이자 손재주가 좋은 흑인 소년 모코를 등장시켜 크게 활약하게 하면서도 그에게만 투표권을 주지 않은 것은 당시의 시대적 상황에 따른 한계일 것입니다.

이 소설은 원제목이 《2년 동안의 방학》(Deux ans de vacances)입니다. 그런데도 《15소년 표류기》로 알려진 것은 1896년에 일본에서 번역하면서 붙인 제목이 오랫동안 통용되었고, 우리나라에서도 그대로 따랐기 때문입니다. 이번에 새로 번역하면서, 그동안 잘못 쓰여 온 제목도 바로잡았습니다. 다만, 이제 와서 제목을 바꾸면 다른 작품인 것처럼 혼란을 일으킬 우려가 있어서, '15소년 표류기'를 부제로 덧붙였습니다.

책 속에 실린 삽화는 레옹 브네트(1839～1916)가 동판화로 제작한 것입니다.

끝으로, '쥘 베른 걸작선'(전20권/열림원)이라는 이름의 번역 선집이 나와 있음에도 아동-청소년용으로 새로 다듬어 펴내는 사정을 밝히려고 합니다.

쥘 베른의 '경이의 여행' 시리즈는, 앞에서도 말했듯이 프랑스의 아이들에게 근대 과학과 세계 문명에 대한 지식을 보급하려는 취지에서 기획되었습니다. 그런 만큼 다양한 정보가 장면에 따라 펼쳐지고, 온갖 용어가 나열되기도 합니다. 당시만 해도 가장 새롭고 높은 수준의 지식이었을 테지만, 지금의 관점에서 보면 시대에 뒤떨어진 설명이 될 수밖에 없지요. 게다가 19세기 중엽의 이야기를 다루고 있어서, 오늘날의 아이들이 읽기에는 어렵거나 지루해서 걸림돌이 되는 부분도 적지 않습니다. 이런 문제 때문에 우리나라 아이들이 읽는 데 불편하다면, 그 불필요한 곁가지(말하자면 원작을 읽을 때 건너뛰어도 괜찮은 부분)를 쳐내는 방식으로 축약해도 좋지 않을까 싶었습니다.

작업은 두 단계로 진행되었습니다. '쥘 베른 걸작선'에 포함

된 《15소년 표류기》를 대본으로 삼아, 우선 수필가인 최향숙 씨가 두 아이를 키운 엄마의 눈높이로 곁가지를 정리해 주었고 (그 자상한 노고에 감사드립니다), 그런 다음 내가 두 손주를 둔 할아버지의 마음으로 글과 내용을 다듬었습니다. 그러니 한결 쉽고 편하게 읽을 수 있을 것이고, 그런 만큼 읽는 재미도 더욱 쏠쏠해질 것이라 믿습니다.

2023년 새봄을 맞으며
김석희

| 차례 |

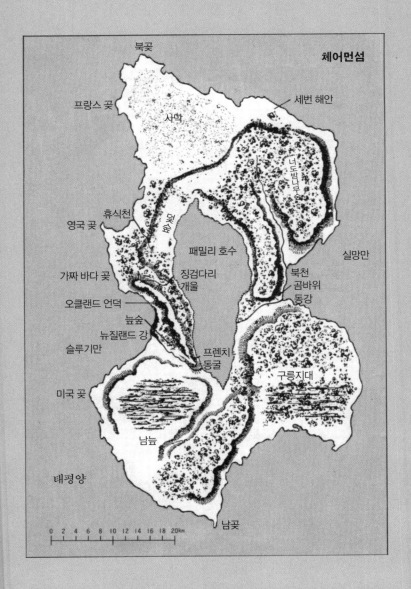

체어먼섬

북곶
프랑스 곶
세번 해안
사막
너도밤나무숲
휴식천
덫숲
영국 곶
패밀리 호수
실망만
가짜 바다 곶
징검다리
개울
북천
곰바위
오클랜드 언덕
동강
늪숲
뉴질랜드 강
슬루기만
프렌치
동굴
구릉지대
미국 곶
남늪
태평양
남곶

0 2 4 6 8 10 12 14 16 18 20km

1장

폭풍 속의 스쿠너

1860년 3월 9일 밤, 먹구름이 낮게 바다를 뒤덮어 몇 미터 앞도 보이지 않았다.

물마루는 납빛으로 번득이며 부서지고 있었다. 거칠게 날뛰는 이 바다 위를 돛도 다 찢어진 작은 배 한 척이 달리고 있었다.

100톤쯤 되는 스쿠너였다. 스쿠너는 영국과 미국에서 쌍돛대 범선을 일컫는 말인데, 이 배의 이름은 '슬루기호'였다. '슬루기'는 북아프리카의 사냥개를 말한다.

밤 11시였다. 이 위도에서는 3월 초에도 아직 밤이 짧다. 아침 5시쯤이면 동이 트기 시작할 것이다.

'슬루기호' 뒷갑판에서는 열네 살 소년 한 명과 열세 살 소년 두 명, 그리고 열두 살짜리 견습 선원인 흑인 한 명이 타륜에 달라붙어 있었다. 그들은 힘을 모아 배가 한쪽으로 기우는 것을 막으려고 안간힘을 쓰고 있었다. 그것은 여간 힘든 일이 아니었다. 걸핏하면 타륜이 거꾸로 돌면서 소년들을 갑판 난간 너머로 내동댕이치려 했기 때문이다.

"브리앙, 키를 잡고 있어?" 한 소년이 물었다.

"그래, 고든." 브리앙이 대답했다.

그는 벌써 침착성을 되찾고 자기 위치로 돌아가 있었다. 그러고는 세 번째 소년에게 말했다.

"도니펀, 정신 차려. 용기를 잃으면 안 돼. 다른 아이들도 구해야 하니까!"

그들은 영어로 대화를 나누고 있지만, 브리앙의 말투에는 프랑스어 억양이 섞여 있었다.

브리앙은 견습 선원을 돌아보았다.

"모코, 다치지 않았니?"

"괜찮습니다, 브리앙 씨." 모코가 대답했다. "하지만 뱃머리를 앞쪽으로 돌려야 할 것 같은데요. 안 그러면 침몰할지도 몰라요!"

그때 선실로 통하는 문이 벌컥 열리더니, 작은 얼굴 두 개가 갑판에 나타났다. 동시에 개도 한 마리 얼굴을 내밀고는 요란하게 짖어 댔다.

"브리앙! 도대체 무슨 일이야?" 아홉 살쯤 된 소년이 소리쳤다.

"아무것도 아니야, 아이버슨. 걱정할 것 없어. 돌을 데리고 선실로 돌아가. 우물쭈물하지 말고, 어서!"

"너무 무서워!" 아이버슨보다 어려 보이는 소년이 말했다.

"다른 애들은?" 도니펀이 물었다.

"우리랑 마찬가지야." 돌이 대답했다.

"둘 다 돌아가! 어서!" 브리앙이 명령했다. "선실에서 나오지 마. 담요를 뒤집어쓰고 눈을 꼭 감고 있어. 그러면 무섭지 않을 거야! 조금도 위험하지 않아!"

"조심하세요! 또 파도가 오고 있어요!" 모코가 소리쳤다.

엄청난 파도가 고물(배의 뒤쪽 부분)을 덮쳤다. 하지만 이번에는 다행히 배가 파도를 뒤집어쓰지 않았다.

"어서 돌아가라니까!" 이번에는 고든이 소리쳤다.

"자, 얘들아, 어서 돌아가렴." 브리앙이 상냥하게 말했다.

두 아이는 선실로 사라졌지만, 곧이어 또 다른 소년이 승강구에서 얼굴을 내밀었다.

"브리앙, 우리가 도와줄 일은 없어?"

"없어, 백스터. 너하고 크로스, 웨브, 서비스, 윌콕스는 꼬마들이랑 함께 남아 있어. 여기는 우리 넷이면 충분해."

백스터는 승강구 안쪽에서 문을 닫았다.

아까 돌은 "다른 애들도 무서워한다!"고 말했다. 그렇다면 폭풍에 휩싸인 이 배에는 아이들밖에 없단 말인가? 그렇다.

이 배에는 아이들밖에 없었다. 그럼 아이들은 몇 명이나 타고 있을까? 고든·브리앙·도니펀과 견습 선원을 포함하여 모두 열다섯 명이었다. 아이들은 어떤 사정으로 이 배에 타게 되었을까? 그건 이제 곧 알게 될 것이다.

따라서 이 망망대해에서 '슬루기호'가 어디쯤 있는지, 그 정확한 위치를 대답할 수 있는 사람은 하나도 없었다. 그러면 여기는 어느 바다인가? 오대양 가운데 가장 넓은 바다, 오스트레일리아와 뉴질랜드에서 남아메리카 해안까지 8,000킬로미터가 넘게 펼쳐져 있는 태평양이다!

브리앙과 친구들은 배가 한쪽으로 기울어지지 않도록 안간힘을 쓰고 있었다.

"어떡해?" 도니펀이 소리쳤다.

"살아남으려면 무슨 짓이든 해야지. 하느님이 도와주실 거야!" 브리앙이 대답했다. 나이도 어린 소년이 그렇게 말했다. 기운이 팔팔한 어른이라도 희망을 잃고 주저앉을 판인데!

폭풍은 점점 심해졌다. '슬루기호'는 벼락에라도 맞은 것처럼 침몰할 위기에 놓여 있었다. 게다가 이틀 전에 주돛대가 갑판에서 1미터쯤 올라간 곳에서 뚝 부러지는 바람에 주돛을 달 수가 없게 되었다. 뱃머리에서는 누더기처럼 찢어진 삼각돛이 탁탁 요란한 소리를 내며 바람에 펄럭이고 있었다. 돛이라고는 이제 앞 돛밖에 남지 않았지만, 그것마저 당장 찢어질 것 같았다. 이 앞 돛이 찢어지면 배는 휘몰아치는 바람 속에서 선체를 지탱하지 못하고 옆파도를 받아 전복하여, 눈 깜짝할 사이에 침몰하고 말 것이다. 그리고 배와 함께 소년들도 깊은 바닷속으로 사라질 것이다.

난바다에는 섬 하나 보이지 않았고, 동쪽에도 육지는 전혀 보이지 않았다. 해안에 좌초하는 것은 무서운 일이지만, 그래도 거칠게 날뛰는 이 난바다에서 폭풍과 싸우는 것보다는 나았다. 어떤 해안이든, 해안에 당도하는 것만이 살 길이었다.

그래서 소년들은 불빛을 찾고 있었다. 불빛이 보이면 그쪽으로 뱃머리를 돌릴 수 있다!

하지만 이 깊은 어둠 속에서는 어디를 둘러보아도 희미한 불빛 하나 보이지 않았다.

오전 1시쯤, 갑자기 무언가가 찢어지는 요란한 소리가 으르렁거리는 바람 소리를 삼켰다.

"앞 돛대가 부러졌어!" 도니펀이 외쳤다.

"아니에요! 돛이 밧줄에서 뜯겨 나간 거예요!" 견습 선원이 말했다.

"돛을 내려야 해." 브리앙이 말했다. "고든은 도니펀과 함께 키를 맡아. 모코, 너는 나를 도와줘."

모코는 견습 선원이니까 항해에 대한 지식을 어느 정도 갖고 있었지만, 브리앙도 지식이 전혀 없는 것은 아니었다. 유럽에서 오세아니아로 건너올 때 이미 대서양과 태평양을 항해했기 때문에, 그때 배를 조종하는 법을 어깨너머로 익혔던 것이다.

브리앙과 모코는 용감하게 뱃머리 쪽으로 갔다. 배가 옆으로 기우는 것을 막으려면 어떻게든 앞 돛을 내려야 한다. 앞 돛 아래쪽이 크게 부풀어 올라, 배가 금방이라도 뒤집힐 것처럼 옆으로 기울어져 있었다.

이런 상황에서 브리앙과 모코는 멋진 솜씨를 보여 주었다. 두 소년은 돌풍이 계속되는 동안 '슬루기호'가 순풍을 받을 수 있도록 돛을 최대한 남겨 두기로 작정했다. 그래서 활대를 움직이는 밧줄을 풀어, 갑판에서 2미터 높이까지 돛을 내렸다. 그리고 너덜너덜해진 부분을 칼로 잘라 내고, 돛의 아래쪽 양 끝에 달린 밧줄을 선체에 단단히 묶었다. 그러는 동안 용감한 두 소년은 스무 번도 넘게 파도에 휩쓸릴 뻔했다.

작업이 끝나자 브리앙과 모코는 고든과 도니펀 곁으로 돌아와 키를 잡았다.

그때 또다시 승강구가 열리고 한 소년이 얼굴을 내밀었다. 브리앙보다 세 살 아래인 동생 자크였다.

"왜 그래, 자크?" 브리앙이 물었다.

"형, 이리 좀 와 봐. 선실로 물이 들어오고 있어."

"정말이야?" 브리앙이 외쳤다.

브리앙은 승강구 쪽으로 달려가, 서둘러 아래로 내려갔다.

선실은 등불 하나가 어렴풋이 비추고 있었다. 그 희미한 불빛 속에서 여남은 명의 아이들이 의자나 간이침대에 누워 있었다. 여덟 살이나 아홉 살밖에 안 된 아이들이 서로 몸을 맞댄 채 부들부들 떨고 있었다.

브리앙은 우선 아이들을 안심시키려고 애썼다.

"괜찮아. 우리가 있잖아. 걱정 마!"

등불을 비추어 보았더니 선실 마룻바닥에 물이 흥건했다.

이 물이 도대체 어디로 들어왔을까? 뱃전의 널판 틈새로 새어 들어왔을까? 그것부터 먼저 확인해야 한다.

배 앞쪽에는 커다란 방과 식당과 승무원실이 있었다. 브리앙은 그 방들을 둘러보고, 흘수선(배가 물 위에 떠 있을 때 배와 수면이 만나는 경계선) 위와 밑에도 물이 들어오는 틈새가 없다는 것을 확인했다. 그렇다면 배가 뒤쪽으로 기울어졌을 때 고물로 넘쳐 들어온 물과 앞쪽에서 큰 파도를 뒤집어썼을 때 들어온 물이 해치를 통해 선실로 흘러들었을 뿐이다. 그렇다면 별로 위험하지 않다.

브리앙은 선실로 돌아와 아이들을 안심시키고, 키(배의 방향을 조종하는 장치)가 있는 뒷갑판으로 돌아갔다.

밤 1시였다. 바람은 더욱 거칠게 휘몰아쳤다. 습새의 날카로운 울음소리가 공기를 갈랐다.

한 시간쯤 뒤에 갑판에서 또다시 무언가가 찢어지는 소리가 들렸다. 앞 돛의 나머지 부분이 갈기갈기 찢어진 것이다. 누더기처럼 찢어진 돛이 거대한 갈매기처럼 휘날렸다.

"이젠 돛이 하나도 없어!" 도니펀이 외쳤다. "다른 돛을 펼 수도 없어!"

"괜찮아." 브리앙이 대답했다. "돛이 없어도 속도는 떨어지지 않으니까."

"뒤쪽 파도를 조심하세요!" 모코가 소리쳤다. "꽉 잡고 있지 않으면 파도에 휩쓸릴 거예요."

모코가 말을 미처 끝내기도 전에 큰 파도가 배를 덮쳤다. 고물 쪽에서 엄청난 물이 갑판으로 쏟아져 들어왔다. 브리앙과 도니펀과 고든은 승강구가 있는 곳까지 휩쓸려 가다가 간신히 승강구 문고리를 붙잡고 매달렸다. 하지만 모코는 고물에서 이물(배의 앞쪽 부분)까지 휩쓸고 지나간 파도와 함께 사라져 버렸다. 이 파도는 배 안쪽에 있던 소형 보트 두 척과 중형 보트 한 척, 예비 돛대와 활대 몇 개와 나침반 상자도 휩쓸어 가 버렸다.

"모코! 모코!" 브리앙이 큰 소리로 견습 선원을 불렀다.

"모코가 바다에 빠졌어?" 도니펀이 물었다.

"그건 아닌데, 보이지도 않고 목소리도 안 들려!" 고든은 뱃전 너머로 몸을 내밀어 바다를 바라보면서 말했다.

"모코를 구해야 해. 구명대와 밧줄을 던져 주자!" 브리앙이 말했다.

바람이 잠깐 멎은 사이에 브리앙의 목소리가 다시 울려 퍼졌다.

"모코! 모코!"

"여기예요! 여기!" 모코의 목소리가 들려왔다.

"바다가 아니야. 뱃머리 쪽에서 들렸어!" 고든이 말했다.

"내가 구해 줄게!" 브리앙이 외쳤다.

브리앙은 갑판에 납작 엎드린 채 앞쪽으로 기어가기 시작했다. 느슨해진 밧줄 끝에서 흔들리고 있는 도르래에 부딪히지 않도록 조심해야 하고, 미끄러운 갑판 위에서 바다로 굴러떨어지지 않도록 조심해야 한다.

끈질긴 노력 끝에 브리앙은 선원실로 통하는 승강구에 이르렀다.

그는 큰 소리로 모코를 불러 보았다. 하지만 아무 응답도 없었다.

그럼, 모코는 어떻게 되었을까? 마지막으로 소리를 지른 뒤 파도에 휩쓸려 버렸을까? 그러면 모코를 구할 길이 없다…….

그런데 그게 아니었다! 아까보다 훨씬 약한 외침 소리가 브리앙의 귀에 들려왔다. 브리앙은 닻을 감아올리는 권양기 쪽으로 돌진했다. 권양기 밑에 비스듬한 돛대가 박혀 있었는데, 브리앙이 그쪽으로 손을 뻗자 버둥거리고 있는 몸에 손이 닿았다.

견습 선원 모코였다. 모코는 뱃전과 뱃머리가 맞닿은 모서리에 끼어 있었다. 버둥거릴수록 돛을 올리는 밧줄이 팽팽하게 당겨져서 모코의 목을 죄었다. 파도에 휩쓸려 가다가 밧줄에 엉키는 바람에 하마터면 목이 졸려 죽을 뻔한 것이다.

브리앙은 칼을 꺼내, 모코를 휘감고 있는 밧줄을 잘랐다. 그러고는 모코를 데리고 고물로 돌아왔다. 겨우 말을 할 수 있게 되자 모코는 먼저 브리앙에게 말했다.

"고맙습니다. 덕분에 살았어요. 정말 고맙습니다!"

모코는 다시 키를 잡았다. 네 소년은 힘을 합쳐 '슬루기호'의 앞길을 가로막는 파도와 싸웠다.

4시 반쯤, 희미한 빛이 조금씩 퍼져 머리 위에 이르렀다. 공교롭게도 안개가 자욱하여 300미터 앞도 보이지 않았다. 스쿠너는 높은 물마루 위로 치솟았다가 골짜기로 곤두박질치고 있었다. 옆파도를 받는 날이면 배는 순식간에 뒤집히고 말 것이다.

네 소년은 한데 뒤엉킨 채 거칠게 날뛰는 바다를 바라보고 있었다. 당장이라도 파도가 가라앉지 않으면 상황은 절망적이었다. '슬루기호'는 갑판에 떨어지는 파도를 더 이상 견디지 못하고, 결국 승강구가 부서지고 말 것이다.

그때 모코가 소리를 질렀다.

"육지다! 육지야!"

모코는 아침 안개를 뚫고 동쪽에서 해안선을 보았다고 믿었다. 잘못 본 게 아닐까? 소용돌이치는 구름과 헷갈리기 쉬워서 어렴풋한 해안선을 분간하기는 여간 어려운 일이 아니었다.

"육지라고?" 브리앙이 되물었다.

"그렇습니다. 육지가…… 저기 동쪽에!"

모코는 이제 안개에 가려져 버린 수평선의 한 점을 가리켰다.

"확실해?" 도니펀이 물었다.

"예, 확실합니다." 모코가 대답했다. "또 안개가 갈라지면 잘 보세요. 저기…… 앞 돛대보다 조금 오른쪽…… 저기요, 저기!"

아침 안개가 수면에서 위쪽으로 조금씩 걷히기 시작했다. 곧이어 바다가 몇 킬로미터까지 모습을 드러냈다.

"그래, 육지다! 분명히 육지야!" 브리앙이 소리쳤다.

"아주 낮은 육지야!" 앞쪽 해안선을 물끄러미 바라보고 있던 고든이 말했다.

이번에야말로 의심할 여지가 없었다. 대륙인지 섬인지는 모르겠지만, 10킬로미터쯤 되는 육지가 넓은 수평선 위에 뚜렷이 떠올라 있었다.

그때 또다시 바람이 맹렬히 몰아치기 시작했다. '슬루기 호'는 깃털처럼 가볍게 바람을 타고 해안으로 돌진했다. 해안선 뒤에는 절벽이 우뚝 솟아 있었지만, 높이는 50미터 내지 70미터를 넘지 않았다. 앞쪽에는 모래밭이 펼쳐져 있고, 오른쪽은 숲에 둘러싸여 있었다. 그 숲은 내륙의 숲으로 이어져 있는 듯했다.

도니펀과 고든과 모코가 키를 잡고 있는 동안, 브리앙은 뱃머리로 가서 빠르게 다가오는 육지를 바라보고 있었다. 브리앙은 되도록 유리한 조건으로 배를 댈 곳을 찾아보았지만 허사였다. 해안 앞에는 암초가 한 줄로 늘어서서, 파도 사이로 검은 머리를 삐죽 내밀고 있었다. 그런 암초에 부딪히면 '슬루기호'는 눈 깜짝할 사이에 산산조각이 나 버릴 것이다.

브리앙은 배가 좌초하게 되면 모두 갑판에 나와 있는 게 낫다고 생각했다. 그래서 승강구를 열고 소리쳤다.

"모두 올라와!"

가장 먼저 개가 뛰어나오고, 뒤이어 여남은 명의 아이들이 갑판으로 올라와 고물 쪽으로 기어갔다. 하급생 아이들은 여울 때문에 더한층 높아진 파도를 보고는 무서운 듯 비명을 질렀다.

"모두 조심해! 정신 바짝 차려!" 브리앙은 계속 소리쳤다.

갑자기 최초의 충격이 느껴졌다. '슬루기호'의 뒤쪽 용골(배 밑바닥 한가운데를 떠받치는 길고 큰 목재)이 바닥에 닿았다. 배 전체가 흔들리긴 했지만 물은 들어오지 않았다.

망망대해 한복판은 아니지만, 그래도 해안까지는 아직 400미터나 남아 있었다.

2장

외딴 육지에 표착하다

그때 안개 장막이 걷히면서 시야가 트였다. 배 주위에 펼쳐진 넓은 바다가 한눈에 들어왔다. 구름장은 여전히 빠른 속도로 날아가고 있었다. 바람은 아직도 기세를 잃지 않았다.

소년들은 서로 몸을 맞댄 채 모여 있었다. 배가 움직이지 않게 되었기 때문에 충격이 더욱 심해졌다. 하지만 파도가 덮칠 때마다 골조까지 뒤흔들리긴 해도, 배에 구멍이 뚫리지는 않았다.

브리앙과 고든은 특히 하급생 아이들을 안심시키려고 애썼다.

"걱정 마." 브리앙은 이 말을 계속 되풀이하고 있었다. "이 배는 튼튼하니까. 해안도 멀지 않아! 조금만 기다려 보자. 그러면 해안으로 갈 방법을 찾을 수 있을 거야."

"왜 기다려야 해?" 도니펀이 물었다.

"그래, 왜 기다려야 해?" 열두 살 난 윌콕스도 불평을 했다. "도니펀 말이 옳아. 왜 기다려야 하냐고?"

"아직은 바다가 거칠어서 바위에 부딪힐 위험이 있으니까." 브리앙이 대답했다.

"배가 부서지면 어떡해?" 윌콕스와 같은 또래의 웨브가 끼어들었다.

"그건 걱정하지 않아도 돼." 브리앙이 대답했다. "이제 곧 썰물이 져서 물이 빠질 거야. 그리고 바람이 조금 가라앉으면 그때 배에서 탈출하는 거야."

브리앙의 판단이 옳았다. 태평양에서는 간만의 차이가 아주 크다. 따라서 바람이 점점 가라앉고 있는 경우에는 몇 시간 기다리는 것이 상책이다. 썰물이 지면 많은 암초가 얼굴을 드러낼 것이다. 그때 배를 떠나는 편이 안전하고, 해안까지 400미터를 훨씬 쉽게 건널 수 있다.

이미 분명해졌듯이, 도니펀·윌콕스·웨브·크로스는 브리앙과 사이가 좋지 않았다. '슬루기호'를 타고 항해하는 동안 이들 네 소년이 브리앙의 말에 고분고분 따른 것은 그가 항해에 익숙하다는 평판이 있었기 때문이다. 하지만 육지에 도착하기만 하면 당장 제멋대로 행동할 작정이었다. 특히 도니펀은 아는 것도 많고 머리도 좋았기 때문에, 브리앙이나 다른 아이들보다 자기가 훨씬 뛰어나다고 우쭐대고 있었다. 게다가 도니펀은 오래전부터 브리앙을 시샘했고, 브리앙이 프랑스인이라는 이유만으로 영국 소년들은 브리앙의 말에 고분고분 따를 마음이 나지 않았다.

브리앙이 옆에 있는 고든과 아이들에게 말하고 있었다.

"무슨 일이 있어도 우리는 따로 떨어지면 안 돼! 모두 함께 붙어 있어야 해! 그렇지 않으면 살아날 수 없어!"

"우리한테 이래라저래라 명령하지 마!" 도니펀이 브리앙에게 큰 소리로 외쳤다.

"그럴 생각은 전혀 없어. 다만 모두 무사히 살아남기 위해서는 서로 협력해야 한다는 것뿐이야."

"브리앙 말이 옳아!" 고든이 말했다. 이 차분하고 성실한 소년은 충분히 생각한 뒤에야 의견을 말하는 성격이었다.

도니펀은 대꾸하지 않았다. 하지만 도니펀과 그 친구들은 탈출할 시간을 기다리는 동안 다른 아이들한테서 떨어진 곳에 모여 있었다.

그런데 눈앞에 보이는 육지는 어디일까? 태평양에 떠 있는 섬일까? 아니면 대륙일까?

저 육지가 섬이라면, '슬루기호'가 좌초한 지금 어떻게 섬을 떠날 수 있을까? 배를 암초에서 들어 올려 바다에 띄우지 못하면, 밀물이 배를 암초 위로 끌고 가서 당장 부숴 버릴 것이다.

저 육지가 대륙이라면 살아날 가망이 크다. 태평양 동쪽에 있는 대륙이라면 남아메리카 대륙이 분명하기 때문이다.

주위가 상당히 밝아졌기 때문에 해안을 구석구석 볼 수 있게 되었다. 해안과 그 너머에서 해안을 둘러싸고 있는 절벽, 그 벼랑 기슭에 있는 숲을 뚜렷이 분간할 수 있었다. 브리앙은 해안 오른쪽에 개어귀가 있는 것도 알아차렸다.

요컨대 해안 풍경은 그리 반갑지 않았지만, 그 너머에 펼쳐진 초록빛은 그곳 토양이 나무가 자랄 만큼 비옥하다는 것을 보여 주었다.

해안 언저리에 사람이 살고 있는 것 같지는 않았다.

"연기가 전혀 안 보여!" 브리앙이 망원경을 내리면서 말했다.

"해안에 배도 한 척 보이지 않아요!" 모코가 말했다.

"포구가 없으니까 배가 있을 턱이 없지." 도니펀이 대꾸했다.

"포구는 필요 없어." 고든이 받았다. "어선은 개어귀에 피난할 수도 있고, 태풍을 피해 강 상류로 올라갔는지도 몰라."

고든의 관찰은 정확했다. 하지만 이유야 어쨌든 배는 한 척도 보이지 않았고, 해안에 사람이 사는 낌새도 전혀 없었다. 조난한 소년들이 여기서 몇 주일 보내야 한다면, 과연 이해안에서 살아갈 수 있을까?

그러는 동안 물이 조금씩 빠지기 시작했다. 물이 빠지는 속도는 아주 느렸다.

아침 7시가 가까워지고 있었다. 소년들은 저마다 소중히 여기는 물건을 갑판 위로 나르기 시작했다. 다른 물건은 파도가 해안으로 실어 올 때 건지기로 했다. 어린 아이도 나이든 아이도 이 작업에 참여했다. 배에는 통조림과 건빵, 절인 고기와 훈제한 고기 등, 꽤 많은 식량이 실려 있었다. 이것을 작은 꾸러미로 만들어 육지로 나르는 일은 나이든 상급생들이 맡았다.

브리앙과 고든은 유심히 수면을 바라보았다. 바람의 방향이 바뀌고 기세도 조금 누그러졌다. 바위에 부딪혀 부서지는 파도의 물살도 점점 가라앉기 시작했다.

폭풍이 불 때 보트가 파도에 휩쓸려 간 것이 못내 아쉬웠다. 그 보트 몇 척만 있었다면 소년들은 지금 당장이라도 상륙할 수 있었을 것이다. 그리고 당분간 배에 남겨 둘 수밖에 없는 많은 필수품을 해안으로 운반할 때에도 보트가 큰 도움이 되었을 것이다. 배에서 탈출하는데 보트가 없다는 것은 정말 난감한 일이었다.

그때 갑자기 뱃머리 쪽에서 외침 소리가 들렸다. 백스터가 중대한 발견을 한 것이다.

파도에 휩쓸려 간 줄만 알았던 보트 한 척이 삭구(배에서 쓰는 밧줄이나 쇠사슬 따위) 사이에 끼어 있었다. 보트를 갑판으로 끌어 올려 확인해 보니 조금도 부서진 데가 없이 말짱했다.

그런데 브리앙과 도니펀이 또다시 말다툼을 시작했다. 도니펀과 윌콕스·웨브·크로스가 보트를 재빨리 차지하여 뱃전 너머로 던지려고 한 것이다. 바로 그때 브리앙이 그들 쪽으로 달려갔다.

"무슨 짓을 하려는 거야?" 브리앙이 소리쳤다.

"우리 마음대로 할 거야!" 윌콕스가 대답했다.

"이 보트를 타고 갈 작정이야?"

"그래." 이번에는 도니펀이 대답했다. "설마 우리를 방해하진 않겠지?"

"나를…… 그리고 다른 애들을 버리고 너희끼리만 가겠다고?"

"버리다니? 왜 그런 식으로 생각하지?" 도니펀이 거만하게 대꾸했다. "나는 아무도 버리고 싶지 않아. 해안에 도착하면 우리 가운데 하나가 보트를 타고 다시 돌아올 거야."

"보트가 돌아오지 않으면……" 브리앙이 치미는 분노를 참지 못하고 소리쳤다. "보트가 바위에 부딪혀 부서지기라도 하면 그땐 어떡할 거야?"

"타자! 어서 타!" 웨브가 브리앙을 밀어젖히고 앞으로 나가면서 말했다.

그러고는 윌콕스와 크로스의 도움을 받아 보트를 들어서 바다로 던지려고 했다. 브리앙은 보트 모서리를 움켜잡았다.

"안 돼!"

"그건 우리가 결정할 일이야!" 도니편이 말했다.

"안 돼!" 브리앙은 같은 말을 되풀이했다. 아이들 모두의 이익을 생각하여 도니편의 주장에 단호히 맞서기로 한 것이다. "이 보트에는 제일 어린 애부터 태워야 해. 썰물이 저도 암초가 드러나지 않으면 걸어서 해안으로 건너갈 수는 없으니까……"

"시끄러!" 도니편이 버럭 화를 냈다. "다시 한번 말하지만, 우리를 방해하지 마! 우리가 하고 싶은 대로 하게 내버려 두란 말이야!"

"그럼 나도 다시 한번 말하겠는데, 보트에 타지 마, 도니편!"

두 소년은 금방이라도 서로 덤벼들 태세였다. 윌콕스와 웨브와 크로스는 물론 도니편을 편들었고, 백스터와 서비스와 가넷은 브리앙을 편들었다. 당장이라도 패싸움이 시작되려는 순간, 고든이 끼어들었다.

가장 나이가 많고 침착하고 자제심이 강한 고든은 이런 싸움이 계속되면 돌이킬 수 없는 사태가 벌어진다는 것을 깨닫고, 브리앙을 거들고 나섰다.

"도니편! 조금만 참아! 바다가 아직은 너무 거칠어. 자칫하면 보트가 부서지거나 떠내려갈지도 몰라."

"나는 브리앙이 우리한테 이래라저래라 명령하는 게 싫

어!" 도니펀은 고함을 질렀다. "브리앙은 줄곧 명령하고 있잖아!"

"도니펀, 고집부리지 말고, 보트를 쓸 수 있게 될 때까지 기다려!"

이렇게 고든이 도니펀과 브리앙 사이에서 중재 역할을 맡았기 때문에(전에도 그런 일이 몇 번 있었다), 아이들은 모두 그의 의견에 따랐다.

그때 바닷물의 수위는 50센티미터쯤 낮아져 있었다.

브리앙은 뱃머리로 걸어가서 돛대로 올라가 앞쪽을 바라보았다. 암초들 사이로 보트가 지나갈 수 있는 수로가 보였다. 하지만 아직은 암초 위에 거센 파도와 소용돌이가 많아서, 보트를 띄워도 수로를 무사히 지나가지 못할 가능성이 크다. 파도에 떠밀려 암초에 부딪히면 보트는 당장 부서지고 말 것이다. 바닷물이 더 빠지면 암초 위를 걸어서 건널 수 있을지도 모르니까 좀 더 기다리는 게 상책이었다.

브리앙은 높은 활대에 걸터앉아 해안을 자세히 조사하기 시작했다. 해안을 따라 망원경을 움직이며 벼랑 기슭까지 구석구석 살펴보았다.

30분쯤 충분히 관찰한 뒤, 브리앙은 아래로 내려와 자기가 본 것을 친구들에게 알렸다. 고든은 진지하게 귀를 기울인 뒤 브리앙에게 물었다.

"'슬루기호'가 좌초한 게 아침 여섯 시쯤이었지?"

"그래."

"물이 완전히 빠지는 데에는 시간이 얼마나 걸리지?"

"다섯 시간쯤 걸릴 거야. 그렇지, 모코?"

"예. 다섯 시간 내지 여섯 시간쯤 걸릴 겁니다." 견습 선원
이 대답했다.

"그럼 상륙하기에 가장 좋은 시각은 열한 시쯤이겠군?"

"나도 그렇게 계산했어." 브리앙이 대답했다.

"그럼 그때를 위해서 미리 준비해 두자. 그리고 가볍게 식
사를 해 두는 것도 좋겠어. 보트를 띄워야 한다면, 식사를 끝
내고 두세 시간 지난 뒤에 하자."

소년들은 통조림과 건빵으로 아침을 먹었다.

식사가 끝나자 브리앙은 뱃머리로 돌아가서 다시 암초를
관찰하기 시작했다. 바닷물이 빠지는 속도는 너무 느렸다.
모코는 수심을 재기 위해 줄을 묶은 납덩어리를 바다에 던
졌다. 수심은 아직도 2.5미터 내지 3미터나 되었다.

"어떡하지?" 고든이 말했다.

"글쎄, 나도 어떻게 해야 좋을지 모르겠어." 브리앙이 대답
했다.

"절망하면 안 돼, 브리앙. 신중하게 행동하자."

"그래. 다음번 밀물이 들어올 때까지 '슬루기호'를 떠나지
못하면, 그래서 하룻밤 더 배에 남아 있어야 한다면 우리는
살아날 수 없어."

"뗏목을 만들면 어떨까? 뗏목을 타고 건너면?" 고든이 물었다.

"나도 그걸 생각해 보았어." 브리앙이 대답했다. "하지만 폭풍 때문에 목재가 거의 다 파도에 휩쓸려 가 버렸어. 남은 방법은 암초를 질러 해안까지 밧줄을 치고, 그 끝을 튀어나온 바위에 묶는 방법뿐이야. 그러면 그 밧줄을 잡고 해안까지 갈 수 있을지도 몰라."

"그 밧줄을 누가 치지?"

"내가."

하지만 브리앙은 이 위험한 계획을 실행에 옮기기 전에 만약의 경우에 대비하여 필요한 준비를 갖추기로 했다. 배에 구명조끼가 몇 벌 있었기 때문에, 브리앙은 그걸 하급생 아이들에게 입혔다.

시각은 10시 15분이었다. 40분만 지나면 수위가 가장 낮아질 것이다. 뱃머리 쪽에서 수심을 재 보니 1.5미터 정도밖에 안 되었다. 배에서 50미터쯤 떨어진 곳부터 해안까지는 물이 얕아 보였다. 물빛이 거무스름하고 해안을 따라 삐죽삐죽 튀어나와 있는 수많은 암초로 보아, 그곳은 물이 많이 빠졌음을 알 수 있었다. 따라서 문제는 배에서 그곳까지 깊은 물을 건너는 것이었다.

하지만 브리앙이 거기에 밧줄을 놓고, 그 밧줄 끝을 해안 근처 바위에 단단히 묶을 수만 있다면, 그리고 권양기로 밧줄을 감아서 팽팽하게 당길 수만 있다면, 모두 밧줄을 잡고 물이 얕은 곳까지 건너갈 수 있을 것이다. 식량 꾸러미와 필요한 도구들도 이 밧줄을 이용하면 육지까지 무사히 나를 수 있을 것이다.

브리앙은 중간 굵기의 적당한 밧줄을 하나 고른 다음, 옷을 벗고 밧줄 끝을 허리띠에 묶었다.

"자, 얘들아! 이리 와서 밧줄을 풀어 줘! 모두 앞갑판에 모여!" 고든이 소리쳤다.

도니펀 패거리도 이 작업이 중요하다는 것을 알고 있었기 때문에 거들지 않을 수 없었다.

브리앙이 막 물로 내려가려 할 때 동생이 다가와서 소리쳤다.

"형! 형!"

"걱정 마, 자크. 걱정하지 않아도 돼!"

잠시 후 브리앙이 기운차게 헤엄치고 있는 모습이 보였다. 그와 함께 밧줄이 술술 풀려 나갔다. 브리앙은 조금씩 해안으로 다가갔다. 그러는 동안 배 위에서는 아이들이 브리앙의 속도에 맞추어 밧줄을 풀어 주었다. 하지만 배에서 20미터도 가기 전에 브리앙은 벌써 힘이 빠지기 시작했다. 눈앞에서 두 개의 파도가 맞부딪쳐 커다란 소용돌이를 만들고 있었다. 브리앙은 급한 물살에 휘말려 꼼짝없이 소용돌이 속으로 끌려 들어갔다.

"도와줘! 밧줄을 잡아당겨! 구해 줘!" 브리앙은 겨우 외치고는 물속으로 사라져 버렸다.

갑판 위에 있던 소년들은 공포에 사로잡혔다.

"밧줄을 잡아당겨!" 고든이 침착하게 명령했다.

아이들은 브리앙이 익사하지 않도록 서둘러 밧줄을 잡아당겼다. 1분도 지나기 전에 브리앙의 몸이 갑판으로 끌려 올라왔다. 그는 정신을 잃고 있었지만, 동생에게 안겨 곧 의식을 되찾았다.

수면 위로 얼굴을 내민 암초에 밧줄을 묶으려는 시도는 실패로 끝났다.

어느새 정오가 지나고 있었다. 벌써 밀물이 시작되어 파도가 높아지고 있었다. 난바다 쪽에서 바람이 불어오면 배는 바닥에서 들어 올려질 테고, 그렇게 되면 선체가 암초 위에서 뒤집힐지 모른다. 사태가 그런 식으로 끝난다면 한 사람도 살아남지 못할 것이다. 그런데 아이들은 속수무책이었다!

수위가 점점 높아질수록 파도도 높아지고, '슬루기호'는 물보라를 뒤집어썼다. 이제 곧 큰 파도가 덮칠 것이다. 조난한 소년들에게 구원의 손길을 뻗을 수 있는 것은 하느님밖에 없었다. 기도하는 소리가 겁에 질린 외침 소리와 뒤섞였다.

오후 2시쯤, 왼쪽으로 기울어져 있던 배가 똑바로 몸을 일

으켰다. 하지만 그때 파도가 뒤에서 덮쳐 뱃머리가 바닥에
부딪쳤다. 고물은 아직 암초 사이에 낀 채였다.

그때 산더미 같은 파도가 난바다에서 밀려와, 배에서 400
미터쯤 떨어진 곳에 우뚝 솟구치듯이 나타났다. 파도의 높이
는 5미터가 넘었다. 이 큰 파도는 거칠게 날뛰며 다가와 암
초를 뒤덮고 '슬루기호'를 가볍게 들어 올렸다.

거친 파도에 휩쓸린 '슬루기호'는 눈 깜짝할 사이에 해안
까지 떠밀려 가서 낮은 모래언덕에 처박혔다. 벼랑 기슭의
숲에서 50미터쯤 떨어진 곳이었다. 파도가 물러가자 모래톱
이 모습을 드러냈다. 배는 모래톱에 떠밀려 올라와 꼼짝도
하지 않았다.

3장

조난 사고의 전말

당시 체어먼 기숙학교는 오클랜드(뉴질랜드 북섬에 있는 도시)에서 가장 평판이 좋은 학교였다. 오클랜드는 태평양에 있는 영국 식민지 뉴질랜드의 수도였다.

체어먼 학교에는 5개 학년이 었었다. 학생은 약 100명인데, 그들은 모두 이 나라의 상류층 자제였다. 뉴질랜드 원주민인 마오리족은 아이들을 이 학교에 보낼 수 없었다. 그래서 체어먼 학교에는 영국인·프랑스인·미국인·독일인 소년밖에 없었다.

1860년 2월 15일 오후, 이 학교에서 100명쯤 되는 소년이 부모와 함께 몰려나왔다. 모두 새장에서 풀려난 작은 새처럼 쾌활하고 즐거워 보였다.

드디어 여름 방학이 시작된 것이다. 두 달 동안의 독자적이고 자유로운 생활이 기다리고 있었다. 그리고 이 학생들 가운데 일부는 바다 여행을 떠날 계획이었다. 체어먼 학교에서는 오래전부터 이 항해 계획이 화제가 되어 있었다. '슬루기호'는 뉴질랜드 해안을 6주 동안 느긋하게 일주할 예정이었다.

'슬루기호'는 학부형들이 돈을 모아서 임대한 배였다. 항해는 안전하고 쾌적한 최상의 상태에서 이루어질 예정이어서, 소년들에게는 더없는 기쁨이 될 터였다.

'슬루기호' 항해에 참가할 예정인 학생들은 체어먼 학교의 5개 학년에 골고루 퍼져 있었다. 앞에서 이미 알아차렸겠지만, 소년들의 나이는 여덟 살부터 열네 살까지 걸쳐 있었다.

그들의 이름과 나이·능력·성격·가정 형편 따위를 미리 알아 둘 필요가 있다.

프랑스 출신의 브리앙 형제와 미국인인 고든을 제외한 나머지 학생들은 모두 영국인이다.

사촌 간인 도니펀과 크로스는 뉴질랜드에서 상류층에 속하는 지주의 아들이다. 나이는 둘 다 열세 살이고 5학년이다. 도니펀은 학생들 중에서 가장 뛰어나다. 머리가 좋고 공부도 열심히 한다. 탐구욕이 강하고 남에게 지기 싫어하는 성격이다. 게다가 오만한 성격 때문에 언제나 남보다 위에 서서 남을 지배하고 싶어 했다. 그래서 브리앙과 도니펀 사이에는 오래전부터 경쟁 관계가 생겨나 있었지만, 이번 조난으로 브리앙의 영향력이 커진 뒤에는 그 경쟁심이 더욱 심해졌다. 크로스는 평범한 학생이지만, 사촌인 도니편의 생각과 언행에 따르는 편이다.

백스터도 도니편과 같은 5학년이고 나이도 같은 열세 살이다. 차분하고 신중하고 부지런하고 공부도 잘하고 손재주도 좋은 소년이지만, 별로 유복하지 않은 상인의 아들이었다.

웨브와 윌콕스는 둘 다 열두 살이고 4학년이었다. 지능은 보통이고 성적도 중간 정도지만, 성격이 까다롭고 제멋대로여서 걸핏하면 싸우려 든다. 집안은 유복했고, 아버지는 둘 다 이곳 법원에서 높은 자리에 앉아 있었다.

가넷과 서비스는 같은 3학년이고 열한 살이다. 가넷은 퇴역한 해군 장교의 아들이고, 서비스는 유복한 이주민의 아들이다. 부모가 친한 사이이기 때문에 가넷과 서비스도 자연스레 가까운 친구가 되었다. 둘 다 마음씨는 착하지만 공부는 별로 좋아하지 않는다. 해군 장교의 아들인 가넷은 영국 해군에서 유행하는 아코디언에 열중해 있었다. 틈만 나면 아코디언을 연주했고, '슬루기호'에도 아코디언을 가져오는 것을 잊지 않았다. 서비스는 열다섯 명 가운데 가장 쾌활하고 가장 경솔한 소년이었다. 체어먼 학교의 익살꾼인 서비스는 모험 여행을 동경하여, 《로빈슨 크루소》와 《스위스의 로빈슨 가족》 같은 책을 열심히 읽었다.

젠킨스와 아이버슨은 아홉 살이다. 젠킨스는 학술단체인 '뉴질랜드 왕립협회' 회장의 아들이고, 아이버슨은 오클랜드의 '성 바울 메트로폴리탄 교회' 목사의 아들이다. 젠킨스는 3학년이고 아이버슨은 2학년이지만, 둘 다 체어먼 학교의 모범생이라 해도 좋다.

돌과 코스타는 여덟 살이고 1학년이다. 둘 다 뉴질랜드 육군 장교의 아들이다. 둘 다 아직 '꼬마'니까, 돌은 고집쟁이고 코스타는 먹보라는 것밖에는 별로 말할 게 없다.

이 소년들은 모두 오래전부터 뉴질랜드에 정착한 훌륭한 집안의 자제들이었다.

이제는 나머지 세 소년을 소개할 차례다.

미국인인 고든은 열네 살이고, 얼굴이며 풍채에는 이미 '양키'(초창기 미국에 정착한 영국계 후손을 일컫는 말)다운 투박함이 새겨져 있다. 다소 굼뜬 느낌을 주지만, 5학년 학생들 중에서는 가장 신중하다. 동급생인 도니펀처럼 날카로운 재치는 갖고 있지 않지만, 정의감과 판단력과 실제적인 감각을 갖추고 있는 것은 이미 실증되었다. 사물을 잘 관찰하고 차분한 성격이라서 매사를 진지하게 받아들인다. 꼼꼼하고 치밀해서 여러 가지 생각이 머릿속에 잘 정리되어 있고, 그와 마찬가지로 책상 서랍도 잘 정돈되어 있다.

미국 보스턴에서 태어난 고든은 고아였고, 친척이라고는

일찍이 영사를 지낸 후견인뿐이었다. 이 후견인은 재산이 생기자 뉴질랜드에 정착했고, 몇 해 전부터 세인트존 근처의 언덕 위에 있는 아름다운 별장에서 살고 있었다.

프랑스인인 브리앙과 자크 형제는 토목 기사의 아들이었다. 형 브리앙은 열세 살. 머리는 아주 좋은데 공부를 제대로 하지 않아서, 5학년에서 꼴찌를 할 때가 많다. 하지만 뛰어난 학습 능력과 기억력을 갖고 있어서, 마음만 먹으면 단번에 일등으로 뛰어오른다. 도니펀이 브리앙을 시샘하는 것은 그 때문이다. 그래서 도니펀과 브리앙은 학교에서 사이좋게 지낸 적이 없었고, 그 불화는 '슬루기호'에서도 그대로 드러났다. 브리앙은 대담하고 적극적인 성격에 체육을 잘하고 매사에 반응이 빨랐다. 게다가 친절해서 남을 잘 돌봐 주고, 도니펀처럼 잘난 체하지도 않고 붙임성 있는 소년이다. 차림새는 별로 단정하지 않고, 깍듯하게 예의범절을 차리지도 않는다. 그래서 누구나 브리앙을 좋아했고, '슬루기호'를 지휘하게 되었을 때도 몇 명을 빼고는 모두 주저 없이 브리앙의 말에 따랐다. 게다가 브리앙은 유럽에서 뉴질랜드까지 배를 타고 올 때 어느 정도 항해술을 익혔기 때문에 소년들은 더욱 그를 신뢰했다.

동생 자크는 3학년에서 가장 장난이 심한 개구쟁이였고, 체어먼 학교 전체에서는 서비스 다음으로 개구쟁이였다. 끊임없이 새로운 장난질을 궁리해 내어 친구들을 골탕 먹였기 때문에 호된 벌을 받곤 했다. 하지만 배를 탄 뒤로는 어찌 된 셈인지 성격이 완전히 변해 버렸다.

폭풍 때문에 태평양의 외딴섬에 표착한 것은 바로 이런 소년들이었다.

원래 '슬루기호'는 몇 주 동안 느긋하게 뉴질랜드 해안을 일주할 예정이었고, 선주인 가넷의 아버지가 직접 항해를 지휘하기로 되어 있었다. 가넷 씨는 오스트레일리아 해역에서 가장 용감한 뱃사람이었다.

승무원은 갑판장 한 명과 선원 여섯 명, 요리사와 견습 선원 모코로 이루어져 있었다. 열두 살 된 흑인 소년 모코의 가족은 오래전부터 뉴질랜드 이민자의 집에서 하인으로 일하고 있었다.

이렇게 열여섯 명의 소년들 외에 미국산 사냥개인 판이 있었다. 판은 고든의 애완견인데, 한시도 주인 곁을 떠나려 하지 않았다.

출항일은 2월 15일로 정해져 있었다. '슬루기호'는 그날을 기다리면서 난바다 쪽으로 멀리 뻗어 나간 잔교 끝에 고물을 대고 묶여 있었다.

2월 14일 밤, 승객인 소년들이 배에 올라탔을 때 승무원들은 아직 배에 타고 있지 않았다. 가넷 선장은 출항 시각에 맞추어 오기로 되어 있었고, 선원들은 출항을 앞두고 한잔하러 항구로 몰려 나갔기 때문에 갑판장과 견습 선원만 남아 있다가 소년들을 맞아들였다. 그리고 소년들이 모두 선실로 들어가 침대에 눕자 갑판장도 동료 선원들과 함께 술을 마실 생각으로 배를 떠났다. 갑판장은 밤 1시가 넘도록 술집에 남아 있었다. 이것은 용서하기 어려운 잘못이었다. 견습 선원 모코는 선원실에서 곤히 잠들어 버렸다.

그 뒤에 무슨 일이 일어난 것일까? 아마 그것은 아무도 모를 것이다. 분명한 것은 '슬루기호'를 잔교에 묶어 둔 밧줄이 풀려 버렸다는 것이다. 부주의 때문인지, 누군가가 일부러 그랬는지는 모른다. 배에 있던 소년들은 아무도 그것을 알아차리지 못했다.

견습 선원 모코가 눈을 떴을 때 '슬루기호'는 연안의 파도와는 전혀 다른 큰 파도에 흔들리고 있었다. 모코는 놀라서 허둥지둥 갑판으로 달려 올라갔다. 배는 난바다를 표류하고 있었다!

모코의 외침 소리를 듣고 고든과 브리앙, 도니펀과 몇몇 소년이 침대에서 뛰쳐나와 갑판으로 올라왔다. 모두 큰 소리로 도움을 청했지만 소용이 없었다. 이제는 시내나 항구의 불빛도 보이지 않았다. 배는 이미 해안에서 5킬로미터나 떨어진 하우라키만 한복판으로 나와 있었다.

사태가 심각하다는 것은 누구나 알 수 있었다. 이제는 육지에서 구조의 손길이 뻗어 오기를 기대할 수도 없게 되었다. 항구에서 구조선이 나온다 해도, 이 깊은 어둠 속에서 스쿠너를 찾으려면 몇 시간은 걸릴 것이다.

하급생 아이들은 이 소동 속에서도 눈을 뜨지 않았기 때문에, 그냥 잠자게 내버려 두었다. 깨워 봤자 겁에 질려 떠들어대면 더욱 혼란스러워질 뿐이다.

그때 갑자기 앞쪽에 불빛이 보였다. 거리는 3킬로미터쯤 되어 보였다. 돛대 꼭대기에 매단 하얀 불—그것은 기선이 항해 중임을 알리는 불빛이었다. 곧이어 배의 좌우 위치를 알리는 빨간색과 초록색 위치등이 나타났다. 이 두 개의 불빛이 동시에 보이는 것은 그 기선이 '슬루기호' 쪽으로 곧장 다가오고 있다는 뜻이었다.

소년들은 조난을 알리려고 소리를 질렀지만 소용이 없었다. 파도가 부서지는 소리, 기선의 배기관에서 뿜어져 나오는 증기 소리, 난바다에서 더욱 거세진 바람 소리가 한데 뒤섞여 소년들의 외침 소리를 삼켜 버렸다.

그런데 불행히도 배가 흔들릴 때 밧줄이 끊어지면서 신호등이 바다에 떨어져 버렸다. '슬루기호'의 존재를 알려 주는 것은 이제 아무것도 없었다. 기선은 그런 '슬루기호'를 향해 시속 20킬로미터의 속력으로 달려왔다.

눈 깜짝할 사이에 기선은 '슬루기호'에 접근했다. 기선이 '슬루기호'의 뱃전을 정면으로 들이받았다면 '슬루기호'는 순식간에 침몰했을 것이다. 하지만 기선은 '슬루기호'의 고물을 스치고 지나갔다. 그래서 배 이름이 적힌 명판 일부가 떨어져 나갔을 뿐이다.

결국 충격이 약했기 때문에 기선은 바싹 다가온 돌풍에 '슬루기호'를 내맡긴 채 멀어져 갔다. 그래서 소년들은 바람에 떠밀리면서 이제 다 틀렸다고 체념할 수밖에 없었다. 날이 밝았을 때 망망대해에는 아무것도 보이지 않았다.

이 항해가 언제까지 계속될지, 브리앙은 짐작도 할 수 없었다. 다른 아이들도 마찬가지였다. 하지만 이런 상황에서 브리앙은 소년이라고는 생각할 수 없는 힘을 발휘하여 아이들에게 영향을 미치기 시작했다. 그는 솔선수범해서 밤낮으로 망을 보았다. 살아날 기회를 잡으려고 끈질기게 수평선을 살폈다. '슬루기호'의 조난을 알리는 쪽지를 병에 넣어 몇 개나 바다에 띄우는 수고도 아끼지 않았다. 별로 기대할 수 없는 방법이긴 하지만, 할 수 있는 데까지 해 볼 작정이었다.

그 후 무슨 일이 일어났는지는 앞에서 말한 바와 같다. '슬루기호'가 하우라키만 밖으로 떠밀려 나간 지 며칠 뒤에 폭풍이 닥쳤다. 폭풍은 보름 동안 맹렬하게 휘몰아쳤다. 스쿠너는 거대한 괴물 같은 파도에 시달리면서 표류한 끝에 태평양의 낯선 해안에 좌초해 버린 것이다.

뉴질랜드에서 7,200킬로미터나 떨어진 곳으로 밀려온 조난자들, 어린 학생들의 운명은 어떻게 될 것인가?

가족들은 아이들이 배와 함께 바다에 가라앉았다고 생각할 수밖에 없었다.

그 이유는 다음과 같다.

오클랜드에서는 '슬루기호'가 2월 14일 밤에 행방불명된 사실이 확인되자, 가넷 선장과 소년들의 가족에게 그 사실을 알렸다. 이 사건이 어떤 소동을 불러일으켰는지는 새삼 말할 필요도 없을 것이다. 소동은 시내 전체로 퍼져 갔다.

소형 기선 두 척이 하우라키만 밖으로 나가 수 킬로미터에 걸쳐 해상을 수색했다. 두 척의 배는 밤새도록 근해를 돌아다녔지만, 폭풍이 일면서 바다가 점점 거칠어지기 시작했다. 이튿날 아침 수색 선박이 돌아오자, 이 사건으로 비탄에 빠진 가족들은 완전히 희망을 잃고 말았다.

수색 선박은 '슬루기호'를 찾지 못했을 뿐만 아니라, 그 배의 잔해를 주워 왔기 때문이다. 그것은 '슬루기호'가 페루 선적의 기선 '키토호'와 충돌했을 때 바다에 떨어진 명판 조각이었다. 이 명판에는 '슬루기호'라는 이름의 일부가 적혀 있었다. 따라서 큰 파도에 산산 조각난 '슬루기호'가 소년들을 태운 채 침몰한 것은 의심할 여지가 없는 것으로 생각되었다.

4장

해안을 탐험하다

브리앙이 앞 돛대에 올라가 관찰했듯이, 해안에는 사람이 사는 낌새가 전혀 없었다. '슬루기호'가 모래밭 구덩이에 좌초한 지 벌써 한 시간이 지났지만 원주민의 모습은 전혀 보이지 않았다. 모래밭에도 사람 발자국은 보이지 않았다. 개 어귀에는 어선 한 척 보이지 않는다. 두 개의 곶 사이에 긴 후미를 둘러보아도 한 줄기 연기도 피어오르지 않았다.

"어쨌든 육지에 도착했으니까 그것만으로도 다행이야!" 고든이 말했다. "그런데 이곳은 어떤 곳일까? 아무도 살지 않는 것 같은데……."

"중요한 건 이 육지에서 사람이 살 수 없는 건 아니라는 점이야." 브리앙이 대답했다. "당분간은 식량도 탄약도 있으니까. 없는 건 집뿐이야. 그러니까 잠잘 곳을 찾아내야 해. 꼬마들을 위해서. 무엇보다 먼저 그 녀석들을 생각해야 해!"

"그래, 네 말이 옳아."

두 소년은 곧 나무가 우거져 있는 곳에 도착했다. 숲은 벼랑과 오른쪽 강변 사이에, 어귀에서 상류 쪽으로 400걸음쯤 올라간 곳까지 비스듬히 펼쳐져 있었다. 숲속에는 사람이 지나다닌 흔적이 전혀 없었다.

10분 만에 두 소년은 숲이 끝나는 곳에 도착했다. 절벽 근처에는 나무가 울창했다. 벼랑은 평균 50미터 높이로 우뚝 솟아 있었다. 벼랑 기슭에는 잠자리로 쓸 만한 동굴이 있지 않을까? 작은 동굴이라도 찾아내면 얼마나 좋을까?

그런데 안타깝게도 브리앙과 고든은 성벽처럼 앞을 막아선 벼랑 기슭에서 동굴을 찾지 못했다.

두 소년은 30분쯤 벼랑 기슭을 따라 남쪽으로 내려갔다. 그러자 강의 오른쪽 연안이 나왔다. 강은 구불구불 동쪽으로 뻗어 있었다. 이 오른쪽 강변은 나무로 뒤덮여 있었지만, 건너편은 전혀 양상이 달라서 나무도 없고 땅도 평탄했다.

벼랑 꼭대기로 올라갈 수 있다면 사방 몇 킬로미터를 한눈에 바라볼 수 있겠지만, 올라가지 못했기 때문에 브리앙과 고든은 낙심한 채 '슬루기호'로 돌아왔다.

도니펀과 몇몇 소년들은 바위 위를 오락가락하고 있었지만, 어린 젠킨스와 아이버슨·돌·코스타는 조가비를 주우면

서 재미나게 놀고 있었다.

브리앙과 고든은 상급생들에게 탐험 결과를 보고했다. 배는 바닥이 부서지고 왼쪽으로 심하게 기울어져 있었지만, 좌초한 상태로도 임시 거처로는 쓸 만했다. 선원실 천장에 해당하는 갑판 앞쪽에는 구멍이 뚫려 있었지만, 가운데의 큰 방과 뒤쪽 선실은 바람을 피할 곳으로는 충분했다.

따라서 당분간은 '슬루기호'를 거처로 삼는 게 최선책이었다. 그날로 당장 준비가 시작되었다. 우현 쪽에 밧줄 사다리를 걸어, 큰 아이도 작은 아이도 그 사다리를 타고 갑판까지 올라갈 수 있게 했다. 모코는 견습 선원으로서 조금은 요리를 해 본 경험이 있기 때문에, 요리를 좋아하는 서비스의 도움을 받아 식사를 준비했다. 모두 배불리 먹었다.

며칠 동안 숱한 위기를 겪으면서 폭풍 속을 헤쳐 나왔기 때문에 모두 기진맥진하여, 이제 잠을 자는 것밖에는 아무것도 생각할 수 없게 되었다. 하급생들이 먼저 선실로 들어가고, 상급생들도 곧 그 뒤를 따랐다. 하지만 브리앙과 고든과 도니펀은 교대로 망을 보기로 했다. 들짐승이나 무서운 원주민이 나타날지도 모르기 때문이다.

하지만 그런 일은 일어나지 않았다. 밤은 무사히 지나갔다. 해가 다시 떠오르자 모두 하느님께 감사 기도를 드린 다음 필요한 작업에 착수했다.

우선 배에 있는 식량과 무기, 연장과 취사도구, 의복과 일용품 같은 물자를 조사해서 목록을 만들어야 한다. 이 해안에 사람이 살지 않는다면 식량이 가장 중요한 문제였다. 도니펀은 훌륭한 사냥꾼이지만, 지금까지 그가 발견한 것은 암초나 해안 바위에 앉아 있는 바닷새뿐이었다.

조사해 보니 건빵은 충분히 있었지만, 통조림·햄·비스킷·콘비프·절인 고기 따위는 아무리 아껴 먹어도 두 달밖에 견디지 못할 것 같았다. 해안의 포구나 내륙의 마을까지 수백 킬로미터를 걸어가야 할 경우에 대비하여 배에 실려 있는 식량은 최대한 아껴야 한다.

"통조림이 상하지 않았으면 좋겠는데……." 백스터가 말했다.

"상한 통조림은 뜯어 보면 알겠지." 고든이 대답했다.

"내가 해 볼게요." 모코가 말했다.

"그럼 당장 해 줘." 브리앙이 말했다. "처음 며칠은 배에 있는 식량으로 지낼 수밖에 없으니까."

"낚시를 하는 건 어때?" 웨브가 말했다. "누가 낚시하러 가지 않을래?"

"내가 갈래!" "나도 갈 거야!" 어린 꼬마들이 소리쳤다.

"좋아, 알았어!" 브리앙이 말했다. "하지만 이건 장난이 아니야. 낚시질을 열심히 하는 아이한테만 낚싯대를 주겠어."

"걱정 마, 형. 열심히 물고기를 잡아 올 테니까." 아이버슨이 대답했다.

"좋은 생각이야!" 고든이 대답했다. "하급생 서너 명이 가면 돼. 모코, 너도 함께 가 줘."

"예, 고든 씨."

"꼬마 애들을 잘 돌봐 줘야 해." 브리앙이 덧붙였다.

"걱정 마세요."

모코는 믿음직한 견습 선원이었다. 남을 잘 돌봐 주고 몸이 날래고 용감한 데다 손재주도 좋았기 때문에, 조난한 소년들에게 큰 도움이 되었다.

"가자!" 젠킨스가 소리쳤다.

"자크, 너는 안 가니?" 브리앙이 동생에게 물었다.

자크는 가지 않겠다고 대답했다.

그래서 젠킨스와 돌·코스타·아이버슨이 모코의 인솔로 출발했다. 아이들은 조개잡이를 일이라기보다 놀이로 생각했기 때문에, 해안을 걷는 즐거움에 마음이 들떠 깡충깡충 뛰면서 멀어져 갔다.

아이들 모습이 보이지 않게 되자 상급생들은 배 안을 조사하는 일에 착수했다. 도니펀과 크로스·윌콕스·웨브는 무기와 탄약·의류·침구·연장 따위를 조사했고, 브리앙과 백스터·가넷·서비스는 밑창 구석에 쌓여 있는 포도주와 맥주·브랜디·위스키 같은 술을 조사했다. 이런 음료는 50리터 또는 150리터들이 통에 들어 있었다. 하나씩 물품 조사가 끝날 때마다 고든이 그것을 수첩에 적었다. 이 꼼꼼한 미국인 소년은 벌써 배 안에 있는 모든 물자를 점검하고 그 목록을 작성해 두었기 때문에, 그것을 확인만 하면 되었다.

고든의 수첩에 적힌 무기는 다음과 같았다. 중앙에 격발 장치가 달린 엽총이 여덟 자루, 긴 손잡이가 달린 오리 사냥용 총이 한 자루, 권총 열두 자루, 탄약 300발, 화약이 10킬로그램씩 든 통이 두 개, 꽤 많은 산탄과 소총용 탄환. 이런 탄약은 원래 '슬루기호'가 뉴질랜드 해안을 항해하다가 항구에 들를 때 사냥을 즐기기 위한 것이었지만, 앞으로는 소년들의 목숨을 구하는 데 훨씬 유용하게 쓰일 터였다.

짐칸에는 야간 통신용 신호탄도 꽤 많이 있었고, 요트용 소형 대포에 사용하는 30발의 탄약통과 포탄도 있었다. 원주민의 공격을 격퇴하기 위해 대포를 쏠 필요가 없기를 바랄 뿐이다.

일용품과 취사도구는 이곳에 오래 머물게 되더라도 걱정할 필요가 없을 만큼 충분히 갖추어져 있었다. 다행히 배에는 장기 항해에 필요한 의류가 많이 실려 있었다. 옷을 너무 많이 껴입고 승선할 수는 없었기 때문에, 미리 배에다 옷을 준비해 둔 것이다. 그런 옷들은 작은 애들도 입을 수 있을 테고, 한겨울 추위도 너끈히 견뎌 낼 수 있을 것이다.

고든은 이어서 배에 남아 있는 기구를 수첩에 적어 넣었다. 기압계 두 개, 온도계 한 개, 크로노미터 두 개, 짙은 안개가 끼었을 때 멀리까지 들리는 나팔 몇 개, 근거리용과 장거리용 망원경 세 개, 상자 속에 든 나침반 한 개, 소형 나침반 두 개, 폭풍우 예보기 한 개, 영국 국기 몇 장, 해상에서 다른 선박과 교신할 수 있는 신호기 한 벌. 그리고 여행가방처럼 접혀 있는 소형 고무보트 하나. 이 보트는 강이나 호수를 건널 때 사용할 수 있었다.

연장통에는 못과 볼트와 나사못, 배를 수리하기 위한 온갖 연장이 들어 있었다. 게다가 단추와 실과 바늘 따위도 갖추어져 있었다. 옷을 수선해야 할 일도 자주 있으리라 생각하고 소년들의 어머니가 준비해 주었을 것이다.

불을 피우는 것도 걱정할 필요가 없을 것이다. 성냥은 충분했고, 램프 심지와 부싯돌도 오랫동안 충분히 쓸 만했다. 따라서 그 점은 안심할 수 있었다.

배의 도서실 책꽂이에는 영국과 프랑스에서 발행된 훌륭한 책들이 많이 꽂혀 있었다. 특히 여행기와 과학책이 눈에 띄었다. 《로빈슨 크루소》와 《스위스의 로빈슨 가족》도 물론 있었다. 도서실에는 글을 읽는 데 필요한 책만이 아니라 글을 쓰는 데 필요한 펜과 잉크와 종이도 갖추어져 있었다. 1860년도 달력도 있었다. 지나간 날을 하루씩 지우는 일은 백스터가 맡게 되었다.

이어서 고든은 짐칸에 실려 있는 술통을 일일이 조사하기 시작했다. 맥주와 포도주 따위가 잔뜩 들어 있던 술통들 중에는 배가 좌초할 때 충격으로 밑이 빠져서 술이 새어 나간 것도 많았다.

그래도 짐칸에는 아직도 적포도주와 백포도주 450리터, 브랜디와 위스키 250리터, 120리터들이 통에 든 맥주 40통이 남아 있었다. 또한 각종 음료가 30병쯤 있었는데, 이런 병들은 짚으로 잘 싸여 있어서 깨지지 않고 무사했다.

열다섯 명의 조난자 소년들은 적어도 당분간은 물질적으로 부족하지 않은 생활을 할 수 있었다. 이제 남은 일은 이곳에서 어떤 식량을 구할 수 있는가를 조사하는 것뿐이다.

정오 무렵, 아이들이 모코를 따라 '슬루기호'로 돌아왔다. 아이들은 열심히 일해서 맡은 일을 훌륭하게 해냈다. 조개를 잔뜩 잡아서 가져온 것이다. 모코가 그것을 요리했다. 새알도 주워 왔는데, 수많은 바위비둘기가 암벽 틈새에 둥지를 틀고 있는 것을 모코가 확인했다는 것이다.

"그거 정말 잘됐군!" 브리앙이 말했다. "며칠 뒤에 아침 일찍 사냥하러 가자! 그러면 많이 잡을 수 있을 거야."

"그렇게 하자." 고든이 말했다. "어쨌든 내일 사냥을 나가는 게 어때, 도니펀?"

"좋지!" 도니펀이 대답하고는 웨브와 크로스와 윌콕스를 돌아보았다. "너희들도 같이 갈 거지?"

"그야 물론이지." 세 소년은 수천 마리의 바위비둘기를 향해 총을 쏠 수 있다는 것이 기뻐서 환성을 질렀다.

"하지만 바위비둘기를 너무 많이 잡지 않는 게 좋아." 브리앙이 주의를 주었다. "비둘기는 필요할 때 언제든지 잡을 수 있으니까. 무엇보다 총알과 화약을 낭비하지 않도록 해."

"알았어! 알았다고!" 도니펀이 짜증스럽게 대꾸했다. 도니펀은 남에게, 특히 브리앙에게 주의를 받는 것을 참지 못했다.

한 시간이 지나자 모코가 식사 준비가 끝났다고 알리러 왔다. 양념은 부족했지만 홍합이 특히 맛있었다. 모두 맛있다고 입을 모았다. 건빵과 콘비프, 썰물 때 개어귀에서 길어 온 단물이 식탁을 풍성하게 해 주었다.

오후에는 짐칸을 정리하고, 조사가 끝난 물건을 분류했다. 그동안 젠킨스와 꼬마들은 강에서 낚시질을 했다. 강에는 온갖 물고기가 우글거렸다. 저녁 식사가 끝나자, 이튿날 아침까지 망을 보게 된 백스터와 윌콕스를 제외하고는 모두 쉬러 갔다.

이렇게 이틀째 밤이 지나갔다.

5장

섬이냐 대륙이냐?

 여기는 섬일까? 아니면 대륙일까? 브리앙과 고든과 도니펀의 마음을 한시도 떠나지 않는 중대한 문제였다. 이들 세 소년은 나름의 성격과 지혜 덕분에 이 작은 무리의 지도자가 되어 있었다. 이곳이 섬이든 대륙이든, 열대지방이 아닌 것만은 확실했다. 이 지방은 뉴질랜드보다 더 남쪽에 있고, 따라서 남극에 훨씬 가까운 것 같았다. 그렇다면 겨울 추위가 걱정이다.

 '슬루기호'를 거처로 정한 이튿날, 고든이 말했다.

 "아무래도 이 해안에 언제까지나 머무를 수는 없을 것 같아."

 "나도 그렇게 생각해." 도니펀이 대답했다. "겨울이 올 때까지 여기서 미적거리고 있으면 때를 놓치게 돼. 사람이 사는 곳으로 가려면 수백 킬로미터나 걸어야 할지도 모르니까 말이야."

"너무 서두르지 않는 게 좋아." 브리앙이 말했다. "아직 3월 중순이야."

"아무리 그래도, 날이 추워지기 전에 이곳을 떠나야 해." 도니펀이 말했다. "해 보지도 않고 어려운 점만 생각하고 미리부터 포기하면 안 돼."

"낯선 곳을 무턱대고 돌아다니기보다는 어려움을 예측하고 있는 편이 나아!" 브리앙이 말했다.

"네 의견에 찬성하지 않으면 무모하다고 말할 셈이야?" 도니펀이 가시 돋친 말투로 대꾸했다.

도니펀의 대꾸에 브리앙이 발끈하여 싸움이 벌어질 뻔했다. 그때 고든이 끼어들었다.

"그만들 해. 말다툼을 해 봤자 문제가 해결되는 건 아니야. 우선, 여기가 섬인지 대륙인지, 그것부터 확인하는 게 좋겠어. 하지만 모험을 떠나기 전에, 어디로 가면 좋을지를 먼저 알아둘 필요가 있어."

"내가 정찰을 다녀올게." 브리앙이 말했다.

"나도 가겠어." 도니펀도 나섰다.

"우린 모두 그럴 각오가 되어 있어." 고든이 말했다. "하지만 꼬마들을 멀고 험한 모험에 데려갈 수는 없으니까, 두세 명만 가는 게 좋겠어."

"높은 언덕이 하나도 없는 게 유감이야." 브리앙은 문득 깨달은 것을 말했다. "언덕마루에 올라가면 이 일대를 한눈에 바라볼 수 있을 텐데 말이야. 난바다에서 바라보았을 때도 지평선에 산이 하나도 보이지 않았어."

"저 벼랑을 돌아서 내륙으로 들어가기 전에 이 일대를 좀 더 조사해 보는 게 낫지 않을까?" 고든이 말했다.

"이번에는 북쪽으로 가 보는 게 어떨까?" 브리앙이 말했다. "후미 끝자락에 있는 곳에 올라가면 멀리까지 볼 수 있을 것 같은데."

후미 끝에는 암벽이 우뚝 솟아 있었다. 바다 쪽은 깎아지른 듯하고, 반대쪽은 벼랑과 그대로 이어져 있는 것 같았다. '슬루기호'에서 그 곳까지는 둥글게 곡선을 그린 해안선을 따라가도 10킬로미터 남짓한 거리였고, 직선거리는 기껏해야 7킬로미터 정도였다. 고든은 곳의 벼랑 높이를 해발 100미터로 어림했지만, 이 눈어림은 상당히 정확했다.

세 소년은 이 계획을 실행에 옮기기로 했다. 그런데 날씨가 또 나빠져서 안개가 끼거나 가랑비가 내리는 바람에 실행은 닷새나 미뤄졌다.

소년들은 그 닷새를 헛되이 보내지 않고 여러 가지 일을 했다. 브리앙은 형님 같은 우애로 아이들을 자상하게 돌봐 주었다. 기온이 내려가면 선원실 벽장에 있는 따뜻한 옷을 꺼내 아이들에게 입혔다. 손재주가 좋은 모코는 바느질에서도 솜씨를 발휘했다. 작은 아이들은 헐렁한 바지와 윗도리를 단정하게 입으려고 했지만, 소매와 바지 밑단을 많이 잘라냈기 때문에 아무리 보아도 단정한 차림새라고는 할 수 없었다. 하지만 그것은 아무래도 좋았다. 이젠 아이들도 갈아입을 옷이 생겼고, 이 야릇한 차림새에 금방 익숙해졌다.

아이들도 게으름을 피울 수 없었다. 물이 빠지면 조개를 잡으러 가고, 밀물일 때는 그물이나 낚싯대를 들고 강에 가서 고기를 잡았다. 아이들에게는 즐거운 놀이였고, 모두에게 유익한 일이었다. 게다가 이렇게 즐거운 일에 몰두하고 있으면 비참한 처지를 잠시나마 잊을 수 있어서 좋았다.

고든과 브리앙은 '슬루기호'에 남아서 배를 고치는 작업에 매달렸다. 서비스도 이따금 배에 남아서 두 소년을 도왔다. 서비스는 언제나 쾌활하고 바지런했다. 브리앙을 좋아하는 서비스는 도니펀의 패거리에는 절대로 끼려고 하지 않았다. 브리앙도 서비스에게는 각별한 우정을 느끼고 있었다.

그런데 자크는 어떻게 됐을까? 자크는 배에서 자질구레한 일을 거들기는 했지만, 남이 무슨 말을 물어도 거의 대꾸하지 않았다. 누가 정면으로 바라보면 얼른 눈길을 돌려 버리곤 했다.

자크의 이런 태도를 브리앙은 걱정하지 않을 수 없었다. 자크보다 세 살 위인 브리앙은 동생한테 영향력을 갖고 있었다. 그런데 자크는 스쿠너가 출항한 이후 줄곧 무언가를 후회하고 있는 듯했다. 뭔가 양심의 가책을 느낄 만한 잘못이라도 저지른 것일까? 형에게도 털어놓을 수 없는 중대한 잘못일까? 이따금 눈이 충혈되어 있는 것을 보면 자크는 몰래 숨어서 울고 있는 게 분명했다.

3월 11일부터 15일까지 도니펀과 패거리는 바위틈에 둥지를 튼 새를 잡으러 다녔다. 그들은 늘 함께 다녔고, 자기들끼리만 따로 무리를 만들려 하고 있었다. 고든은 그것을 걱정했다. 그래서 기회가 있을 때마다 단결이 얼마나 중요한가를 그들에게 깨우쳐 주려고 애썼다. 하지만 넷 중에서도 특히 도니펀의 반응이 쌀쌀했기 때문에, 고든은 억지로 강요하지 않는 게 낫겠다고 판단했다.

지난 며칠은 안개가 끼어서 해안을 탐험할 수 없었지만, 그래도 사냥에서는 꽤 많은 수확을 거두었다. 도니펀은 스포츠를 좋아하고 총솜씨도 능숙했다. 웨브도 총을 잘 쏘았지만 도니펀에게는 미치지 못했다. 크로스는 총을 쏠 줄 몰랐기 때문에 사촌인 도니펀의 솜씨에 박수를 보낼 뿐이었다. 사냥을 나갔을 때 눈부신 활약을 한 것은 뭐니뭐니 해도 사냥개 판이었다. 사냥감이 암초 너머에 떨어지면 주저 없이 바다로 뛰어들어 사냥감을 물고 돌아왔다.

소년 사냥꾼들이 잡은 사냥감 중에는 모코가 어떻게 요리해야 좋을지 모르는 바닷새도 많았다. 가마우지·갈매기·논

병아리 같은 새들이다. 하지만 주로 많이 잡힌 새는 바위비둘기와 기러기·오리 따위였고, 이런 새들의 고기는 아주 맛이 좋았다.

3월 15일은 모험 계획을 실행하기에 좋은 날씨가 될 것 같았다. 지난 며칠 동안 바람이 잔잔하고 안개가 하늘을 뒤덮고 있었지만, 간밤에 안개가 걷혔다. 강렬한 아침 햇살이 벼랑 꼭대기를 황금빛으로 물들였다. 이 지평선을 잘 조사해 볼 필요가 있었다. 동쪽에도 바다가 펼쳐져 있다면 이곳은 섬이라는 뜻이기 때문이다. 그러면 이 근처에 배가 나타나지 않는 한 소년들이 구조될 가망은 거의 없었다.

모두 잊지 않았겠지만, 맨 처음 이 북쪽 곶을 탐험할 생각을 한 것은 브리앙이었다. 그는 혼자서 곶에 가기로 결심했다. 고든이 함께 가면 좋겠지만, 고든은 이곳에 남아서 아이들을 감독하는 게 더 중요했다.

15일 밤, 브리앙은 기압계로 맑은 날씨가 계속되리라는 것을 확인한 뒤, 이튿날 새벽에 떠나겠다고 고든에게 말했다. 왕복 15~20킬로미터를 걷는 것쯤은 건강하고 지칠 줄 모르는 소년에게는 아무것도 아니다.

이리하여 브리앙은 새벽에 떠났다. 다른 아이들은 브리앙이 떠난 것을 알아차리지 못했다. 지팡이와 권총과 망원경도 가지고 갔는데, 이 망원경은 성능이 좋아서 멀리까지 볼 수 있었다. 허리에 찬 자루에는 건빵과 절인 고기, 브랜디를 몇 방울 섞은 물통을 넣었다. 어쩌다 사고라도 일어나 배로 돌아오는 것이 늦어질 경우에 대비하여 식량은 두 끼 분을 준비했다.

브리앙은 기운차게 해안을 따라 걸어갔다. 암초 지대 안쪽에는 파도에 떠밀려 온 온갖 해초가 썰물 끝자락에 잠긴 채긴 띠를 이루고 있었다. 한 시간 뒤, 브리앙은 전에 도니펀과 친구들이 바위비둘기를 잡으러 갔던 암벽을 지났다.

처음 한 시간 동안은 꽤 빠른 속도로 걸을 수 있었기 때문에 벌써 중간 지점을 넘어섰다. 별다른 문제가 없으면 아침 8시까지는 곶에 도착할 수 있을 거라고 생각했다. 그런데 벼랑이 암초 지대에 가까워질수록 해변을 걷기가 어려워졌다. 이제부터는 미끄러운 바위나 끈적끈적한 해초를 밟고 가야했다. 깊은 웅덩이가 앞을 가로막으면 먼 길을 돌아서 가야했고, 흔들거리는 바위 위를 걸을 때는 발밑이 위태로웠다. 그래서 다리가 지치기 시작하여 예정보다 두 시간이나 늦어버렸다.

'만조가 되기 전에 곶에 도착해야 해!' 하고 브리앙은 생각했다. 그 부근은 썰물 때도 바닷물에 덮여 있으니까, 밀물이 들어오면 벼랑 기슭까지 물속으로 사라질 것이다.

브리앙이 전에 관찰했듯이, 이 일대에는 물새가 많았다. 바위비둘기와 붉은부리갈매기와 오리 따위가 우글거렸다. 바다표범 몇 쌍이 커다란 암초 위에 모여 있었다.

브리앙은 곰곰 생각한 끝에 이런 결론을 내렸다. 바다표범이 서식하는 것으로 보아 이 해안은 생각했던 것보다 훨씬 남쪽이다. 뉴질랜드보다 남쪽인 건 확실하다. 그렇다면 '슬루기호'는 태평양을 비스듬히 가로질러 남동쪽으로 떠내려온 게 분명하다.

브리앙이 마침내 곶에 도착하여, 남극과 가까운 바다에서 흔히 볼 수 있는 펭귄 떼를 발견했을 때 이 확신은 더욱 강해졌다. 펭귄들은 짧은 날개를 퍼덕이며 뒤뚱뒤뚱 걸어 다녔다.

벌써 오전 10시였다. 브리앙은 지치고 배도 고파서, 곶을 오르기 전에 체력을 회복하는 게 좋겠다고 생각했다. 곶의 벼랑 꼭대기는 해발 100미터에 가까웠다.

브리앙은 벌써 암초 지대까지 밀려온 바닷물을 피해 바위 위에 걸터앉았다. 고기를 먹고 물을 마신 것만으로도 허기와 갈증이 가라앉았고, 잠시 앉아서 쉬자 다리의 피로도 풀렸다. 이렇게 한 시간쯤 휴식을 취하고 나자 기운이 돌아왔다. 브리앙은 일어나서 자루를 짊어지고 벼랑 기슭의 바위를 오르기 시작했다.

이 곶은 후미 끝에 있었고 꼭대기는 뾰족했다. 브리앙은 이 곶과 언덕 사이에 좁은 수로가 있는 것을 알아보았다. 곶 북쪽에는 모래밭이 끝없이 펼쳐져 있었다.

꼭대기에 올라가기는 상당히 힘들었다. 하지만 브리앙은

등반대에 끼어도 될 만큼 솜씨가 좋았고, 어릴 적부터 바위에 올라가기를 좋아했기 때문에 남다른 대담성과 유연성과 민첩성을 갖추고 있었다. 그래서 몇 번이나 추락할 뻔한 위기를 넘기고 마침내 꼭대기에 이르렀다.

브리앙은 망원경을 눈에 대고 동쪽을 먼저 바라보았다. 그곳은 시야 끝까지 평탄했다. 해안 절벽이 가장 높고, 내륙 쪽으로 갈수록 조금씩 고도가 낮아졌다. 큰 숲이 대지를 뒤덮고, 단풍이 들어 울긋불긋한 나뭇잎 아래에는 몇 개의 물줄기가 숨어 있었다. 그 하천들은 바다로 흘러들고 있었다.

북쪽으로 15킬로미터쯤 곧장 뻗어 있는 해안선은 끝이 보이지 않았다. 거기에 길쭉하게 튀어나온 또 다른 곶이 있었고, 그 너머에는 넓은 모래밭이 펼쳐져 있었다.

남쪽에는 후미 끝에 또 다른 곶이 있었고, 그 너머에는 해안선이 북동쪽에서 남서쪽으로 뻗어 있었다. 그 해안은 북쪽의 드넓은 모래밭과는 달리 넓은 늪지와 이어져 있었다.

여기는 섬일까 대륙일까? 그것은 알 수가 없었다.

브리앙은 서쪽으로 몸을 돌렸다. 그러고는 망원경을 눈에 대고 수평선 끝을 바라보았다.

"배다! 배가 지나간다!"

세 개의 검은 점이 반짝반짝 빛나는 수면에 나타났다. 거리는 20킬로미터 정도였다.

가슴이 격렬하게 고동쳤다. 브리앙은 망원경을 내리고, 입김을 불어 흐려진 렌즈를 닦은 다음 다시 망원경을 들여다보았다.

아무리 보아도 그 세 개의 검은 점은 배처럼 보인다. 하지만 확실히 보이는 것은 선체뿐, 돛대는 하나도 보이지 않았다. 기선이라면 연기가 피어오를 텐데, 그것도 전혀 보이지 않았다.

브리앙은 다시 망원경을 눈에 대고 몇 분 동안 그 점들을 바라보았다. 그리고 그것이 세 개의 작은 섬이라는 것을 알았다.

실망으로 가슴이 철렁 내려앉았다.

오후 2시였다. 물이 빠지기 시작하자 벼랑 앞바다에 늘어서 있는 암초들이 수면 위로 얼굴을 내밀었다. '슬루기호'로 돌아가야 할 시간이다. 브리앙은 밑으로 내려갈 준비를 했다.

하지만 내려가기 전에 다시 한번 동쪽 지평선을 살펴보았다. 이렇게 주의를 기울인 것은 헛수고가 아니었다. 시야 끝, 커튼처럼 펼쳐져 있는 숲 너머에 푸르스름한 선 하나가 또렷이 보였기 때문이다. 그 선은 북쪽에서 남쪽으로 수십 킬로미터에 걸쳐 뻗어 있었고, 선의 양쪽 끝은 숲에 가려 보이지 않았다.

"저게 도대체 뭐지?" 브리앙은 중얼거렸다.

그리고 좀 더 주의 깊게 바라보았다.

"바다다! 아아, 바다야!"

브리앙은 하마터면 망원경을 떨어뜨릴 뻔했다.

동쪽에 바다가 펼쳐져 있으니까, 이제는 의심할 여지가 없다! '슬루기호'가 좌초한 곳은 대륙이 아니라 섬이었다. 태평양의 망망대해에 떠 있는 외딴섬, 도저히 탈출할 수 없는 절해고도였다.

15분 뒤에 브리앙은 해안으로 내려와, 오전에 걸었던 길을 되짚어 5시가 되기 전에 '슬루기호'로 돌아왔다. 아이들은 가슴을 졸이며 브리앙이 돌아오기를 눈이 빠지게 기다리고 있었다.

6장

본격 탐험을 준비하다

저녁을 먹은 뒤 브리앙은 상급생들에게 탐험 결과를 보고했다. 그 내용은 이렇다. 동쪽에 숲이 있고, 그 너머에 물이 있는 것을 보았다. 그 수평선은 북쪽에서 남쪽으로 길게 뻗어 있었다. 그것이 바다인 것은 의심할 여지가 없다. 따라서 여기는 대륙이 아니라 섬이 분명하다. '슬루기호'는 불운하게도 섬에 좌초했다!

고든과 다른 아이들은 브리앙이 그렇게 단언하는 것을 듣고 처음에는 깜짝 놀랐다. 뭐라고? 여기가 섬이라면 탈출할 길이 전혀 없단 말인가!

"브리앙, 네가 잘못 본 거 아냐?" 도니펀이 말했다.

"아니야." 브리앙이 받았다. "틀림없어. 내가 동쪽에서 본 것은 분명 바다였어. 수평선이 둥글게 휘어져 있었으니까."

"거리는?" 윌콕스가 물었다.

"곶에서 10킬로미터쯤 떨어져 있었어."

"그 너머에는 산도 없고 높은 육지도 없었어?"

"그런 건 보이지 않았어. 하늘 말고는 아무것도 없었어."

브리앙의 말투가 단호했기 때문에 그 점은 의심할 여지가 없어 보였다.

하지만 도니펀은 브리앙과 말다툼할 때는 늘 그렇듯이 고집스럽게 제 주장을 내세웠다.

"다시 한번 말하지만 네가 잘못 보았을지도 몰라. 내 눈으로 직접 확인하기 전에는 믿을 수가 없어."

"그럼 확인해 보자." 고든이 받았다. "동쪽이 어떻게 되어 있는지, 우리 눈으로 확인해야 하니까."

"좋아." 브리앙이 말했다. "섬 반대쪽 해안에 도착하면 납득하겠지."

"여기가 섬이라면……" 도니펀은 일부러 과장되게 어깨를 으쓱했다.

"여기는 섬이야." 브리앙은 짜증스러운 듯 대꾸했다. "내가 잘못 본 게 아니야! 동쪽에 분명히 바다가 보였어. 도니펀은 늘 그렇듯이 내 말이라면 무조건 반대하지 않고는 직성이 풀리지 않을 뿐이야."

"네가 실수하지 않는다는 법도 없잖아."

"물론 나도 실수할 때가 있지. 하지만 이번에는 틀리지 않았어. 두고 보면 알아. 나는 직접 그 바다를 보러 갈 거야. 그리고 네가 나랑 함께 갈 작정이라면……."

"물론 나도 갈 거야."

"나도!" "나도!" 상급생 중에서 서너 명이 외쳤다.

"좋아!" 고든이 또 입을 열었다. "모두 진정해. 우리는 아직 어리지만, 어른스럽게 굴어야 해. 우리가 처한 상황은 심각해. 하지만 경솔하게 굴면 더 심각해질 거야. 아니, 우리 모두 위험을 무릅쓰고 숲속으로 들어갈 수는 없어. 우선 꼬마들은 우리를 따라올 수 없고, 그렇다고 그 애들만 '슬루기호'에 남겨 둘 수도 없어. 그러니까 도니펀과 브리앙이 탐험하러 가면 어떨까. 그 밖에 두어 명이 함께 가면……."

"내가 갈게!" 윌콕스가 말했다.

"나도 갈래!" 서비스도 소리를 질렀다.

"좋아. 네 명이면 충분해. 너희들이 돌아오는 게 늦어지면 누군가가 찾으러 갈 수도 있어. 그동안 다른 아이들은 '슬루기호'를 지키는 거야. 이 배가 우리의 기지이고 집이라는 걸 잊지 마. 여기가 대륙이라는 게 확실해지기 전에는 이 배를 떠날 수 없어."

고든의 현명한 충고 덕분에 두 소년의 입씨름은 겨우 끝났다. 물론 브리앙이 방금 보고 온 수평선에 도달하려면 그 사이에 있는 숲을 뚫고 나아가야 한다. 여기에 대해서는 브리앙도 이의가 없었다.

하지만 이런 탐험을 하려면 날씨가 좋아야 한다. 아까 고든이 말했듯이, 앞으로는 어른스럽게 생각하고 행동해야 한다. 앞으로 얼마나 위험하고 무서운 일이 일어날지 모른다.

도니펀과 브리앙은 빨리 떠나고 싶어 했지만, 날씨가 나빠져서 출발을 미룰 수밖에 없었다. 이튿날부터 찬비가 내리기 시작한 것이다. 기압이 계속 내려가, 언제 그칠지 알 수 없는 강풍이 휘몰아칠 기세였다. 그런 상황에서 탐험을 강행하는 것은 무모한 짓이다.

그 후 보름 동안은 실행에 옮길 수 없었다. 날씨가 나빠져서 아침부터 밤까지 계속 비가 내리고 바람이 세차게 휘몰아쳤다. 이래서는 도저히 숲을 지나갈 수 없었다. 여기가 섬이냐 대륙이냐 하는 중대한 문제를 빨리 해결하고 싶었지만, 탐험은 날씨가 좋아질 때까지 미루어야 했다.

바람이 휘몰아친 보름 동안, 고든과 아이들은 모두 배 안에 틀어박혀 지냈다. 하지만 아무 일도 하지 않고 보낸 것은 아니었다. 설비를 손질한 것은 물론이지만, 비바람에 심하게 손상된 선체도 수리해야 했다.

좀 더 안전한 피난처를 빨리 찾을 필요가 있었다. 동쪽으로 이동할 수 있다 해도, 그것은 대여섯 달 뒤의 일이다. 그때까지 '슬루기호'가 버틸 수 있을까? 그러나 서쪽 바다에 면한 벼랑 기슭에는 피난처로 쓸 만한 동굴이 하나도 없었다.

따라서 난바다에서 불어오는 바람을 피할 수 있는 벼랑 뒤쪽을 탐험하여, 소년들이 모두 지낼 수 있을 만큼 널찍한 거처를 새로 마련하는 게 좋을 것 같았다.

그때까지는 임시방편으로 배를 수리해 두어야 했다. 밑바닥에 뚫린 구멍으로는 이제 바닷물이 아니라 외풍이 들어오고 있었다. 그런 구멍과 틈새들을 틀어막고, 선체 안쪽의 떨어져 나간 널빤지도 고정시켜야 했다.

고든은 예비 돛으로 선체를 덮을 생각도 했지만, 밖에서 야영 생활을 해야 할 경우 천막 대용으로 쓸 수 있는 예비 돛은 남겨 두는 게 좋을 것 같았다. 그래서 갑판에 방수포를 덮는 것으로 만족하기로 했다.

짐들은 작은 꾸러미로 나누었다. 고든은 그것을 수첩에 적어 넣고, 정리 번호를 붙였다. 이렇게 해 두면 위급할 때 재빨리 나무 그늘로 짐을 나를 수 있을 터였다.

비바람이 잠깐 가라앉은 틈에 도니펀과 웨브와 윌콕스는 바위비둘기를 잡으러 갔다. 모코는 바위비둘기를 어떻게든 맛있게 요리해 보려고 애썼다. 한편 크로스와 서비스는 어린 꼬마들을 데리고 열심히 물고기를 잡았다.

아이들은 암초 가장자리에서 그물이나 낚싯줄을 끌어 올릴 때면 언제나 요란한 환성을 질렀다.

"잡았다! 엄청난 놈이야! 와아! 정말 크다!" 젠킨스가 외쳤다.

"내 고기가 훨씬 커!" 아이버슨이 외쳤지만, 곧 돌에게 도움을 청했다.

"고기가 다 도망가 버리겠어!" 코스타도 소리를 질렀다.

그러면 주위에 있던 친구들이 모두 달려왔다.

"꽉 잡고 있어!" 가넷이나 서비스가 왔다 갔다 하면서 외쳐 댄다. "빨리 그물을 끌어 올려!"

"안 돼! 도저히 못 하겠어!" 코스타는 고기가 잔뜩 걸린 그물에 질질 끌려가면서 소리를 지른다.

다들 힘을 합쳐 간신히 그물을 끌어 올린다. 그물은 서둘러 끌어 올려야 한다. 맑은 물속에는 사나운 칠성장어가 많아서 그물에 걸린 고기를 마구 먹어 치우기 때문이다.

3월 27일에는 여느 때보다 훨씬 큰 물고기가 걸려서 유쾌한 소동이 벌어졌다.

오후에 비가 그치자 아이들은 낚시 도구를 들고 강으로 나갔다.

얼마 후 갑자기 외침 소리가 들렸다. 기쁨의 환성이었다. 하지만 그 환성은 도움을 청하는 다급한 소리로 바뀌었다.

고든과 브리앙, 서비스와 모코는 배에서 일을 하고 있다가 일손을 멈추고, 외침 소리가 난 곳으로 급히 달려갔다. 500 걸음 떨어진 강가까지 단숨에 내달렸다.

"빨리! 빨리 와!" 젠킨스가 외치고 있었다.

"코스타가 타고 있는 말을 봐!" 아이버슨이 말했다.

"빨리 와, 브리앙!" 젠킨스가 또다시 외쳤다. "빨리 오지 않으면 도망쳐 버릴 거야!"

"이제 됐어! 그만할 거야! 내려 줘! 무서워!" 코스타가 팔다리를 바둥거리며 소리쳤다.

"이랴! 이랴!" 코스타의 바로 뒤에 앉은 돌은 신이 나서 외쳤다. 두 아이는 느릿느릿 움직이는 커다란 덩어리 위에 말을 타듯 걸터앉아 있었다.

그것은 커다란 바다거북이었다. 아이들은 이 힘센 동물이 바다로 들어가는 것을 막으려고 등딱지에서 길게 뻗어 나온 목에 밧줄을 감아서 잡아당겼지만 소용이 없었다.

"꽉 잡고 있어! 정신 바짝 차려! 코스타!" 고든이 소리를 질렀다.

"네 말이 날뛰지 않도록 조심해!" 서비스가 말했다.

브리앙은 웃음을 참을 수가 없었다. 위험은 전혀 없었기 때문이다. 돌이 손을 놓아도 코스타는 미끄러지는 게 고작이다.

그런데 시급한 문제는 이 바다거북을 산 채로 잡는 것이었다. 고든과 브리앙은 배에서 뛰쳐나올 때 권총을 가져왔지만, 그것은 도움이 될 것 같지 않았다. 거북의 등딱지는 총알도 꿰뚫을 수 없기 때문이다.

"방법은 한 가지밖에 없어. 거북을 뒤집는 거야." 고든이 말했다.

"어떻게?" 서비스가 되물었다. "이 거북은 적어도 150킬로그램은 나갈 거야. 그걸 우리가 어떻게 들어 올릴 수 있겠어?"

"통나무를 쓰면 돼!" 브리앙이 소리쳤다.

브리앙은 모코를 데리고 서둘러 '슬루기호'로 돌아갔다.

그때 바다거북은 이미 해안에서 30걸음쯤 떨어진 곳까지 와 있었다. 고든은 거북의 등딱지에 달라붙어 있는 코스타와 돌을 서둘러 내려 주었다.

다행히 바다거북이 바다에 도착하기 전에 브리앙과 모코가 돌아왔다. 그래서 두 개의 통나무를 바다거북의 배 밑으로 밀어 넣고, 그것을 지렛대처럼 이용하여 간신히 거북을 뒤집을 수 있었다. 이제 바다거북은 꼼짝없이 포로 신세가 되었다. 제 발로 다시 일어설 수 없기 때문이다.

게다가 바다거북이 목을 움츠리려는 순간, 브리앙이 재빨리 도끼를 내리쳤다. 거북은 즉사했다.

"어때, 코스타? 아직도 이 바다거북이 무섭니?" 브리앙이 물었다.

"이젠 안 무서워. 죽었으니까."

"그래? 하지만 고기를 먹을 마음은 나지 않겠지?" 서비스가 말했다.

"이걸 먹을 수 있어?"

"물론이지!"

커다란 바다거북을 배까지 나르는 것은 생각할 수도 없는 일이었기 때문에, 그 자리에서 토막을 내기로 했다. 그것은 상당히 메스꺼운 일이었지만, 이곳에 표착한 소년들은 로빈슨 크루소 같은 생활을 하면서 궂은일이지만 꼭 필요한 일을 하는 데 차츰 익숙해지기 시작했다.

아이들은 거북 고기를 몇 덩어리로 잘라서 배로 날랐다. 그날은 모두 거북 수프가 일품이라는 것을 알았다. 고기는 구워서 맛있게 먹었다.

이 바다거북에서 나온 고기는 30킬로그램이 넘었기 때문에, 배에 비축된 통조림을 크게 절약할 수 있었다.

3월은 그렇게 지나갔다. '슬루기호'가 조난한 지 3주 동안, 소년들은 당분간 이 해안에서 살기 위해 열심히 일했다. 이제는 겨울이 닥치기 전에 여기가 섬이냐 대륙이냐 하는 중대한 문제를 해결해야 한다.

4월 1일, 날씨가 좋아질 조짐을 보였다. 기압이 서서히 올라가기 시작했고, 바람은 점점 약해지고 땅이 말랐다.

상급생들은 그날 탐험에 대해 이야기를 나누었다.

"내일 아침에 출발해도 괜찮을 것 같아." 도니펀이 말했다.

"나도 그렇게 생각해." 브리앙이 대답했다. "아침 일찍 떠날 준비를 해 두자."

"그러면 탐험에는 꼬박 하루쯤 걸릴까?" 고든이 물었다.

"동쪽으로 곧장 걸어갈 수 있다면 그렇겠지. 하지만 해안

절벽을 돌아서 숲을 빠져나가는 길을 찾을 수 있을까?"

"그 정도 어려움에는 끄떡도 하지 않아!" 도니펀이 말했다.

"너희가 한나절이라도 늦게 돌아오면 걱정이 될 거야." 고든이 대꾸했다. "이 탐험의 목적은 브리앙이 동쪽에서 본 해안에 도착하는 것만이 아니야. 벼랑 너머도 조사할 필요가 있어. 이 배를 떠나지 않을 수 없는 상황이 되면 바닷바람을 피할 수 있는 곳으로 야영지를 옮겨야 하는데, 벼랑 이쪽에서는 동굴을 찾지 못했으니까 말이야. 이쪽 해안에서 겨울을 나기는 힘들 거야."

"네 말이 옳아." 브리앙이 말했다. "그러니까 저쪽에서 살기 좋은 곳을 찾아보자."

"여기가 네 말대로 섬이라는 게 밝혀지고, 도저히 탈출할 수 없다고 판단되면 그렇게 해!" 늘 자기 생각을 고집하는 도니펀이 말했다.

준비는 곧 끝났다. 나흘 치 식량을 자루에 넣었다. 총 네 자루와 권총 네 자루, 작은 도끼 두 자루, 휴대용 자석, 5킬로미터 거리까지 볼 수 있는 망원경, 무릎 덮개 따위를 준비했다. 그리고 휴대용 취사도구와 함께 부싯돌과 성냥도 가져가기로 했다.

고든은 자기가 따라가면 도니펀과 브리앙의 대립을 막을 수 있을 거라고 생각했지만, 하급생 아이들을 생각하면 '슬루기호'에 남는 게 좋을 것 같았다. 그래서 고든은 브리앙을 한쪽 구석으로 데려가서, 말다툼이나 싸움을 피하고 시빗거리를 만들지 말라고 일렀다.

고든과 친구들은 작별을 앞두고 가슴이 옥죄이는 것 같았다. 탐험에는 엄청난 위험이 기다리고 있을지 모른다. 무슨 일이 일어날지 누가 알겠는가. 모두 밤하늘을 바라보았다. 아이들의 눈은 하늘을 향하고 있었지만, 마음은 두 번 다시 만날 수 없을지도 모르는 부모와 가족과 고향으로 돌아가 있었다.

7 장

숲을 지나 푸른 바다를 만나다

브리앙과 도니펀·윌콕스·서비스는 아침 7시에 '슬루기호'를 떠났다. 고든의 애완견도 탐험대에 포함되었다. 개의 직감도 도움이 될지 모른다면서, 고든이 판을 데려가라고 권했기 때문이다.

출발한 지 15분 뒤, 네 소년은 숲 그늘로 사라졌다. 이 숲은 금세 통과할 수 있었다.

소년들은 우선 벼랑 기슭을 따라 나아가다가 도중에 그 벼랑을 넘을 수 있는 곳이 있으면 넘어가고, 없으면 북쪽에 있는 곳까지 계속 가 볼 계획이었다. 그렇게 하면 브리앙이 본 바다 쪽으로 갈 수 있을 것이다. 이쪽은 지름길은 아니지만 확실한 길이었다. 길을 어느 정도 돌아가게 되지만, 다리가 튼튼하고 걷기 좋아하는 소년들에게는 아무 문제도 아니었다.

벼랑 기슭에 도착하자 브리앙은 고든과 둘이서 처음 탐험하러 왔을 때 여기서 걸음을 멈춘 것을 생각해 냈다. 이 석회암 절벽을 따라 남쪽으로 내려가도 빠져나갈 수 있는 통로는 하나도 없기 때문에, 북쪽에 있는 곳까지 거슬러 올라가게 되더라도 이제 북쪽을 향해 걸으면서 벼랑을 넘을 수 있는 곳을 찾을 수밖에 없다. 벼랑을 따라 걷는 데만도 꼬박 하루가 걸릴 테지만, 벼랑의 서쪽 비탈을 넘을 수 없다면 다른 방법이 없다.

브리앙은 친구들에게 사정을 설명했다. 도니펀은 벼랑 비탈을 오르려고 했지만 뜻대로 되지 않았기 때문에 브리앙의 의견에 반대하지 못했다. 네 소년은 나무가 울창한 벼랑 기슭을 지나 북쪽으로 올라갔다.

이렇게 한 시간쯤 걸었다. 브리앙은 걱정이 되기 시작했다. 시간이 지나면 밀물이 해안을 뒤덮지 않을까? 브리앙은 밀물이 들어오기 전에 곶에 도착하는 것이 좋다고 설명하고, 친구들을 재촉했다.

"자, 서두르자."

"괜찮아. 발목까지만 적시면 될 테니까!" 윌콕스가 대꾸했다.

"길 안내를 맡은 건 너야. 우리가 늦으면 다 네 책임이라고!" 도니펀이 입을 삐죽 내밀었다.

"알았어! 어쨌든 잠시도 꾸물거릴 수 없어. 아니, 서비스는 어디 갔지?"

브리앙은 서비스를 부르기 시작했다.

"서비스! 서비스!"

서비스의 모습이 보이지 않았다. 조금 전에 판을 데리고 오른쪽으로 백 걸음쯤 떨어진 벼랑 뒤쪽으로 사라진 것이다.

하지만 곧 개 짖는 소리와 서비스의 외침 소리가 들려왔다. 서비스가 위험에 빠진 것일까?

브리앙와 도니펀과 윌콕스는 당장 목소리가 나는 쪽으로 달려갔다. 서비스는 벼랑 일부가 허물어진 곳에 서 있었다. 비바람의 침식과 풍화 작용으로 석회암층이 약해져서, 벼랑 꼭대기에서 기슭까지 깔때기 모양으로 허물어져 있었다. 깎아지른 낭떠러지에 원뿔 모양의 구덩이가 생겨나 있고, 그 안쪽 벽은 기울기가 40~50도밖에 안 되었다. 게다가 울퉁불퉁 튀어나온 곳이 많아서, 그곳을 발판으로 삼으면 위로 오르는 것도 어렵지 않을 것 같았다.

도니펀이 맨 먼저 벼랑 기슭에 쌓여 있는 바위 위로 올라갔다.

"기다려! 경솔하게 행동하면 안 돼!" 브리앙이 소리쳤다.

하지만 도니펀은 브리앙의 말을 듣지 않았다. 그는 친구들 —특히 브리앙—보다 앞장서는 것을 자랑스럽게 생각했기 때문에, 깔때기 모양의 안쪽 비탈을 순식간에 중간까지 올라 갔다.

만사가 순조로웠다. 도니펀은 친구들보다 앞서 꼭대기에 올라간 것을 기뻐했다. 곧이어 다른 세 소년도 꼭대기에 이르렀다.

도니펀은 벌써 망원경을 꺼내 들고 동쪽에 끝없이 펼쳐져 있는 숲을 바라보고 있었다.

"뭐가 보여?" 윌콕스가 물었다.

"아무것도 안 보여!" 도니펀이 대답했다.

"나도 좀 보여 줘." 윌콕스가 말했다.

도니펀은 윌콕스에게 망원경을 건네주었지만, 그 얼굴에는 분명 만족감이 드러나 있었다.

"수평선 같은 건 전혀 안 보이잖아!" 윌콕스가 망원경을 내리면서 말했다.

"그야 당연하지." 브리앙이 말했다. "이 절벽은 내가 올라간 곳보다 훨씬 낮으니까. 그래서 시야가 좁은 거야. 내가 올라간 높이까지 올라갈 수 있다면 10킬로미터쯤 떨어진 곳에 푸른 선이 보일 거야. 그러면 너희들도 내가 말한 곳에서 수평선을 볼 수 있을 것이고, 수평선을 구름 띠로 착각하지는 않을 거야."

"말하기는 쉽지." 윌콕스가 말했다.

"확인하는 것도 간단해." 브리앙이 말했다. "이 절벽을 넘어가자. 저 숲을 가로질러 갈 수 있는 데까지 곧장 가 보는 거야."

"우선 점심부터 먹고 가자!" 서비스가 말했다.

사실 출발하기 전에 배를 든든히 채워 두는 게 나았다. 30분 만에 식사를 끝내고 다시 걷기 시작했다.

처음 1킬로미터는 빨리 걸을 수 있었다. 풀이 무성한 땅에는 아무런 장애물도 없었다. 네 소년은 벼랑 위의 둔덕을 가로질렀지만, 반대쪽 비탈을 내려가는 데에는 무척 힘이 들었다. 그곳은 해안 쪽 벼랑 비탈과 같은 높이인 데다 기울기도 비슷했다.

그런데 숲속으로 들어가자 나무가 울창하고 키자란 풀이 우거져 있어서 걷기가 훨씬 어려워졌다. 쓰러진 거목들이 앞길을 가로막고 덤불이 무성해서 길을 새로 내야 했다. 소년들은 신세계의 숲속으로 들어간 개척자들처럼 도끼를 휘둘렀다.

아무리 보아도 이 숲에 발을 들여놓은 인간은 이제껏 한 사람도 없는 것 같았다. 적어도 인간이 남긴 흔적은 전혀 없었다. 이따금 나무들 사이로 달아나는 짐승이 언뜻 보였지만, 어떤 종류의 동물인지는 분간할 수 없었다.

성마른 도니펀은 총으로 그 겁쟁이 동물을 쏘고 싶어서 몸이 근질거렸지만, 지금은 그럴 때가 아니라고 생각했는지 총을 쏘지는 않았다.

2시쯤 숲속의 좁은 빈터에서 두 번째 휴식을 취했다. 그 빈터를 가로질러 얕은 개울이 흐르고 있었다. 물이 맑고 잔잔해서, 바닥의 검은 바위가 훤히 들여다보였다.

개울에는 바윗돌이 징검다리처럼 놓여 있어서 쉽게 건널 수 있을 것 같았다. 그런데 평평한 바위가 규칙적으로 놓여 있는 게 소년들의 주의를 끌었다.

"이거 이상한데!" 도니펀이 말했다.

이쪽 개울가에서 건너편까지 정말로 징검다리가 놓여 있는 것 같았다.

"돌이 저절로 이렇게 놓였다고는 도저히 생각할 수 없어." 월콕스가 말했다.

"맞아. 누군가가 여기에 길을 만들려고 한 것 같아." 브리앙이 말했다.

소년들은 가까이 다가가서 징검다리를 이루고 있는 돌들을 하나씩 유심히 살펴보았다. 이 개울을 쉽게 건널 수 있도록 누군가가 징검다리를 놓은 것일까? 아니, 그렇지는 않다. 물이 불어났을 때 탁류에 휩쓸려 내려온 바윗돌들이 이곳에 쌓여 천연 둑처럼 되었다고 생각하는 게 옳을 듯싶었다. 그러니까 인간이 이 숲속에 발을 들여놓은 흔적은 전혀 없었다.

개울은 후미와는 반대쪽인 동북쪽으로 흐르고 있었다. 그렇다면 이 개울은 브리앙이 곶 꼭대기에서 보았다는 그 바다로 흘러들고 있는 게 아닐까?

"하지만 이 개울은 서쪽으로 흐르는 더 큰 하천의 지류일지도 몰라." 도니펀이 말했다.

"조사해 보면 알게 되겠지." 브리앙이 받았다.

그래서 네 소년은 조심스럽게 징검다리를 건넜다. 이 개울을 하류에서 건너려면 훨씬 힘들 거라고 생각했기 때문이다.

5시 반쯤, 브리앙과 도니펀은 개울의 흐름이 북쪽으로 바뀌기 시작한 것을 깨달았다. 이대로 계속 개울을 따라가면 목적지에서 멀리 떨어진 곳으로 가게 된다. 그래서 소년들은 개울가를 떠나 동쪽으로 발길을 돌려, 자작나무와 너도밤나무가 빽빽이 우거진 숲을 가로지르기로 했다.

몹시 힘든 행군이었다. 이따금 소년들은 키를 넘는 풀숲에 들어가, 서로의 모습을 놓치지 않으려고 계속 이름을 부르면서 나아가야 했다.

꼬박 하루를 걸어도 해안이 가까워지는 낌새가 전혀 없었기 때문에 브리앙도 불안해졌다.

저녁 7시가 되도록 소년들은 숲을 벗어나지 못했다. 벌써 어둠이 내려, 더 이상 앞으로 나아갈 수가 없었다.

브리앙과 도니펀은 행군을 멈추고 나무 그늘에서 밤을 보내기로 했다. 콘비프가 잔뜩 있으니까 식사는 걱정할 필요가 없고, 좋은 담요가 있으니까 추위에 시달리지도 않을 것이다.

네 소년은 저녁을 먹는 데에만 열중했다. 식욕은 모두 왕성했다. 배불리 먹은 뒤 소년들은 자작나무 그늘에서 잠잘 준비를 했다. 그들은 풀숲 속의 마른 낙엽 위에 담요를 덮고 누웠다. 소년들이 눈 깜짝할 사이에 잠들어 버리자, 불침번을 서야 할 판까지도 당장 잠들어 버렸다.

아침 7시가 다 되어서야 소년들은 눈을 떴다. 비스듬히 비쳐든 아침 햇살이 그들의 잠자리를 희미하게 비추고 있었다.

서비스가 맨 먼저 풀숲에서 뛰쳐나갔다. 그리고 곧이어 서비스의 외침 소리가 들렸다. 깜짝 놀라서 지르는 외침 소리였다.

"브리앙! 도니펀! 윌콕스! 빨리 와! 빨리!"

"왜 그래?" 브리앙이 물었다.

"도대체 무슨 일이야?" 윌콕스도 물었다.

"아 글쎄, 빨리 와 보라니까."

그곳은 풀숲이 아니라 오두막이었다. 나뭇가지를 엮어서 벽을 세우고 나뭇잎으로 지붕을 이었는데, 꽤 오래전에 지어진 게 분명했다.

"사람이 살고 있나?" 도니펀이 주위를 재빨리 둘러보면서 말했다.

"그럴지도 몰라." 브리앙이 대답했다. "이런 오두막이 저절로 생겨날 리는 없으니까."

"그렇다면 개울에 징검다리가 놓여 있는 것도 설명이 돼."

윌콕스가 말했다.

오두막의 흙바닥에는 마른 나뭇잎이 짚처럼 깔려 있었지만, 사람이 살고 있는 흔적은 없었다. 그래서 아이들은 다시 떠날 수밖에 없었다.

7시 반에 소년들은 나침반을 손에 들고 곧장 동쪽으로 향했다. 완만한 내리막이었다. 풀과 덤불이 빠져나가기 힘들 만큼 무성하게 우거져 있었다.

10시쯤 드디어 빽빽한 나뭇가지 틈새로 수평선이 보였다. 숲 너머에는 유향나무와 백리향과 히스가 무성한 넓은 들판이 펼쳐져 있었다. 그 들판은 동쪽으로 800미터쯤 떨어진 곳에서 끝나고, 그 너머에는 모래밭이 이어져 있었다. 잔물결이 모래밭에 조용히 밀려오고, 브리앙이 잠깐 보았던 그 바다가 멀리 수평선까지 펼쳐져 있었다.

도니펀은 입을 다물고 있었다. 자존심 강한 이 소년은 브리앙이 옳았다고 인정하기가 내심 괴로웠던 것이다.

이제는 의심할 여지가 없었다. '슬루기호'가 폭풍에 떠밀려 표착한 곳은 대륙이 아니라 섬이었다. 외부에서 구조대가 오지 않는다면, 여기서 탈출할 가망은 전혀 없었다.

게다가 난바다에는 다른 육지도 보이지 않았다. 이 섬은 끝없는 망망대해 한복판에 떠 있는 외딴섬인 것 같았다.

그래도 브리앙 일행은 모래밭까지 뻗어 있는 들판을 가로질러, 작은 모래언덕 기슭에서 지친 다리를 쉬었다. 거기서 점심을 먹은 다음 숲을 지나 돌아갈 작정이었다.

네 소년은 바다에 마지막 눈길을 던지고는 다시 들판을 질러갈 준비를 했다. 바로 그때 판이 모래밭 쪽으로 날듯이 달려갔다.

"판! 이리 와, 판!" 서비스가 소리쳤다.

하지만 개는 젖은 모래 냄새를 맡으면서 계속 달렸다. 그러고는 몸을 날려 잔물결 속으로 펄쩍 뛰어들더니 할짝할짝 물을 마시기 시작했다.

"마시고 있어! 물을 마시고 있다고!" 도니펀이 외쳤다.

도니펀은 당장 모래밭을 뛰어가, 판이 마시고 있는 물을 조금 떠서 입으로 가져갔다. 그것은 단물이었다!

동쪽 수평선까지 펼쳐져 있는 것은 바다가 아니라 호수였다!

8장

사람의 흔적을 발견하다

　지금까지 바다인 줄만 알았던 곳이 호수라는 것은 의심할 여지가 없었다. 하지만 이 호수도 섬 안의 호수일지 모른다. 탐험을 계속하면 진짜 바다에 이를지도 모르지 않는가?

　하지만 이 호수는 상당히 넓은 호수였다. 수평선의 4분의 3이 하늘과 맞닿아 있었기 때문이다.

　"그렇다면 우리가 조난한 곳은 남아메리카 대륙인지도 몰라." 브리앙이 말했다.

　"나는 줄곧 그렇게 생각하고 있었어. 내 생각이 옳았던 것 같아!" 도니편이 받았다.

　"어쨌든 내가 동쪽에서 본 것은 분명히 수평선이었어."

　"그건 아무래도 좋아. 하지만 바다는 아니야!"

브리앙은 아무 대꾸도 하지 않았다. 모두를 위해서는 브리앙의 생각이 틀린 게 나았다. 여기가 섬이 아니라 대륙이라면 고립무원 상태를 피할 수 있기 때문이다. 하지만 동쪽으로 이동하는 것은 기후 조건이 좋아질 때까지 기다려야 할 것이다. 지금은 벌써 4월 초순이다. 남반구에는 북반구보다 겨울이 일찍 찾아온다. 다시 봄이 올 때까지 이동을 미룰 수밖에 없다.

그러나 서쪽에 있는 후미에 계속 머물러 있으면 난바다에서 끊임없이 불어오는 바람에 시달려야 한다. 4월 말까지는 배를 떠나는 게 좋을 듯싶다. 고든과 브리앙이 전에 서쪽 벼랑 기슭을 탐사했을 때 동굴을 찾지 못했으니까, 이번에는 호수 부근에서 좀 더 좋은 야영지를 찾아볼 필요가 있었다. 호수 부근을 면밀히 조사하는 게 좋을 것이다. 하루 이틀쯤 늦게 돌아가더라도 이 탐험은 반드시 실행해야 한다.

탐험대는 호수를 따라 남쪽으로 내려가기로 했다. 북쪽으로 올라가는 것도 생각해 보았지만, 남쪽으로 내려가면 '슬루기호'에 그만큼 가까워지기 때문에, 결국 남쪽으로 내려가기로 했다.

이렇게 방침을 정하고 네 소년은 8시 반에 출발했다. 들판 가장자리에 풀이 돋아나 있는 완만한 모래언덕을 걸어갔다. 서쪽 들판 너머에는 푸른 숲이 펼쳐져 있었다.

판이 앞장서서 달려가자, 메추라기들이 일제히 날아올라

유향나무와 양치류 덤불 속으로 달아났다.

호숫가를 따라 모래언덕 기슭이나 모래밭을 걸었다. 호숫가에는 사람이 살고 있는 흔적이 전혀 없었다. 수평선에는 돛 하나 보이지 않았고, 호수에는 통나무배 하나 보이지 않았다. 과거에는 누군가가 이 근방에 살고 있었을지 모르나, 지금은 아무도 살지 않는 것 같았다.

저녁 7시쯤 휴식을 취하기로 했다. 내일은 뜻밖의 사건이라도 일어나지 않는 한 해가 지기 전에 슬루기만으로 돌아갈 수 있을 것이다. 아이들은 이제 '슬루기호'가 좌초한 후미를 '슬루기만'이라고 불렀다.

네 소년은 저녁을 먹자, 너무 피곤해서 몸을 눕고 싶은 생각밖에 없었다. 오늘 밤에는 오두막이 없으니까 별을 바라보며 노숙하기로 했다. 밤하늘에는 수많은 별들이 반짝반짝 빛나고 있었다. 초승달이 서쪽의 태평양 너머로 숨으려 하고 있었다.

호수도 모래밭도 쥐죽은 듯 조용했다. 네 소년은 커다란 너도밤나무 밑에 잠자리를 만들고, 천둥이 쳐도 모를 만큼 깊이 잠들었다.

밤은 무사히 지나갔다. 새벽 4시쯤, 수평선이 희붐하게 밝아 올 무렵 판이 낮은 소리로 으르렁거리며 무언가를 찾는 것마냥 킁킁 냄새를 맡고 다녔다.

7시가 가까워질 무렵 브리앙이 아직도 담요를 뒤집어쓴

채 몸을 웅크리고 있는 친구들을 깨웠다.

아이들은 금방 일어났다. 개울 건너를 살펴보던 윌콕스가 외쳤다.

"어젯밤에 이 강을 건너려 하지 않은 게 천만다행이야. 하마터면 늪에 빠질 뻔했어."

"정말 그러네. 남쪽은 온통 늪이군. 끝도 안 보여."

브리앙은 강가를 향해 걷기 시작했다. 뒤에는 높은 벼랑이 솟아 있고, 그 양쪽 가장자리는 깎아지른 암벽과 거의 직각으로 만나고 있었다. 이 성벽 같은 두 벼랑 가운데 하나는 비스듬히 강변 쪽을 향하고 있고, 또 하나는 호수에 면해 있었다.

이쪽 강변은 바싹 다가와 있는 벼랑 기슭을 따라 6미터 정도의 너비로 이어져 있었다. 강물이 흐르는 방향을 확인하려면 벼랑을 올라가야 할 것이다. 슬루기만으로 돌아가기 전에 이 암벽을 반드시 올라가 보기로 브리앙은 마음먹었다.

"저것 좀 봐!" 성벽처럼 가파른 벼랑 기슭까지 왔을 때 윌콕스가 소리쳤다.

윌콕스의 주의를 끈 것은 제방 같은 모양으로 쌓여 있는 바위들이었다. 바위가 쌓여 있는 모양은 전에 숲속 개울에서 본 징검다리와 아주 비슷했다.

"이번에야말로 의심할 여지가 없어!" 브리앙이 말했다.

"그래! 틀림없어!" 도니펀은 제방 끝에 있는 목재 파편을 가리키면서 대꾸했다.

그 목재들은 보트의 잔해가 분명했다. 특히 널빤지 하나는 썩기 시작하여 초록빛 이끼로 덮여 있었지만, 휘어진 모양새로 보아 뱃머리를 이루는 외판 같았다. 그 목재에는 뻘겋게 녹이 슨 쇠고리가 아직도 매달려 있었다.

"쇠고리야! 고리가 달려 있어!" 서비스가 외쳤다.

모두 주위를 두리번거렸다. 이 보트를 사용하거나 제방을 쌓은 사람이 금방이라도 나타날 것만 같았다.

어쨌든 이곳에 사람이 살고 있었다는 확실한 증거를 발견하고 네 소년은 가슴이 뛰었다.

그때 소년들은 판의 태도가 이상한 것을 알아차렸다. 사냥감의 발자국이라도 발견했는지, 귀를 쫑긋 세우고 꼬리를 마구 흔들면서 땅바닥에 코를 대고 킁킁거리거나 풀숲 속에 코를 들이박고 있었다.

"판을 봐!" 서비스가 외쳤다.

"뭔가 냄새를 맡았어." 도니펀이 개한테 다가갔다.

판은 한쪽 다리를 들고 코를 앞으로 쑥 내민 채 움직임을 멈추었다. 그러다가 갑자기 호수 쪽 벼랑 기슭에 있는 숲으로 달려가기 시작했다.

네 소년도 개 뒤를 따라 달려갔다. 곧 소년들은 늙은 너도밤나무 앞에 멈춰 섰다. 그 나무줄기에 문자와 숫자가 새겨져 있었다.

FB

1807

네 소년은 오랫동안 꼼짝도 하지 않고 나무줄기를 바라보았다. 아무도 입을 열지 않았다. 판이 방금 온 길을 되짚어 암벽 반대쪽으로 사라지지 않았다면 모두들 줄곧 그러고 있었을 것이다.

"돌아와, 판! 이리 와!" 브리앙이 소리쳤다.

하지만 개는 돌아오지 않고 요란하게 짖는 소리만 들려왔다.

"모두 조심해!" 브리앙이 말했다. "서로 떨어지지 않도록 하고, 주위를 경계해!"

이럴 때는 되도록 신중하게 행동하는 것이 중요하다. 이 근방에 원주민이 숨어 있을지도 모른다. 게다가 그들이 남아메리카 대초원을 분탕질하고 다니는 사나운 부족이라면 정말 무서운 일이다. 사람을 만났다고 기뻐할 수는 없다.

네 소년은 총에 총알을 재고, 권총을 손에 들고 경계태세를 갖추었다.

그러고는 조심조심 앞으로 나아가 벼랑 끝을 돌아서 강가의 좁은 비탈을 따라 발소리를 죽이며 걸었다. 스무 걸음도 가기 전에 도니펀이 허리를 굽혀 땅바닥에서 무언가를 집어

들었다. 그것은 곡괭이였다. 다 썩은 자루에 쇠붙이 날이 간신히 붙어 있었다.

벼랑 기슭에는 밭을 간 흔적도 보였다. 밭고랑 몇 개가 불규칙하게 뻗어 있고, 참마를 심은 흔적도 남아 있었지만, 오랫동안 손질을 하지 않아서 황폐해져 있었다.

갑자기 판이 짖어 대는 소리가 공기를 갈랐다. 곧이어 판이 나타났지만, 아직도 개는 흥분에 사로잡힌 채 제자리에서 빙글빙글 맴돌거나 소년들 앞을 뛰어다니고, 그들에게 뭔가 호소하듯 쳐다보며 낑낑거렸다. 자기를 따라오라고 재촉하는 것 같았다.

브리앙이 개를 달래려고 했지만 소용이 없었다.

"틀림없이 뭔가 이상한 게 있어." 브리앙이 말했다.

"판이 우리를 어딘가로 데려가고 싶어 하는 모양인데, 그곳에 가 보자." 도니펀이 말하고, 윌콕스와 서비스에게 따라오라는 신호를 보냈다.

열 걸음쯤 가자 판은 덤불과 관목이 우거진 곳에 멈춰 섰다. 나뭇가지가 벼랑 밑에서 서로 뒤엉켜 있었다.

브리앙이 앞으로 나섰다. 덤불 속에 동물이나 인간의 시체가 누워 있는 것을 판이 발견했는지도 모른다. 그런데 덤불을 헤쳐 보니 좁은 동굴 입구가 보였다.

"동굴이 있는 것 같아!" 브리앙은 두세 걸음 뒤로 물러나면서 소리쳤다.

그때 서비스가 재빨리 동굴 입구로 들어가려는 것을 보고 브리앙이 말렸다.

"우선 판이 어떻게 하는지 보자!"

개는 여전히 낮게 으르렁거리고 있었다. 아무리 달래려고 해도 소용이 없었다.

하지만 이 동굴 속에 짐승이나 사람이 숨어 있다면 벌써 밖으로 나왔을 것이다!

"들어가 볼까?" 윌콕스가 물었다.

"그러자." 도니펀이 대답했다.

"잠깐만 기다려. 횃불을 준비할 테니까." 브리앙이 말했다.

브리앙은 강가에 서 있는 소나무에서 송진이 많은 가지 하나를 잘라 거기에 불을 붙였다.

동굴 입구는 높이가 1.5미터, 너비가 1미터 정도였다. 하지만 안으로 들어서면 갑자기 넓어져서 높이가 3미터, 너비는 6미터나 되었다. 바닥에는 바싹 마른 모래가 깔려 있었다.

안쪽으로 들어가려던 윌콕스가 등받이 없는 나무의자에 부딪혔다. 그 의자 옆에는 탁자가 놓여 있고, 탁자 위에는 살림살이가 놓여 있었다. 질그릇 항아리, 접시로 사용한 듯한 커다란 조가비, 이가 빠지고 녹슨 칼, 낚싯바늘 두세 개, 양철 컵도 있었다. 반대쪽 벽 앞에는 널빤지를 대충 이어 맞춘 커다란 궤짝이 놓여 있고, 그 안에는 너덜너덜해진 옷가지가 들어 있었다.

동굴 구석에는 낡은 담요가 덮인 조잡한 침대가 놓여 있었다. 침대 머리맡에는 발판이 놓여 있고, 그 위에 찻잔과 나무 촛대가 놓여 있었다. 촛대의 받침대에는 새까맣게 탄 짧은 심지밖에 남아 있지 않았다.

소년들은 담요 밑에 시체가 있을지도 모른다고 생각하여 뒷걸음쳤다.

이윽고 브리앙이 두려움을 억누르면서 담요를 들쳤다.

초라한 침대는 텅 비어 있었다.

네 소년은 모두 판이 있는 곳으로 돌아갔다. 판은 동굴 밖에 남아서, 여전히 애처로운 소리로 낑낑대고 있었다.

그래서 소년들은 판을 따라 스무 걸음쯤 강가를 내려갔다. 그러곤 갑자기 멈춰 섰다. 공포에 사로잡혀 그 자리에 못 박혀 버린 것이다!

너도밤나무 그늘에 사람의 해골 하나가 누워 있었다.

그 동굴에 살고 있던 사람은 결국 이곳에 와서 이렇게 죽은 것이다.

9 장

기지로 돌아오다

네 소년은 아무도 입을 열지 않았다. 이런 곳에 와서 죽은 사람은 어떤 사람일까? 끝내 구조되지 못한 조난자였을까? 어느 나라 사람이었을까? 생활에 필요한 것들을 어떻게 구했을까? 조난해서 이곳에 표착했다면, 함께 조난한 사람들은 어떻게 되었을까?

의문이 차례로 솟아났지만, 그 해답은 영원히 수수께끼로 남을 것이다.

어쨌든 동굴을 구석구석 조사해 볼 필요가 있었다. 이 사람은 어떤 인물이고, 어느 나라 사람인지, 이곳에는 얼마나 오래 머물렀는지를 밝혀 줄 실마리가 남아 있을지도 모른다. 그것과는 별도로, '슬루기호'를 떠나 이 동굴에서 겨울을 날

수 있는지도 조사해 두는 게 좋을 것이다.

네 소년은 두 번째 횃불에 불을 붙인 다음, 판을 데리고 동굴로 들어갔다.

오른쪽 벽에 매달린 선반 위에서 맨 처음 눈에 띈 것은 기름과 삼실 부스러기로 조잡하게 만든 양초 다발이었다. 서비스가 당장 양초 하나에 불을 붙여 촛대에 세웠다. 조사가 시작되었다.

동굴의 넓이는 폭이 7미터, 길이가 10미터 정도니까, 침실과 식당과 창고와 주방을 겸하기에는 너무 좁다. 하지만 대여섯 달 동안 계속될 겨울만 여기서 보내면 된다. 여름이 올 때까지는 이 좁은 동굴로 만족해야 한다.

브리앙은 이런 것들을 확인하면서 동굴에 있는 물건을 꼼꼼히 점검했다. 사실 물건은 아무것도 없는 거나 마찬가지였다. 곡괭이와 도끼, 취사도구 두세 가지, 작은 술통, 쇠망치, 정, 톱—도움이 될 만한 것은 그것뿐이었다. 이런 도구는 제방 근처에 흔적만 남아 있는 보트에서 가져왔을 것이다.

수색을 계속하자 다른 물건들이 발견되었다. 이 빠진 칼과 컴퍼스, 주전자, 밧줄을 묶는 말뚝, 선원의 도구인 밧줄 바늘. 하지만 항해에 필요한 기구는 보이지 않았다. 망원경도 나침반도 없었고, 짐승이나 원주민의 공격으로부터 자신을 지키기 위한 총도 없었다.

윌콕스가 침대 머리맡에서 벽에 박힌 못에 걸려 있는 회중

시계를 발견했다. 그 회중시계는 상당히 훌륭한 제품이었다. 은으로 된 이중 뚜껑 속에 들어 있고, 역시 은제 사슬 끝에 열쇠가 달려 있었다.

"어쩌면 시계에 이름이 새겨져 있을지도 몰라." 도니펀이 말했다.

"그래, 맞아." 브리앙이 대꾸했다.

뚜껑 안쪽을 보니 거기에는 이런 문자가 새겨져 있었다.

'델포슈, 생말로'——이것은 시계를 만든 사람의 이름과 주소였다.

"프랑스 사람이었군. 나하고 같은 동포야." 브리앙이 흥분하여 소리쳤다.

곧이어 결정적인 증거가 또 하나 발견되었다. 초라한 침대를 조사하고 있던 도니펀이 땅바닥에서 공책 한 권을 주운 것이다. 누렇게 바랜 종이에 연필로 글씨가 빼곡히 적혀 있었다.

그러나 안타깝게도 그 글씨의 대부분은 읽을 수 없었다. 하지만 판독할 수 있는 글자도 있었다. 특히 중요한 것은 '프랑수아 보두앵'이라는 이름이었다.

이 이름은 조난자가 나무줄기에 새겨 놓은 'FB'라는 머리글자와 일치하지 않는가! 공책은 그가 해안에 표착한 날부터 날마다 적은 일기였다! 브리앙은 아직 완전히 지워지지 않은 토막 난 문장 속에서 '뒤게 트루앵'이라는 이름을 읽을 수 있었다. 이것은 태평양의 이 외딴 해역에서 조난한 배의 이름이 분명했다.

그리고 공책 첫 장에 적힌 연도는 머리글자 밑에 새겨져 있던 '1807'이라는 숫자와 일치했다. 이것이 조난을 당한 연도일 것이다.

그렇다면 프랑수아 보두앵이 이곳에 표착한 것은 53년 전이다. 그리고 그가 여기서 사는 동안 외부에서 구조의 손길은 전혀 뻗어 오지 않았다!

공책을 넘기고 있던 도니펀이 책장 사이에 곱게 접은 종이한 장이 끼워져 있는 것을 발견했다. 그것은 잉크 같은 것으로 그린 지도였다. 물과 검댕으로 잉크 비슷한 액체를 만들었을 것이다.

"지도다!" 도니펀이 외쳤다.

그것은 이 근방의 지도였다. 슬루기만, 암초 지대, 기지로 정한 모래밭, 브리앙 일행이 서쪽 연안을 따라 내려온 호수, 난바다에 보이는 세 개의 작은 섬, 강까지 뻗어 있는 벼랑, 중앙부를 뒤덮고 있는 숲을 한눈에 확인할 수 있었다.

호수 건너편에는 또 다른 숲이 있고, 그것이 또 다른 해안까지 펼쳐져 있었다. 그리고 해안 전체를 바다가 에워싸고 있었다.

이리하여 동쪽으로 나아가 구조될 길을 찾으려던 계획은 모두 물거품이 되고 말았다. 브리앙의 말이 옳았다! 대륙인

줄 알았던 이곳은 바다에 둘러싸여 있었다. 여기는 섬이다. 그래서 프랑수아 보두앵도 탈출하지 못했던 것이다!

지도를 보면 프랑수아 보두앵이 섬 전체를 돌아다닌 것을 알 수 있었다. 지리적으로 중요한 곳을 지도에 적어 두었기 때문이다. 오두막도 징검다리도 그가 만든 게 분명했다.

어쨌든 '슬루기호'의 소년들은 여기서 몇 달 동안 임시로 사는 것이 아니라, 오랫동안 눌러 살아야 한다. 그 동굴은 좋은 피난처가 될 것 같으니까, 매서운 겨울바람이 불어와 '슬루기호'를 부숴 버리기 전에 동굴로 이사하는 게 나을 듯싶었다.

그렇다면 더 이상 우물쭈물하지 말고 기지로 돌아가야 한다. 브리앙 일행이 탐험을 떠난 지 벌써 사흘이 지났으니까, 고든은 탐험대에 무슨 사고라도 일어난 게 아닐까 하고 몹시 걱정하고 있을 것이다.

소년들은 출발하기 전에 프랑스인 조난자의 무덤을 만들어 주었다. 프랑수아 보두앵이 머리글자를 새겨 놓은 너도밤나무 밑에 곡괭이로 무덤을 파서 유골을 묻고, 거기에 나무 십자가를 세웠다.

이렇게 장례를 끝내고 네 소년은 동굴로 돌아가 짐승이 들어가지 못하도록 입구를 막았다. 그런 다음 남은 식량을 다 먹어 치운 뒤, 벼랑 기슭을 따라 강의 오른쪽 연안을 걸어 갔다.

강을 따라가면 걷기가 편했다. 강기슭에는 나무나 덤불이 거의 없었기 때문이다.

그런데 오후 4시쯤 소년들은 강을 따라 내려가는 것을 포기해야 했다. 강 오른쪽 연안에 진창 같은 늪지가 넓게 펼쳐져 있어서, 섣불리 발을 들여놓으면 위험했기 때문이다. 따라서 숲을 가로지르는 게 나았다.

브리앙은 손에 나침반을 쥐고, 지름길을 통해 슬루기만으로 나가려고 북서쪽으로 방향을 잡았다. 하지만 오히려 그 때문에 시간이 많이 늦어지고 말았다. 자작나무·소나무·너도밤나무가 천장처럼 두껍게 하늘을 가려, 해가 지자마자 주위가 캄캄해져 버렸다.

저녁 7시쯤 소년들은 길을 잃은 것을 깨달았다.

"계속 가자." 브리앙이 말했다. "서쪽으로 걸어가면 반드시 슬루기만에 도착할 수 있을 거야."

"그 지도가 틀리지 않았다면, 그리고 그 강물이 정말로 슬루기만으로 흘러든다면 그렇겠지." 도니펀이 대꾸했다.

"왜 그 지도가 정확하지 않을 거라고 생각하지?"

"너는 왜 그 지도가 정확하다고 생각하는데?"

도니펀은 이곳이 대륙이 아니라는 실망감 때문에 보두앵의 지도를 믿으려 하지 않았다. 하지만 그것은 잘못이었다. 소년들이 지금까지 조사한 바로는 프랑수아 보두앵의 지도가 아주 정확하다는 것을 부정할 수 없었기 때문이다.

8시쯤에는 한 치 앞도 분간할 수 없을 만큼 어둠이 짙어졌다. 그리고 이 숲은 아무리 걷고 또 걸어도 끝날 것 같지 않았다.

바로 그때 갑자기 나무들 사이로 눈부신 섬광이 보였다. 그 빛이 꼬리를 끌며 하늘을 가로질렀다.

"저게 뭐지?" 서비스가 고개를 갸웃거렸다.

"별똥별이 아닐까?" 윌콕스가 대답했다.

"아니, 신호탄이야." 브리앙이 말했다. "'슬루기호'에서 쏘아 올린 신호탄이야."

"그럼 고든이 신호를 보내고 있는 거야!" 도니펀이 소리쳤다. 그러고는 총을 쏘아 고든의 신호에 응답했다.

하늘에서 반짝이는 별 하나를 기준점으로 정해 두었기 때문에, 어둠 속에 두 번째 신호탄이 올라가자 네 소년은 그쪽으로 방향을 잡고 나아갔다. 45분 뒤에 그들은 '슬루기호'에 도착했다.

고든은 탐험대가 길을 잃은 게 아닐까 하고 '슬루기호'의 위치를 알리기 위해 신호탄을 몇 발 쏘아 올린 것이었다.

10장

'슬루기호'를 떠나다

　브리앙 일행이 얼마나 뜨거운 환영을 받았을지는 쉽게 짐작할 수 있을 것이다. 기쁨의 환성과 악수와 포옹이 한동안 계속되었다. 판도 아이들의 환성에 맞추어 큰 소리로 짖어 대면서 이 환영회에 동참했다.

　이튿날인 4월 5일 새벽에 상급생들—고든, 브리앙, 도니펀, 백스터, 크로스, 윌콕스, 웨브, 서비스, 가넷—과 좋은 조언자인 모코는 뱃머리에 모였다. 어린 하급생들은 아직 자고 있었다.

　브리앙과 도니펀이 교대로 지금까지 일어난 일을 보고했다. 두 소년은 개울을 건너는 징검다리와 무성한 덤불에 가려진 오두막을 발견하고, 근방에 사람이 살고 있거나 과거에 살았던 게 아닐까 하고 생각한 사실을 설명했다. 처음에는 바다인 줄만 알았던 넓은 수면이 사실은 호수였다는 것, 호수에서 강물이 흘러나오는 어귀의 동굴까지 가게 된 경위, 그리고 프랑스 사람인 프랑수아 보두앵의 해골을 발견한 자초지종, 그 조난자가 작성한 지도에 따르면 '슬루기호'가 좌초한 이곳은 분명 섬이라는 것도 이야기했다.

소년들의 미래는 암담했다. 하지만 고든은 태연했다. 고든은 오히려 타고난 취미를 살릴 기회가 왔다고 생각했다. 그리고 모두 협력해 주면 어떻게든 살아갈 수 있는 환경을 만들겠다고 약속하여 친구들의 기운을 북돋워 주었다.

그건 그렇고, 겨울이 와서 이사를 할 수 없게 되면 곤란하니까, 그전에 살 곳을 정해 두지 않으면 안 된다.

"가장 좋은 방법은 우리가 호숫가에서 찾아낸 동굴에 사는 거야." 브리앙이 말했다. "거기는 피난처로 안성맞춤이야."

"우리 모두 살 수 있을 만큼 넓어?" 백스터가 물었다.

"그렇게 넓지는 않아." 도니펀이 대답했다. "하지만 그 옆에 두 번째 동굴을 파서 넓힐 수 있을 거야. 우리는 연장도 있고……."

"어쨌든 하루라도 빨리 옮기는 게 좋겠어." 브리앙이 덧붙였다.

사실 이사는 서두를 필요가 있었다. 고든이 말했듯이 '슬루기호'는 날이 갈수록 살기 어려워지고 있었다. 더운 날이 계속된 뒤 몇 번이나 비가 내렸기 때문에 선체와 갑판의 이음매가 벌어지기 시작했다. 찢어진 돛을 덮어 놓았지만, 틈새로 바람이 들어오고 빗물도 스며든다. 그리고 배가 올라앉은 모래톱이 침식되어 바닷물이 스며들었기 때문에, 배는 아주 불안정한 모래밭에 깊이 박혀 있었고 전보다 더욱 심하게 기울어졌다.

낮과 밤의 길이가 같은 추분 무렵에 자주 부는 돌풍이 이 해안에 몰아치면 '슬루기호'는 순식간에 산산조각이 나 버릴 것이다. 그래서 우물쭈물하지 말고 빨리 배를 떠나야 했다. 그뿐만 아니라 쓸모 있는 들보나 널빤지, 금속으로 만들어진 물건 따위를 빼낼 수 있도록 배를 해체할 필요가 있었다. 그것은 '프렌치 동굴'(프랑스인의 동굴)을 고치는 데 도움이 될 것이다. '프렌치 동굴'은 프랑스인 조난자를 기념하여 동굴에 붙인 이름이었다.

"그런데 배를 해체해 버리면 동굴로 이사 갈 때까지 어디서 살지?" 도니펀이 물었다.

"천막을 쳐야지." 고든이 대답했다. "강기슭의 나무 사이에 천막을 치자."

"그거 좋은 생각이야." 브리앙이 고개를 끄덕였다. "이제 한 시간도 낭비할 수 없어."

실제로 배를 해체하고, 물자와 식량을 부리고, 짐을 나르기 위한 뗏목을 만들려면 적어도 한 달은 걸릴 것이다. 그러면 '슬루기호'를 떠나는 것은 5월 초순이 된다. 5월 초라면 북반구에서는 11월 초에 해당하니까 초겨울이다.

그 후 며칠은 강기슭에 야영지를 만들면서 보냈다. 너도밤나무 두 그루의 낮은 가지를 고른 다음, 긴 활대를 이용하여 그 가지를 세 번째 너도밤나무 가지와 연결했다. 이 세 그루의 너도밤나무를 기둥으로 삼아 커다란 예비 돛을 치고, 그 옆면을 땅바닥까지 늘어뜨렸다. 그리고 밧줄로 단단히 고정시킨 천막 안에 침구와 생활에 필요한 도구, 무기와 탄약과 식량 따위를 운반했다.

4월 15일에는 배에 거의 아무것도 남아 있지 않았다. 배를 완전히 해체한 뒤에나 꺼낼 수 있는 무거운 물건만 남아 있을 뿐이었다.

이 일이 아무리 급해도, 날마다 식량을 장만하는 일도 소홀히 할 수는 없었다. 도니펀과 웨브와 윌콕스는 날마다 몇 시간씩 바위비둘기와 늪지대에서 날아오는 새를 잡으러 갔다. 어린 하급생들도 썰물이 져서 암초가 모습을 드러내면 조개를 잡느라 바빴다.

일은 순조롭게 진행되었다. 판단력이 뛰어난 고든은 항상 정확하고 확실하게 지시를 내렸고, 그의 현실 감각은 한 번도 실수를 저지르는 법이 없었다. 도니펀은 브리앙이나 다른 친구가 지시를 내렸다면 절대 받아들이지 않았겠지만, 고든의 방식은 인정할 수밖에 없었다.

하지만 서둘러야 했다. 4월 15일부터 보름 동안은 날씨가 좋지 않았다. 평균기온이 뚝 떨어졌다. 겨울이 다가오고 있었다.

하급생은 물론 상급생들도 옷을 따뜻하게 입어야 했다. 모두 혹독한 겨울에 대비하여 준비한 두꺼운 스웨터, 두꺼운 옷감으로 만든 바지, 모직 재킷을 껴입었다. 고든의 수첩에는 의류가 옷감과 크기별로 분류되어 있어서, 그것만 보면 필요한 옷이 어디 있는지 금방 알 수 있었다.

배가 텅 비자 모두 선체를 해체하는 작업에 달라붙었다. 선체는 곳곳이 삐걱삐걱 소리를 내고 있었다.

배 밑바닥에 덧댄 구리판은 프렌치 동굴에서도 쓸모가 있으니까 조심스럽게 떼어 냈다. 다음에는 못뽑개·펜치·망치 같은 연장을 이용하여 거멀못과 쐐기로 골조와 단단히 연결되어 있는 널빤지를 떼어 냈다. 경험도 없고 힘도 약한 소년들에게는 여간 힘든 일이 아니었다. 그래서 해체 작업은 좀처럼 뜻대로 진행되지 않았지만, 4월 25일에 불어온 돌풍이 소년들을 도와주었다.

밤중에 거센 폭풍이 닥쳐 왔다. 번개가 하늘을 환히 비추고, 우렛소리가 한밤중부터 새벽까지 계속 울렸다. 하급생 아이들은 겁에 질렸다. 하지만 다행히 비는 내리지 않았다. 그래도 두세 번은 미친 듯이 날뛰는 폭풍에 천막이 날아가지 않도록 천막을 다시 묶어야 했다.

천막은 나무들 사이에 고정되어 있었기 때문에 바람을 견딜 수 있었지만, 배는 그럴 수 없다. 난바다에서 불어온 돌풍이 배를 정면으로 후려친 데다 큰 파도까지 배를 덮쳤다.

배는 완전히 파괴되었다. 바깥쪽 널빤지가 뜯겨 나가고, 골조가 무너지고, 용골은 뒤쪽 끝부분에 몇 번이나 큰 파도를 얻어맞고 부러져 버렸다. 선체는 하룻밤 사이에 처참한 잔해로 변해 버렸다.

그 후 사나흘은 모두 선체의 잔해를 모으는 일에 열중했다. 들보와 널빤지, 바닥짐용 납덩어리 등, 너무 무거워서 꺼내지 못했던 물건들이 여기저기 흩어져 있었다. 이제 남은 일은 그런 잔해를 모아서 강가의 천막 근처로 옮기는 것뿐이었다.

정말 힘든 작업이었다. 시간이 갈수록 피로가 심해졌다. 하지만 소년들은 숨을 헐떡이면서도 끝까지 잘 해냈다. 무거운 목재를 밧줄로 묶어서 함께 '영차! 영차!' 하고 소리를 지르며 끌고 가는 모습은 보기만 해도 흐뭇했다. 가장 힘들었던 것은 닻을 끌어 올리는 권양기와 조리용 화덕, 상당히 무거운 물탱크를 나르는 일이었다.

4월 28일 저녁, '슬루기호'의 잔해는 모두 천막 근처의 강기슭으로 운반되었다. 이제 가장 힘든 일은 끝났다. 이 물자를 프렌치 동굴로 나르는 일은 강물이 맡아 줄 터였다.

"내일부터 뗏목을 만들자." 고든이 말했다.

"그래." 백스터가 말했다. "그런데 뗏목을 다 만들어서 물에 띄우려면 힘이 드니까, 아예 강물 위에서 만드는 게 어때?"

이튿날부터 당장 뗏목 조립 작업이 시작되었다. 뗏목은 무겁고 부피가 큰 짐을 모두 실을 수 있을 만큼 커야 했다.

'슬루기호'에서 빼낸 들보와 동강난 용골, 앞 돛대 1미터만 남기고 부러진 큰 돛대, 난간, 배 한복판을 떠받치고 있던 대들보, 활대, 밧줄 따위가 밀물 때만 물에 잠기는 강기슭으로 운반되었다. 소년들은 모두 밀물 때를 기다렸다. 밀물이 들어오자 목재가 차례로 물 위에 떠올랐다. 우선 가장 긴 목재를 늘어놓고 다음에는 그 위에 짧은 목재를 옆으로 늘어놓고, 하나씩 밧줄로 단단히 동여맸다.

이리하여 길이 10미터에 너비가 5미터나 되는 튼튼한 뗏목 뼈대가 완성되었다. 뼈대를 만드는 작업은 온종일 쉬지 않고 계속되어 해질녘에야 겨우 끝났다.

힘든 하루가 지나자 모두 녹초가 되었지만, 왕성한 식욕으로 저녁을 먹은 뒤 아침까지 내처 잤다.

이튿날인 30일에도 동이 트자마자 모두 일에 매달렸다. 이번에는 뗏목 뼈대 위에 바닥을 까는 작업이다. 여기에는 '슬루기호'의 갑판과 선체 바깥쪽에 댄 널빤지가 도움이 되었다. 망치로 못을 단단히 박고 밧줄로 목재를 얽어매자 뗏목 전체가 튼튼하게 고정되었다.

모두 일을 서둘렀지만, 그래도 이 작업에 사흘이 걸렸다. 한 시간도 허비할 수 없었다. 해안 웅덩이와 강가에 벌써 살얼음이 끼기 시작했다. 천막 안에 불을 피워도 추위가 스며들었다. 소년들은 서로 몸을 바싹 붙이거나 담요를 둘러 간신히 추위를 피하고 있었다.

프렌치 동굴에 자리를 잡으려면 작업을 서두를 필요가 있었다. 남극권에 가까운 이곳에서는 겨울 추위가 혹독하겠지만, 그 동굴 속에서는 적어도 추위만은 피할 수 있을 터였다.

5월 3일, 짐을 꾸리는 작업이 시작되었다. 뗏목이 균형을 잃지 않도록 짐을 잘 싣는 것이 중요했다. 소년들은 저마다 힘닿는 대로 열심히 일했다. 어린 하급생들은 일용품과 도구·기구 같은 작은 물건을 뗏목까지 나르는 일을 맡았다. 브리앙과 백스터가 그런 물건을 고든의 지시에 따라 뗏목에 실었다.

짐을 쉽게 실을 수 있도록 백스터는 기둥 두 개를 세우고 그것을 네 개의 밧줄로 고정시켰다. 이 기중기 끝에 도르래 장치를 달고, 배에서 사용하던 작은 수평 권양기에 도르래의 밧줄을 걸었다. 이것으로 땅 위의 짐을 들어 올려 뗏목 바닥에 살짝 내려놓을 수 있었다.

다들 열심히 일한 덕분에 5월 5일 오후에는 모든 짐을 무사히 뗏목에 실을 수 있었다. 이제 뗏목을 강기슭에 묶어 둔 밧줄만 풀면 된다. 소년들은 이튿날 아침 8시쯤 개어귀에 밀물이 나타나자마자 밧줄을 풀기로 했다.

이제 할 일을 다 끝냈으니 소년들은 저녁때까지 당연히 쉴 수 있을 줄 알았다. 하지만 그렇게는 되지 않았다. 고든이 새로운 작업을 제안했기 때문이다.

"모두 내 말 좀 들어 봐. 우리는 이제 만을 떠나게 되니까 앞으로는 바다를 지켜볼 수 없어. 섬 이쪽으로 배가 지나가도 신호를 보낼 수 없게 되는 거야. 그러니까 벼랑 위에 돛대를 세워서 깃발을 계속 걸어 두는 게 좋겠어. 그렇게만 해 두면 난바다를 지나는 배의 주의를 끌 수 있을 거야."

모두 고든의 제안에 찬성했다. 뗏목을 만들 때 쓰지 않은 돛대를 벼랑 기슭까지 끌고 갔다. 그러고는 어렵사리 꼭대기에 올라가 돛대를 단단히 세웠다. 그런 다음 백스터가 밧줄을 이용하여 영국 국기를 게양하고, 도니펀이 예포 대신 총을 쏘아 국기에 경의를 표했다.

이튿날은 모두 동이 트자마자 일어났다. 소년들은 서둘러 천막을 걷고 침구를 뗏목으로 날랐다. 8시 반에는 모두가 뗏목 위에 자리를 잡았다. 상급생들은 삿대나 활대를 쥐고 뗏목 가장자리에 섰다. 키를 달아도 강에서는 쓸모가 없기 때문에 삿대로 뗏목을 조종할 수밖에 없다.

9시 조금 전에 밀물이 들어오기 시작했다. 뗏목 뼈대가 둔탁하게 삐걱거리고, 밧줄로 동여맨 뗏목이 흔들렸다.

"조심해!" 브리앙이 외쳤다.

"조심해!" 백스터도 외쳤다.

둘 다 뗏목 앞뒤를 강기슭에 묶어 놓고 있는 밧줄 옆에 서서, 밧줄 끝을 손에 쥐고 있었다.

"준비 됐어!" 도니펀이 외쳤다. 도니펀은 윌콕스와 함께 뗏목 앞쪽에 서 있었다.

뗏목이 밀물을 타고 있는 것을 확인한 뒤 브리앙이 외쳤다.

"밧줄을 풀어!"

그러자 밧줄에서 풀려난 뗏목은 보트를 끌면서 천천히 움직이기 시작했다. 이렇게 무거운 뗏목이 움직이는 것을 보고 소년들은 일제히 환성을 질렀다. 큰 군함을 만들었다 해도 이렇게 큰 만족감은 맛보지 못했을 것이다.

출발한 지 두 시간 만에 2킬로미터 가까이 거슬러 올라왔다. 뗏목은 어디에도 부딪히지 않았다. 이런 상태라면 무사히 프렌치 동굴에 도착할 수 있을 것 같았다.

11시쯤 썰물이 시작되어 강의 흐름이 바뀌었기 때문에, 소년들은 뗏목이 바다로 떠내려가지 않도록 서둘러 뗏목을 강기슭 나무에 붙들어 맸다.

물론 저녁때 밀물이 들어오면 다시 출발할 수 있다. 하지만 어둠 속에서 뗏목을 모는 것은 모험이었다.

"그건 너무 위험해." 고든이 말했다. "뗏목이 어딘가에 부딪혀 망가질지도 모르니까 말이야. 내일 아침까지 기다렸다가 낮의 밀물을 이용하는 게 좋겠어."

그럴듯한 의견이었기 때문에 아무도 반대하지 않았다. 도착이 하루쯤 늦어진다 해도, 소중한 짐을 위험에 빠뜨리는 것보다는 훨씬 나았다.

그래서 그곳에서 한나절과 하룻밤을 보내게 되었다. 도니편과 친구들은 사냥을 하기 위해 당장 판을 데리고 오른쪽 강변으로 올라갔다.

고든은 너무 멀리 가지 말라고 주의를 주었다. 도니편은 이 충고를 귀담아듣지 않을 수 없었다. 그래도 통통하게 살이 오른 능에 네 마리와 메추라기를 여러 마리 잡아 왔기 때문에 체면을 지킬 수 있었다.

날이 저물었다. 백스터와 웨브와 크로스는 강물의 흐름에 따라 뗏목을 매 놓은 밧줄을 조였다 늦추었다 하면서 밤새 불침번을 섰다.

걱정할 일은 아무것도 일어나지 않았다. 이튿날 아침 9시 45분쯤 다시 밀물이 시작되자, 어제와 마찬가지로 모두 힘을 합쳐 뗏목을 띄웠다.

간밤에는 몹시 추웠다. 낮에도 추위는 누그러지지 않았다. 서둘러야 한다. 강물이 얼어붙거나 호수가 얼어붙어 얼음장이 하류로 떠내려오기라도 하면 어떻게 되겠는가! 그것은 소년들에게 큰 불안을 불러일으켰다. 프렌치 동굴에 도착할 때까지는 절대 안심할 수 없었다.

오후 1시쯤, 브리앙이 슬루기만으로 돌아갈 때 멀리 돌아서 가야 했던 그 늪지 부근에서 쉬기로 했다. 모두 오후 시간을 이용하여 강변의 늪지를 탐험했다.

그날 밤은 찬바람이 매섭게 불고 얼어붙을 듯이 추웠다. 바람이 수면을 한바탕 휩쓸고 지나갈 때마다 추위가 흘러들었다. 살얼음까지 끼었다. 추위를 막기 위해 온갖 준비를 하고 돛을 뒤집어쓴 채 몸을 웅크려 보아도 뗏목 위에서는 한기가 뼛속까지 스며들었다.

이튿날 오후 3시 반까지 계속된 밀물 덕분에 뗏목은 드디어 호수가 보이는 곳에 이르렀다. 소년들은 프렌치 동굴 입구 앞의 높은 강둑에 뗏목을 댔다.

11장

동굴 생활이 시작되다

아이들의 환호성과 함께 상륙이 시작되었다. 평소의 생활이 완전히 바뀌는 것은 아이들에게는 새로운 놀이나 마찬가지다. 돌은 새끼 염소처럼 강둑을 팔짝팔짝 뛰어다녔고, 아이버슨과 젠킨스는 호수 쪽으로 달려갔다.

"너는 같이 안 가니?" 브리앙이 동생 자크에게 물었다.

"그냥 여기 있고 싶어!" 자크가 대답했다.

"너도 운동을 좀 하는 게 좋아. 난 네가 걱정이다. 뭔가 감추고 있는 것 같고…… 혹시 어디 아픈 거 아냐?"

"아니야, 형. 난 아무렇지도 않아!"

늘 똑같은 대답만 하는 것이 브리앙은 께름칙했다. 고집센 동생을 다그쳐서라도 사실을 확실히 해 두어야겠다고 브리앙은 마음먹었다.

프렌치 동굴에서 그날 밤을 보내려면 잠시도 시간을 낭비할 수 없었다.

모두 동굴 입구를 막고 있는 덤불을 치우기 시작했다. 브리앙과 도니펀이 입구를 가리기 위해 놓아둔 나뭇가지는 그대로 남아 있었다. 사람이나 짐승이 동굴에 들어가려고 한 흔적은 전혀 없었다.

"너무 좁은데." 백스터가 동굴 깊이를 눈어림으로 재고 나서 말했다.

"괜찮아." 가넷이 받았다. "선실처럼 침대를 위아래로 겹쳐 놓으면……."

"그럴 필요가 어디 있어?" 윌콕스가 끼어들었다. "침대를 바닥에 빽빽이 늘어놓으면 되잖아."

"그러면 지나다닐 공간이 없어." 이번에는 웨브가 말했다.

"그건 그래." 크로스가 말했다. "그래도 요리를 할 만한 곳은 있어야……."

"요리는 밖에서 하면 돼요." 모코가 대답했다.

"날씨가 나쁘면 아주 불편해." 브리앙이 말했다. "내일 당장 '슬루기호'의 조리용 화덕을 들여놔야 할 것 같아."

"화덕이라니…… 우리가 밥 먹고 잠자는 동굴에 화덕을 들여놓는다고?" 도니펀이 불쾌감을 드러내며 말했다.

"좋아! 알았어!" 고든이 서둘러 말했다. "동굴이 살기에 좋든 나쁘든, 처음 얼마 동안은 화덕을 안에 들여놓을 수밖에 없어. 화덕은 요리에만 쓰는 게 아니라, 동굴을 따뜻하게 해 줄 테니까 말이야. 우선은 이걸로 참고, 되도록 편안하게 자리를 잡자!"

저녁을 먹기 전에 배에 있던 작은 침대들을 가져와서 모래 위에 늘어놓았다. 그리고 배에 있던 큰 탁자가 동굴 한복판에 놓였다.

모코는 서비스의 도움을 받아 멋진 요리 솜씨를 발휘하고 있었다. 벼랑 기슭에 있는 커다란 바윗돌 두 개로 아궁이를 만들고, 웨브와 윌콕스가 강가에서 주워 온 마른 나뭇가지를 땠다. 저녁 6시쯤, 냄비 속에서 말린 고기와 채소를 넣은 수프가 맛있는 냄새를 풍기기 시작했다. 모코는 열두 마리나 되는 메추라기의 털을 뽑고 꼬챙이에 꿰어, 탁탁 소리를 내며 타오르는 불에 구웠다. 육즙이 밑에 있는 받침 접시에 뚝뚝 떨어졌다.

7시에 소년들은 식당과 침실을 겸한 동굴 방에 모두 모였다. 그들은 모코가 나누어 주는 음식을 받거나 제 손으로 가져다가 배불리 먹었다. 뜨거운 수프, 콘비프, 메추라기 구이, 건빵, 찬물을 탄 브랜디, 치즈 덩어리. 이런 진수성찬은 지난 며칠 동안 부실했던 식사를 충분히 벌충해 주었다.

그날은 모두 지쳐 있었다. 배가 부르자 이제는 그저 자고 싶은 생각밖에 없었다. 그러나 고든은 예의를 존중하는 마음에서, 잠자기 전에 프랑수아 보두앵의 무덤을 참배하러 가자고 제안했다. 소년들은 지금 보두앵이 살던 집을 차지했기 때문이다.

밤의 어둠이 호수를 감싸, 수면에는 낮의 마지막 빛도 남아 있지 않았다. 소년들은 성벽 같은 벼랑 끝을 돌아 작은 무덤 앞에 멈춰 섰다. 이 무덤 앞에서 하급생들은 무릎을 꿇고 상급생들은 고개를 숙여, 조난자의 영혼을 위해 기도를 드렸다.

9시가 되자 모두 침대에 누웠다. 담요 속으로 기어들기가 무섭게 깊은 잠 속으로 빠져들었다.

이튿날인 5월 9일부터 사흘 동안은 모두 뗏목의 짐을 내리는 일에 매달렸다. 벌써 서풍과 함께 안개가 자욱해져, 비나 눈이 내리는 계절이 다가오고 있음을 알려 주었다. 따라서 식료품과 음료처럼 얼어 버리면 쓸모가 없어지는 것은 모두 동굴 안에 서둘러 들여놓아야 했다.

뗏목의 짐을 내리는 작업은 사흘 만에야 겨우 끝났다. 이제 뗏목의 뼈대와 바닥을 해체하면 모든 일이 끝난다. 바닥으로 사용한 널빤지들은 동굴 내부를 꾸미는 데 도움이 될 것이다.

모든 물자를 동굴에 들여놓을 수는 없었다. 동굴을 넓힐 수 없다면, 비바람을 피할 수 있는 창고를 만들어 거기에 짐을 놓아 둘 수밖에 없다.

당분간은 고든의 의견에 따라 짐을 방수포로 싸서 벼랑 기슭에 쌓아 두기로 했다. 방수포는 '슬루기호' 갑판의 채광창과 승강구를 덮는 데 사용하던 것이었다.

5월 13일 낮에 백스터와 브리앙과 모코는 화덕을 설치했다.

통나무를 늘어놓고 그 위로 화덕을 밀어서 동굴 안으로 운반해야 했다. 통풍이 잘 되도록 입구 오른쪽 벽에 화덕을 바싹 붙여 놓았다. 연기를 밖으로 빼낼 굴뚝을 설치하는 작업은 여간 어렵지 않았다. 그래도 벽을 이루고 있는 석회암이 물렀기 때문에 백스터는 어렵사리 암벽에 구멍을 뚫고 굴뚝을 끼워 넣을 수 있었다. 이렇게 하면 연기를 밖으로 내보낼 수 있다.

오후에 모코는 화덕에 불을 때 보고, 불이 잘 타는 데 만족했다. 이제는 날씨가 나빠도 삶거나 굽는 요리를 얼마든지 만들 수 있었다.

그 후 일주일 동안 도니펀과 웨브·윌콕스·크로스는 마음껏 사냥을 즐길 수 있었다. 가넷과 서비스도 사냥에 가담했다.

하루는 이들 여섯 명이 프렌치 동굴에서 800미터쯤 떨어진 호숫가 숲속에 들어갔다가, 자작나무와 너도밤나무가 울창한 숲속 곳곳에서 인간이 설치한 게 분명한 덫을 발견했다. 땅에 구덩이를 파고 나뭇가지를 그물처럼 엮어서 덮어

놓은 함정이었다. 함정은 일단 빠지면 짐승도 올라올 수 없을 만큼 깊었다.

"좋은 생각이 났어." 윌콕스가 말했다. "이 덫에 다시 나뭇가지를 덮어 두자. 어쩌면 짐승이 또 걸려들지 몰라."

"마음대로 해." 도니편이 대답했다. "나는 사냥감을 덫에 빠뜨려 죽이기보다는 자유롭게 돌아다니는 놈을 쏘는 게 더 좋지만."

윌콕스는 당장 제 생각을 실행에 옮겼다. 친구들의 도움을 받아 주위의 나뭇가지를 몇 개나 잘랐다. 그런 다음 긴 나뭇가지들을 구덩이 위에 걸쳐 놓자, 무성한 잎에 가려 덫이 전혀 보이지 않게 되었다.

사냥을 다니는 동안 소년들은 브리앙이 처음 호수를 탐험했을 때 발견한 귀중한 식물 두 종류를 많이 채집했다. 하나는 늪지대에서 잘 자라는 야생 샐러리였고, 또 하나는 땅에서 막 돋아난 새싹이 괴혈병에 잘 듣는 크레송이었다. 이 두 가지 채소는 건강을 위해 늘 식탁에 올랐다.

아직은 호수나 강물이 얼어붙을 만큼 추위가 심하지 않았기 때문에 송어와 강꼬치고기를 낚을 수 있었다. 강꼬치고기는 맛이 좋지만, 잔가시가 많기 때문에 가시가 목에 걸리지 않도록 조심해야 한다.

그동안에도 소년들은 윌콕스가 설치해 둔 덫을 몇 번이나 보러 갔다. 구덩이 바닥에 큼지막한 고깃덩어리를 놓아 두었으니까 육식동물이 걸려들 만도 한데, 짐승은 한 마리도 덫에 빠지지 않았다.

하지만 5월 17일에 사건이 일어났다.

그날 브리앙은 몇몇 친구와 함께 벼랑 옆에 있는 숲으로 들어갔다. 프렌치 동굴 근처에 천연 동굴이 없는지 찾으러 간 것이다. 동굴을 찾으면 남은 물건을 보관하는 창고로 쓸 수 있을 것이다.

그런데 그 덫에 가까이 갔을 때 쉰 듯한 목소리가 구덩이 속에서 들려왔다.

브리앙이 그쪽으로 달려가자 도니편도 따라왔다. 다른 소년들도 당장이라도 총을 쏠 수 있도록 자세를 갖추고, 몇 걸음 뒤에서 두 소년을 따라왔다. 판은 귀를 쫑긋 세우고 꼬리를 꼿꼿이 쳐들고 달려왔다.

덫에서 스무 걸음쯤 떨어진 곳에 이르자 구덩이 속의 목소리가 더욱 커졌다. 천장처럼 덮인 나뭇가지 한복판에 커다란 구멍이 뚫려 있었다. 짐승이 아래로 떨어져 구멍이 뚫린 게 분명했다.

브리앙과 도니편도 덫으로 달려가 위에서 구덩이를 내려다보고는 소리를 질렀다.

"얘들아…… 이리 와 봐!"

"설마 재규어는 아니겠지?" 웨브가 물었다.

"퓨마도 아니겠지?" 크로스도 물었다.

"아니야! 두 발 달린 타조야!" 도니펀이 대답했다.

그 새가 타조의 일종인 것은 의심할 여지가 없었다. 키가 별로 크지 않고 머리가 기러기와 비슷하고 몸 전체가 희끄무레한 짧은 깃털로 덮여 있는 것을 보면, 남아메리카의 대초원에 사는 레아가 분명했다.

"산 채로 잡자." 윌콕스가 말했다.

"그거 좋은 생각이야!" 서비스가 소리쳤다.

그래서 윌콕스는 부리에 쪼일 위험을 무릅쓰고 구덩이 속으로 내려가야 했다. 부리에 쪼이면 중상을 입을지도 모른다. 하지만 레아의 머리에 윗옷을 던져 시야를 완전히 덮어 버렸기 때문에 레아는 꼼짝할 수 없게 되었다. 그렇게 되면 손수건 두세 장을 연결하여 레아의 다리를 묶는 것은 식은 죽 먹기였다. 이어서 윌콕스는 구덩이 위에 있는 아이들과 힘을 합쳐 레아를 밖으로 끌어냈다.

"잡았다!" 웨브가 소리쳤다.

"그런데 이 녀석을 어떻게 할 거지?" 크로스가 물었다.

"간단해." 매사에 거침이 없는 서비스가 대답했다. "우리 동굴에 데려가서 키우는 거야. 그러면 탈것으로도 쓸 수 있을 거야."

어린아이들은 레아를 보고 환성을 질렀다. 서비스가 레아를 탈것으로 훈련시킬 작정이라고 말하자, 아이들은 나중에 자기도 태워 달라고 부탁했다.

쉽게 짐작할 수 있는 일이지만, 프렌치 동굴에 자리를 잡은 뒤 고든을 비롯한 상급생들은 규칙적인 일상생활을 하려고 애썼다. 이사가 끝나자 고든은 각자 임무를 확실히 정하고, 특히 하급생 아이들을 방치해 두지 말자고 제의했다. 물론 아이들도 힘닿는 대로 열심히 공동 작업에 참여해야겠지만, 그렇다고 해서 체어먼 학교에서 시작한 공부를 중단할 수는 없었다.

"책이 있으니까 공부를 계속할 수 있을 거야." 고든이 말했다. "그리고 우리가 지금까지 배운 것과 앞으로 배우는 것을 하급생들한테 가르쳐 주는 것은 당연히 해야 할 일이야."

"그래." 브리앙이 받았다. "언젠가 이 섬을 떠나 다시 가족을 만나게 되었을 때, 우리가 허송세월하지 않았다고 자신 있게 말할 수 있도록 노력하자!"

그래서 소년들은 생활 시간표를 만들기로 했다.

12장

체어먼섬을 식민지로 삼다

탐험대는 다른 동굴을 찾을 수 있을지도 모른다는 기대를 품고 몇 번이나 벼랑을 조사했다. 새 동굴을 찾으면 그곳을 창고로 쓸 수 있을 터였다. 하지만 아무리 찾아도 동굴이 보이지 않았기 때문에, 결국 프렌치 동굴 옆에 굴을 한두 개 파서 지금의 거처를 넓히자는 원래의 계획으로 돌아갈 수밖에 없었다.

벼랑이 단단한 화강암이라면 이 작업은 불가능했을 것이다. 하지만 곡괭이로 쉽게 팔 수 있는 석회암이라면 작업은 그리 어렵지 않을 터였다. 작업 기간도 문제가 되지 않는다. 긴 겨울을 이용하면 된다. 가장 큰 걱정은 벼랑이 무너지거나 침수되는 것이었지만, 그런 일만 일어나지 않으면 봄이 올 때까지는 작업이 끝날 것이다.

백스터는 상당히 힘들긴 했지만 이미 동굴 입구를 넓혀 '슬루기호'의 선실 문을 달아 놓았다. 게다가 입구의 양쪽 벽에 작은 창까지 내서, 햇빛과 공기가 동굴 안으로 충분히 들어오게 되었다.

일주일 전부터 궂은 날씨가 계속되고 있었다. 거센 바람이 섬에 휘몰아쳤다. 거의 온종일 동굴에만 갇혀 있던 소년들은 동굴 확장 공사를 계획하고, 5월 27일부터 작업에 착수했다.

브리앙은 작업 계획을 이렇게 설명했다.

"비스듬히 파 들어가면 호수 쪽으로 나갈 수 있어. 그러면 동굴의 두 번째 출입구가 생기게 되겠지. 출입구가 둘이면 이 일대를 감시하기도 훨씬 쉬워지고, 날씨가 나빠서 한쪽 출입구를 사용할 수 없을 때도 다른 출입구로 드나들 수 있어."

백스터는 새 동굴을 넓히기 전에 우선 좁은 통로를 뚫고, 적당한 깊이까지 들어간 뒤에 그곳을 넓혀서 방을 만들자고 제안했다. 그러면 동굴에 방이 두 개 생기고, 두 방은 복도로 연결된다. 복도 양쪽 끝에 문을 달고, 복도 옆면을 파서 고방을 한두 개 만들어도 좋다. 이 계획은 분명 최선책이었다. 그렇게 하면 암석층을 자세히 조사할 수 있고, 갑자기 물이 스며 들어오면 당장 굴 파기 작업을 멈출 수도 있기 때문이다.

5월 27일부터 30일까지 사흘 동안은 작업이 꽤 순조롭게 진행되었다. 이 석회질 사암은 칼로도 팔 수 있을 만큼 물렀다. 그래서 갱도 벽을 널빤지로 보강해야 했는데 이것이 무척 힘들었다. 파낸 흙은 작업에 방해가 되지 않도록 곧장 밖으로 내다 치웠다. 공간이 비좁기 때문에 다들 한꺼번에 작업에 매달릴 수는 없었지만, 빈둥빈둥 노는 사람은 아무도 없었다.

힘든 작업이었지만 그래도 굴 파기 공사는 조금씩 진척되고 있었다. 좁은 굴을 1.5미터쯤 파 들어간 30일 오후, 생각지도 않은 사건이 일어났다.

탄광의 갱부처럼 터널 끝에서 허리를 구부린 채 굴을 파던 브리앙이 갑자기 이상한 소리를 들었다. 암벽 너머에서 무언지 모를 둔탁한 소리가 들려온 듯한 기분이 들었다.

좀 더 잘 들으려고 브리앙은 일손을 멈추었다. 그러자 또다시 소리가 들렸다. 브리앙이 곧바로 굴을 빠져나와 입구에 있던 고든과 백스터에게 이 사실을 알렸다.

"잘못 들은 거야!" 고든이 말했다. "네가 그렇게 생각했을 뿐이야."

"그럼 네가 가 봐. 옆벽에 귀를 대고 잘 들어 봐." 브리앙이 대답했다.

고든은 좁은 굴속으로 들어갔다가 이내 뛰쳐나왔다.

"네가 잘못 생각한 게 아니었어. 정말로 멀리서 으르렁거리는 듯한 소리가 들려."

다음에는 백스터가 굴속으로 들어갔다가 곧 돌아와서 말했다.

"도대체 무슨 소리지?"

"짐작도 안 가." 고든이 말했다. "도니편과 다른 애들한테도 알려야 해."

"꼬마들한테는 알리지 말자. 무서워할 거야." 브리앙이 덧붙였다.

하지만 마침 저녁 식사를 하러 모두 돌아온 참이었기 때문에, 하급생 아이들도 무슨 일이 일어났는지 알고는 불안에 사로잡혔다.

어쨌든 작업을 중단할 수는 없었다. 소년들은 저녁을 먹자마자 다시 작업에 착수했다.

저녁에는 아무 소리도 들리지 않았는데, 9시쯤 또다시 으르렁거리는 소리가 옆벽을 뚫고 들려왔다.

이번에는 판이 굴속으로 뛰어들더니 털을 세우고 엄니를 드러낸 채 뛰쳐나왔다. 성난 몸짓을 하면서, 마치 암벽 너머에서 들리는 소리에 응답이라도 하는 것처럼 짖어댔다.

하급생들이 품고 있던 놀라움과 불안은 이제 완전한 공포로 바뀌었다. 브리앙은 아이들을 달래려고 했지만 소용이 없었기 때문에, 그들을 억지로 침대에 밀어 넣었다. 그래도 아이들은 한참 뒤에야 잠이 들었다. 잠든 뒤에도 암벽 속에 괴물이 살고 있는 꿈을 꾸면서 악몽에 시달렸다.

이튿날은 모두 일찍 일어났다. 백스터와 도니펀이 좁은 굴 속을 끝까지 들어가 보았지만 아무 소리도 들리지 않았다. 판도 굴을 드나들고 있었지만, 별로 불안해하는 기색도 없고 어제처럼 옆벽을 향해 돌진하지도 않았다.

"일을 시작하자." 브리앙이 말했다.

"그래. 하지만 이상한 소리가 들리면 당장 그만둬야 해." 백스터가 말했다.

그래도 굴 파기 작업은 다시 시작되어 온종일 계속되었다. 어제와 같은 소리는 들리지 않았다. 백스터의 관찰에 따르면, 지금까지는 곡괭이를 내리칠 때마다 둔탁한 소리를 내던 암벽이 이제는 속이 텅 빈 듯한 소리를 내기 시작했다. 그렇다면 이쪽에 천연 동굴이라도 있는 것일까? 프렌치 동굴 옆에 두 번째 동굴이 있을 가능성은 충분했다. 그렇다면 기뻐할 일이다. 그만큼 동굴을 넓히는 수고가 줄어들기 때문이다.

그래서 더욱 열심히 일했다. 소년들은 지금까지 몇 번이나 힘들고 괴로운 날을 보냈지만, 그날도 모두 녹초가 될 만큼 힘든 날이었다. 하지만 별다른 일은 일어나지 않았다.

그런데 저녁때 고든은 개가 보이지 않는 것을 깨달았다. 평소에는 식사 때가 되면 판은 반드시 고든 옆에 앉아 있었는데, 그날은 식사가 끝날 때까지 끝내 나타나지 않았다.

모두 판을 불러 보았지만 응답이 없었다.

고든은 동굴 입구로 나가서 다시 한번 불러 보았다. 여전히 아무 소리도 들리지 않았다. 도니펀과 윌콕스가 강독과 호수 쪽을 찾아보았지만 개는 흔적도 없었다. 수색 범위를 넓혀서 프렌치 동굴 주위를 몇 번이나 찾아다녔지만 헛수고로 끝났다. 판은 어디에도 없었다.

소년들은 걱정으로 가슴이 짓눌리는 듯한 기분을 느끼면서 동굴로 돌아왔다. 그 영리한 개가 영원히 나타나지 않을지도 모른다고 생각하자 모두 슬픔에 잠겼다.

그때 정적 속에서 갑자기 으르렁거리는 소리가 들렸다. 이번에는 고통스러운 비명에 이어 짐승이 울부짖는 듯한 소리가 1분쯤 계속되었다.

"저기다! 저쪽에서 나는 소리야!" 브리앙이 외치고는 좁은 굴속으로 뛰어들었다.

다른 소년들도 무언가가 나타나기를 기다리듯 자리에서 일어났다. 하급생 아이들은 겁에 질려 담요를 머리 위로 뒤집어썼다.

브리앙은 곧 굴에서 뛰쳐나왔다.

"저쪽에 다른 동굴이 있는 게 분명해. 입구는 벼랑 기슭에 있을 거야."

그때 갑자기 굴 안쪽에서 개 짖는 소리와 맹렬하게 으르렁대는 소리가 들렸다.

"벽 너머에서 판이 다른 짐승과 싸우고 있는 게 아닐까?"

윌콕스가 외쳤다.

브리앙은 얼른 굴속으로 되돌아가 안쪽 벽에 귀를 댔다. 아무 소리도 들리지 않았다.

밤새도록 으르렁대는 소리도 개 짖는 소리도 두 번 다시 들려오지 않았다.

날이 밝자마자 소년들은 강 쪽과 호수 쪽 벼랑을 샅샅이 조사해 보았지만, 벼랑 꼭대기에 올라갔을 때와 마찬가지로 아무것도 찾지 못했다.

브리앙과 백스터는 다시 교대로 굴을 팠다. 곡괭이는 잠시도 쉴 틈이 없었다. 오전에 굴은 50센티미터쯤 깊어졌다. 브리앙과 백스터는 이따금 손을 멈추고 귀를 기울였지만 아무 소리도 들리지 않았다.

2시쯤 브리앙이 환성을 질렀다. 그의 곡괭이가 석회암 벽을 뚫은 것이다. 벽에 상당히 큰 구멍이 생겼다.

그런데 브리앙이 입을 열기 전에 무언가가 좁은 통로를 쏜살같이 빠져나와 한달음에 프렌치 동굴로 뛰어들었다.

판이었다. 틀림없는 판이었다. 판은 물이 가득 든 양동이 쪽으로 달려가 벌컥벌컥 마시기 시작했다. 그러고는 흥분한 기색은 조금도 보이지 않고 연신 꼬리를 흔들면서 고든 주위를 펄쩍펄쩍 뛰어다녔다.

그래서 브리앙은 등불을 들고 굴속으로 들어갔다. 고든과 도니펀, 윌콕스와 백스터와 모코도 그 뒤를 따랐다.

이 두 번째 동굴은 높이도 너비도 프렌치 동굴과 거의 비슷했지만, 프렌치 동굴보다 훨씬 깊었다. 바닥은 50제곱미터 정도가 고운 모래로 덮여 있었다.

바로 그때, 윌콕스가 무언가에 발이 걸려 비틀거렸다. 윌콕스는 손으로 더듬어 보고, 그것이 차갑게 식어 있는 동물의 사체라는 것을 알아차렸다.

브리앙이 등불로 그것을 비추었다.

"승냥이다!" 백스터가 소리쳤다.

"그래. 용감한 판이 승냥이를 물어 죽였어!" 브리앙이 대답했다.

"이제야 그 이상한 소리의 정체를 알겠군." 고든이 덧붙였다.

그런데 승냥이가 이 동굴을 보금자리로 삼고 있었다면, 도대체 어디로 드나들었을까? 어떻게든 그 출입구를 찾아내야 한다.

그래서 브리앙은 동굴 밖으로 나가 벼랑을 따라 호수 쪽으로 걸어가면서, 그 절벽을 향해 계속 소리를 질렀다. 마침내 벼랑 안에 있는 친구들이 응답하는 소리가 들려왔다. 이런 방법으로 브리앙은 무성한 풀숲 사이에서 작은 구멍을 찾아냈다. 승냥이가 드나들던 구멍이었다. 판이 승냥이를 쫓아 굴속으로 들어갔을 때 구멍 주위의 흙이 허물어져 입구를 메워 버렸기 때문에 좀처럼 찾아내지 못했던 것이다.

이제 모든 수수께끼가 풀렸다. 그 이상한 소리는 승냥이가 으르렁거린 소리였고 판이 짖어댄 소리였다. 판은 입구가 막히는 바람에 밖으로 나오지 못하고 꼬박 하루를 어두운 굴속에 갇혀 있었던 것이다.

모두 뛸 듯이 기뻐했다. 판이 돌아왔을 뿐만 아니라 동굴을 파는 수고도 덜 수 있었다. 돌의 말대로 '맞춤 동굴'을 손에 넣었기 때문이다. 보두앵은 바로 옆에 이런 동굴이 있는 줄 꿈에도 몰랐을 것이다. 입구를 넓히면 호수 쪽으로 두 번째 출입구가 생긴다. 그러면 동굴 생활을 꾸려 나가는 데 여러 가지로 편리할 것이다. 그래서 새 동굴에 모인 소년들은 일제히 환성을 질렀다. 판도 덩달아 기쁜 듯이 짖어댔다.

좁은 통로를 쉽게 지나다닐 수 있는 복도로 바꾸기 위해 모두 열심히 일하기 시작했다. 두 번째 동굴은 '거실'이라고 부르기로 했다. 그 넓이로 보아도 잘 어울리는 이름이었다.

한편 프렌치 동굴은 주방 겸 식당으로 쓰기로 했다. 하지만 이곳에는 식료품도 저장해 둘 예정이었기 때문에, 고든은 프렌치 동굴을 '저장실'로 부르는 게 어떠냐고 제안했다. 모두 찬성했다.

우선 침대를 거실로 옮기는 작업이 시작되었다. 거실의 모랫바닥 위에 침대를 가지런히 늘어놓았다. 다음에는 '슬루기호'에 가져온 가구—긴 의자, 팔걸이 의자, 탁자, 옷장—를 옮겼다. 넓은 거실을 따뜻하게 덥히기 위해 '슬루기호'의 침실과 객실에 놓여 있던 난로를 설치했다.

호수 쪽 출입구도 넓히고, 거기에 '슬루기호'의 선실 문을 달았다. 손재주가 좋은 백스터도 이 일에는 상당히 애를 먹었지만, 결과는 만족스러웠다. 출입구 양쪽에는 새로 창을 뚫어서, 햇빛이 거실로 충분히 비쳐 들었다. 밤에는 천장에 매단 등불이 거실을 환하게 비추었다.

이렇게 방을 정비하는 데 보름이 걸렸다. 이제 슬슬 작업을 끝내야 했다. 온화했던 날씨가 바뀌기 시작했기 때문이다. 추위는 아직 그렇게 심하지 않았지만, 거센 바람이 불기 시작해서 나돌아 다닐 수가 없었다.

'슬루기호'에서 가져온 물건을 모두 안전한 곳에 보관해 둔 것은 정말 다행이었다. 날씨가 나빠도 식량 걱정은 할 필요가 없었다.

소년들은 날씨 때문에 동굴에 갇혀 있었지만, 동굴을 좀 더 쾌적하게 꾸밀 여유가 생겼다. 소년들은 이미 복도를 넓히고, 복도 옆벽에 고방을 두 개 만들었다. 고방 하나에는 문을 달고 탄약을 넣어 두었다. 탄약이 폭발할 위험을 피하기 위해서였다.

그 무렵 고든은 한 가지 계획을 세우기로 마음먹었다. 모두 그 계획에 동의하면, 누구나 반드시 거기에 따라야 한다. '슬루기호'의 도서실에서 가져온 책을 이용하면, 상급생들은 하급생들을 가르치면서 자신들의 지식도 넓힐 수 있지 않을까? 그것은 긴 겨울을 효율적으로 즐겁게 보내는 멋진 방법일 것이다.

하지만 이 계획을 실행에 옮기기 전에 또 다른 제안이 나왔다.

6월 10일 저녁을 먹은 뒤 소년들은 모두 거실에서 난로 주위에 모여 이야기를 나누었다. 그러다가 섬의 주요 장소에 이름을 붙이자는 제안이 나왔다.

"이름을 붙이면 편리하고 좋을 것 같아." 브리앙이 말했다.

"만과 강·숲·호수·벼랑·늪·곶에 이름을 붙이면, 장소를 확인하기가 훨씬 쉬워질 거야." 고든이 대답했다.

이 제안에는 모두 찬성했다. 이제는 적당한 이름을 찾기 위해 열심히 머리를 굴리기만 하면 된다.

"우리 배가 좌초한 후미에는 이미 '슬루기만'이라는 이름이 붙어 있어." 도니펀이 말했다. "그 이름은 그대로 두는 게 좋겠어. 이미 익숙해져 있으니까."

"그래, 맞아!" 크로스가 맞장구쳤다.

"'프렌치 동굴'이라는 이름도 그냥 두자." 브리앙이 제안했다. "우리가 대신 살게 되었지만, 그 조난한 프랑스인을 기리는 뜻에서!"

이 제안에도 반대하는 사람이 없었다. 브리앙이 내놓은 의견이기는 했지만, 도니펀도 굳이 반대하지 않았다.

"그럼 슬루기만으로 흘러드는 강은 뭐라고 부를까?" 윌콕스가 물었다.

"우리나라 이름을 잊지 말자는 뜻에서, '뉴질랜드강'이 어때?" 백스터가 의견을 내놓았다.

이 제안은 만장일치로 통과되었다.

"그럼 호수는?" 가넷이 물었다.

"강에 조국의 이름을 붙였으니까, 호수에는 가족을 잊지 말자는 뜻에서 '패밀리 호수'라고 하자." 도니펀이 말했다.

이 의견도 환성과 박수갈채로 통과되었다.

이렇게 모두의 마음이 하나로 합쳐졌고, 그런 화합의 분위기 속에서 벼랑에는 '오클랜드 언덕'이라는 이름이 붙여졌다. 이 벼랑이 끝나는 곳에 있는 곶은 브리앙의 제안에 따라 '가짜 바다 곶'으로 부르기로 했다. 브리앙이 그 곶에 올라가 동쪽에 있는 호수를 보고 바다로 착각했기 때문이다.

다른 장소의 이름도 차례로 결정되었다.

덫이 발견된 숲은 '덫숲', 슬루기만과 벼랑 사이에 있는 숲은 '늪숲', 섬의 남부를 뒤덮고 있는 늪지는 '남늪', 징검다리가 놓인 개울은 '징검다리 개울', 배가 좌초한 해안은 '좌초 해안', 강과 호수 사이에 있는 강둑 잔디밭은 앞으로 운동장으로 쓸 예정이기 때문에 '운동장'으로 부르기로 했다.

다른 장소에 대해서는 그때그때 그곳에 가서 만난 사건에 따라 이름을 정하기로 했다.

하지만 프랑수아 보두앵의 지도에 그려진 주요한 곳에는

이름을 미리 붙여 두는 게 좋을 듯했다. 그래서 섬의 북쪽 끝에 있는 곳은 '북곶', 남쪽 끝에 있는 곳은 '남곶'으로 이름을 정했다. 그리고 서쪽의 태평양으로 돌출한 세 개의 곳에는 각각 '프랑스 곶'·'영국 곶'·'미국 곶'이라는 이름을 붙여 주었다. 이 작은 식민지에 모인 프랑스·영국·미국의 국민들에게 경의를 나타낸 것이다.

그런데 이곳의 이름이 뭐지? 그러고 보니 아직 섬 이름을 짓지 않았다.

"잠깐만. 섬 이름이라면 나한테 좋은 생각이 있어!" 가장 나이 어린 코스타가 외쳤다.

"네가 섬 이름을 생각했다고?" 도니펀이 놀라서 물었다.

"좋았어, 코스타." 가넷이 소리쳤다.

"자, 어서 말해 봐. 좋은 이름일 거야." 브리앙이 코스타를 재촉했다.

"그럼 말할게." 코스타가 입을 열었다. "우리는 체어먼 학교 학생이니까, 이 섬을 '체어먼섬'이라고 부르면 어때?"

그보다 나은 이름은 찾을 수 없었다. 그래서 모두 박수갈채로 동의했다. 코스타는 우쭐한 표정을 지었다.

그때 브리앙이 할말이 있다고 말했다.

"이 섬에 이름을 붙였으니까, 섬을 다스릴 지도자를 뽑아야 하지 않을까?"

"지도자라고?" 도니펀이 큰 소리로 되물었다.

"옳소! 지도자가 필요해. 지도자를 정하자!"

상급생도 하급생도 일제히 외쳤다. 그러자 도니펀이 말했다.

"좋아! 그런데 누구를 뽑지?" 걱정스러운 투로 도니펀이 물었다.

시샘 많은 도니펀은 친구들이 브리앙을 선택하지나 않을까, 오직 그것만 걱정하는 것 같았다. 하지만 걱정할 필요가 없었다.

"누구를 뽑느냐고?" 브리앙이 되물었다. "그야 물론 가장 분별 있고 현명한 고든이지!"

"그래! 좋아! 고든 만세!"

이리하여 고든은 체어먼섬의 작은 식민지를 이끄는 지도자가 되었다.

13장

겨울을 무사히 보내다

　5월부터 이미 체어먼섬에는 겨울 분위기가 짙어지고 있었다. 고든은 긴 겨울에 대비하여 미리 여러 가지 대책을 세우기로 했다.

　이 미국인 소년은 이미 기상 관측을 통해 5월부터 겨울이 시작된 것을 알아차리고 있었다. 그래도 한겨울까지는 아직 두 달이나 남아 있다. 북반구에서는 1월이 한겨울이지만 남반구에서는 7월이 한겨울이다. 겨울이 끝나는 것도 한겨울보다 두 달 뒤인 9월 중순 무렵일 것이다. 겨울이 지나도, 춘분이나 추분 무렵에 자주 일어나는 폭풍을 조심해야 한다. 따라서 10월 초순까지는 체어먼섬에 대한 탐험을 포기하고 프렌치 동굴에 틀어박혀 있어야 한다.

고든은 동굴 생활을 되도록 뜻깊게 보낼 수 있도록 매일의 일과를 짰다. 고든이 정한 생활 시간표는 상급생과 하급생이 전혀 달랐다. 그것은 당연한 일이었다. 그리하여 다음과 같은 방침이 만장일치로 결정되었다.

아침저녁으로 두 시간씩 거실에서 함께 공부한다. 5학년인 브리앙과 도니펀·크로스·백스터, 4학년인 윌콕스와 웨브가 교대로 1학년·2학년·3학년 아이들의 수업을 맡는다. 상급생은 책꽂이에 있는 책과 지금까지 습득한 지식을 활용하여 하급생들에게 수학과 지리와 역사를 가르친다. 이렇게 하면 상급생들도 지금까지 배운 것을 잊지 않는 데 도움이 될 것이다.

일주일에 두 번, 일요일과 목요일에는 모두 모여 토론회를 갖기로 했다. 일상생활과 관련된 과학·역사·시사 문제를 토론 주제로 다루게 된다. 상급생들은 찬성인지 반대인지 태도를 명확히 밝히고, 전체의 동의를 얻기 위해, 그리고 하급생들에 대한 교육을 위해 토론에 참여한다.

고든은 지도자로서 이 일과가 제대로 지켜지도록 감독하게 되었다. 뜻밖에 새로운 사건이 일어나지 않는 한 일과는 변경할 수 없다.

체어먼섬에서 사는 동안, 이미 일어난 일과 앞으로 일어날 일을 모두 일지에 기록하기로 했다. 이 일은 꼼꼼한 백스터가 맡게 되었다.

이튿날은 일요일이었다. 잘 알려져 있다시피, 영국과 미국에서는 일요일을 '주님의 날'로 정해서 엄격하게 지킨다. 그러나 체어먼섬에서는 그 엄격함을 다소 누그러뜨렸다. 일요일에 소년들은 패밀리 호수로 소풍을 갔다. 하지만 너무 추워서 호숫가를 두어 시간 산책한 뒤, 하급생들도 한데 어울려 운동장 잔디밭에서 달리기 경주를 했다.

밤에는 음악회가 열렸다. 가넷이 아코디언을 연주했고, 다른 아이들은 영국인답게 진지한 태도로 박자가 틀린 노래를 불렀다. 목소리가 고운 소년은 자크뿐이었다. 하지만 자크는 무엇 때문인지 친구들과 어울려 즐겁게 놀려고 하지 않았다. 이날 밤에도 모두 자크한테 노래를 불러 달라고 부탁했지만, 아무리 부탁해도 자크는 끝내 노래를 부르지 않았다. 체어먼 학교에 있을 때는 그렇게 자주 노래를 불렀는데.

6월에는 추위가 점점 심해졌다. 남풍이 서풍으로 바뀌면 기온은 조금 올라갔지만, 프렌치 동굴 주변은 깊이 쌓인 눈에 파묻혀 있었다. 그래서 소년들은 단단한 눈뭉치를 만들어 눈싸움을 벌였다.

눈은 꼬박 이틀 동안 계속 내렸다. 서비스와 가넷은 아이들을 기쁘게 해 주려고 커다란 눈사람을 만들었다. 머리도 크고, 코도 크고, 입도 커서 마치 무서운 도깨비 같았다. 낮에는 돌과 코스타도 눈사람한테 눈뭉치를 던질 만큼 대담해지지만, 어두워져서 눈사람이 아주 거대해 보이면 무서워서

쳐다보지도 못했다.

소년들은 7월 9일까지 보름 동안 프렌치 동굴에 갇혀 지냈다. 하지만 공부는 순조롭게 진행되었다. 생활 시간표는 엄격하게 지켜졌고, 정해진 날에는 토론회가 열렸다. 모두 토론회를 즐겼다. 토론회는 도니펀이 주도했는데, 말도 잘하고 식견도 갖추고 있었기 때문이다. 그런데 왜 그렇게 거만한 태도를 보일까? 그 잘난 체하는 태도가 뛰어난 장점을 모두 망쳐 버렸다.

그 무렵, 해결해야 할 골치 아픈 문제가 또 하나 생겼다. 프렌치 동굴에서 필요한 물은 바닷물이 섞이지 않도록 썰물 때 강에서 길어 왔다. 그런데 강이 꽁꽁 얼어 버리면 물을 길을 수 없게 될 것이다. 백스터는 수도관을 설치하자고 제안했다. 백스터는 몇 번이나 시도한 끝에 겨우 저장실 안까지 물을 끌어들일 수 있었다.

겨울 동안 이 작은 식민지의 또 다른 걱정거리는 식량 보급이었다. 사냥이나 낚시로 식량을 구하는 것은 더 이상 기대할 수 없었기 때문이다. 하루는 승냥이들이 스무 마리쯤 떼 지어 몰려왔다. 그래서 소년들은 거실과 저장실의 출입문을 단단히 닫아야 했다. 이 육식동물은 먹이가 없어서 몹시 사나워져 있었다. 그런 녀석들이 동굴로 쳐들어오면 끔찍한 일이 벌어질 것이다.

상황이 이렇게 어려워지자, 모코는 아껴 두었던 저장식품을 꺼낼 수밖에 없었다. 고든은 그것을 마지못해 허락했지만, 수입란은 빈칸으로 남아 있는데 지출란 항목만 계속 늘어나는 수첩을 보고 고민에 빠졌다.

그래도 겨우내 신선한 고기를 먹지 못한 것은 아니다. 윌콕스는 덫을 놓는 솜씨가 뛰어나서, 친구들의 도움을 받아 강가에 새그물을 쳐 놓았다. '슬루기호'의 고기잡이 그물을 긴 막대기 끝에 묶어 놓은 것이었다. 커다란 거미줄 같은 새그물에는 남늪에 사는 새들이 강 건너편으로 떼 지어 날아갈 때 많이 걸려들었다.

그런데 레아를 키우는 게 문제였다. 먹이를 구하기도 어려울뿐더러, 레아 사육 담당인 서비스가 뭐라고 하든 그 야생동물은 전혀 길들여질 기미를 보이지 않았다.

"레아는 이제 곧 훌륭한 탈것이 될 거야!" 레아를 어떻게 탈 작정인지는 모르지만, 서비스는 자주 그렇게 장담하곤 했다.

7월 9일 새벽, 동굴 밖으로 나간 브리앙은 바람이 갑자기 남풍으로 바뀐 것을 알아차렸다. 추위가 심해졌기 때문에 브리앙은 서둘러 거실로 돌아가 고든에게 이 사실을 알렸다.

"나도 그걸 걱정하고 있었어." 고든이 말했다. "우린 앞으로도 몇 달 동안이나 이 혹독한 겨울을 견뎌야 할 거야."

저장실에 있는 온도계는 화덕에서 불이 활활 타고 있는데도 5도를 가리키고 있었다. 그런데 온도계를 밖에 내놓자 순식간에 눈금이 영하 17도로 곤두박질쳤다.

혹독한 추위였다. 몇 주 동안 맑은 날씨가 계속되어 공기가 건조해지면 기온은 더욱 내려갈 것이다. 거실에 있는 난로 두 개와 저장실의 화덕에서 불이 활활 타고 있는데도 벌써 실내 온도가 확실히 낮아졌다.

소년들은 아침 식사가 끝나면 모두 덤숲에 가서 땔나무를 모아 오기로 했다. 많은 땔감을 동굴 속으로 나르는 것은 쉬운 일이 아니었다. 두 팔에 안거나 등에 지고 나를 수밖에 없기 때문이다. 그래서 모코가 묘안을 생각해 냈다. 그 제안이란 저장실에 있는 튼튼한 탁자를 뒤집어서 얼어붙은 눈 위로 끌고 가면 어떠냐는 것이었다. 소년들은 탁자를 밖으로 끌어냈다. 그리고 이 원시적인 썰매에 밧줄을 매고 상급생 네 명이 끌고 가기로 했다.

하급생 아이들은 코도 뺨도 빨개진 채 강아지처럼 앞장서서 달려갔다. 판도 신이 나서 뛰어다녔다.

아이들은 즐거워서 어쩔 줄을 모르고 이따금 탁자 위에 올라타기도 했다. 서로 타겠다고 다투거나 서로 밀치기도 했다. 탁자에서 몇 번이나 떨어질 뻔했지만, 떨어져도 크게 다칠 염려는 없었다. 아이들의 외침 소리는 이 차갑고 메마른 대기 속에서 이상할 만큼 크게 울려 퍼졌다. 이 작은 식민지의 주민들이 이처럼 즐겁고 건강한 모습을 보는 것은 참으로 유쾌한 일이다!

프렌치 동굴에서 덫숲까지 약 1킬로미터는 금세 지나갔다. 어린 나무꾼들은 일을 시작했다. 굵은 나무만 도끼로 베고 잔가지는 쳐 냈다. 이윽고 탁자 썰매에 많은 땔나무가 실렸다. 하지만 이 썰매는 잘 미끄러졌기 때문에, 단단하게 얼어붙은 눈 위로 즐겁게 썰매를 끌고 밀면서 정오까지 두 차례나 땔나무를 나를 수 있었다.

엿새 동안 쉬지 않고 땔나무를 나른 덕분에 몇 주일 치의 땔감이 마련되었다. 이 많은 땔감을 저장실에 모두 쌓아 둘 수는 없었다. 하지만 나머지 땔감은 바깥의 벼랑 밑에 쌓아 두어도 상관없었다.

체어먼섬에서는 비가 계속 내리지는 않았고, 바람이 다시 남동풍으로 바뀌어 혹독한 추위가 되돌아왔기 때문에, 고든은 아이들이 밖에 나가는 것을 금지했다.

실제로 8월 첫째 주의 중반쯤에는 기온이 영하 27도까지 떨어졌다. 조금이라도 바깥 공기를 쐬면 입김이 꽁꽁 얼어 버렸다. 금속에는 손을 댈 수도 없었다. 금속을 만지면 불에 덴 것처럼 통증이 왔기 때문이다. 소년들은 실내 온도가 너무 떨어지지 않도록 항상 조심해야 했다.

이렇게 괴로운 보름이 지나갔다. 모두 운동 부족에 시달렸다. 브리앙은 아이들이 생기를 잃고 안색이 창백한 것을 보고 걱정하지 않을 수 없었다. 감기나 기관지염에 걸리는 것은 피할 수 없었다. 그래도 따뜻한 음료가 잔뜩 있었기 때문에 아무도 중병에 걸리지 않고 이 위험한 시기를 무사히 넘길 수 있었다.

8월 16일에 바람이 서풍으로 바뀌면서 날씨가 변하기 시작했다. 기온은 영하 12도까지 올라갔다. 바람만 없으면 충분히 견딜 수 있는 온도였다. 그래서 도니펀과 브리앙, 서비스와 윌콕스와 백스터는 슬루기만까지 가 보기로 했다. 아침 일찍 떠나면 저녁에는 돌아올 수 있을 것이다.

그들은 해안에 바다표범이 많이 찾아와 있는지 확인하고 싶었다. 그리고 벼랑 꼭대기에 세워 둔 깃발도 바꾸고 싶었다. 깃발은 거센 바람을 맞아 지금쯤은 누더기가 되어 있을 게 뻔하다. 또한 브리앙은 지나가던 배가 깃발을 발견하고 해안에 상륙했을 때 프렌치 동굴을 쉽게 찾을 수 있도록, 깃발을 묶어 놓은 돛대에 동굴의 위치를 알려 주는 나무토막을 박아 두자고 제안했다.

8월 19일, 원정대는 아직 동이 트기도 전에 프렌치 동굴을 떠났다. 하늘은 맑게 개었고, 하현달이 창백한 빛을 던지고 있었다.

다섯 소년은 곧 슬루기만에 도착했다. 소년들은 가져온 식량으로 간단히 식사를 끝내고, 슬루기만 일대를 조사하기 시작했다.

뉴질랜드강 어귀에서 '가짜 바다 곶'까지는 온통 은세계가 펼쳐져 있었다. 펭귄과 슴새·갈매기·재갈매기 같은 바닷새를 제외한 다른 새들은 모두 해안을 떠나 섬 안쪽으로 먹이를 찾으러 날아간 모양이다.

바다는 여전히 수평선 너머까지 텅 비어 있었다. 석 달 만에 보는 바다였다. 저 수평선 너머 수백 킬로미터나 떨어진 곳에 뉴질랜드가 있다. 언젠가는 고향으로 돌아갈 수 있을까? 브리앙은 희망을 버리지 않았다!

백스터는 가져온 새 깃발을 걸고, 강을 10킬로미터쯤 거슬러 올라간 곳에 있는 프렌치 동굴의 위치를 표시한 나무토막을 깃대에 박았다. 오후 1시쯤, 소년들은 다시 강을 따라 프렌치 동굴로 돌아가기 시작했다.

8월의 마지막 주와 9월 첫째 주에 다시 바닷바람이 불기 시작했다. 거센 바람이 몇 번 휘몰아치자 기온이 갑자기 올라갔다. 눈도 녹기 시작했고, 호수의 얼음도 요란한 소리를 내며 갈라졌다.

그해 겨울은 이렇게 지나갔다. 건강 상태는 모두 양호한 편이었고, 공부도 열심히 했기 때문에, 고든이 말을 듣지 않는 아이를 나무랄 일도 거의 없었다.

9월 10일—'슬루기호'가 체어먼섬에 표착한 지 어느덧 반년이 지났다.

14장

패밀리 호수의 북쪽 끝에 이르다

날씨가 좋아질 조짐이 나타나기 시작했기 때문에, 소년들은 긴 겨울 동안 생각해 둔 계획 몇 가지를 드디어 실행에 옮기기로 했다.

섬의 서쪽을 바라보면 가까이에 육지가 없는 것은 분명했다. 그럼 북쪽과 남쪽과 동쪽도 마찬가지일까? 그런데 섬 곳곳을 조사하기 전에 먼저 오클랜드 언덕에서 패밀리 호수와 덫숲에 걸쳐 있는 지역을 탐험할 필요가 있었다.

하지만 절기로는 벌써 봄이 시작되어도 좋을 때인데, 남극권과 가까운 이곳에서는 아직 봄기운을 별로 느낄 수 없었다. 9월부터 10월 중순까지는 날씨가 아주 나빴다. 낮과 밤의 길이가 같아지는 춘분 무렵에는 지독할 만큼 날씨가 거칠어서, 몇 번이나 거센 바람이 휘몰아쳤다.

소년들도 동굴 속에서 느긋하게 시간을 보낼 수는 없었다. 꽁꽁 얼어붙었던 눈이 녹아 탁자를 썰매로 쓸 수 없었기 때문에, 백스터는 무거운 물건을 운반할 수 있는 짐수레를 만들려고 궁리를 거듭했다. 그러다가 문득 '슬루기호'의 권양기에 달려 있는 바퀴 두 개를 생각해 냈다. 두 바퀴를 쇠 파이프로 연결하고 그 위에 튼튼한 널빤지를 얹었다.

간단한 짐수레가 완성되었다. 엉성하지만 그런대로 쓸 만했다. 아니, 실제로 큰 도움이 되었다. 이곳에는 말도 노새도 나귀도 없으니까, 식민지에서 제일 힘센 소년들이 수레를 끌게 된 것은 말할 나위도 없다.

레아는 여전히 야성을 잃지 않아, 사람이 다가가면 부리나 다리로 자신을 방어하려 했고, 묶여 있는 끈을 부리로 쪼아서 끊으려고 했다. 끈을 끊고 달아나면 당장 덤불숲으로 사라져 버릴 것이다.

그래도 서비스는 포기하지 않았다. 서비스는 레아에게 '돌풍'이라는 이름을 붙여 주었는데, 요한 비스가 쓴 소설《스위스의 로빈슨 가족》에서 주인공 야콥이 타조에게 붙여 준 이름이다. 서비스는 고집 센 짐승을 길들이는 것을 장기로 삼고 있었지만, 이 레아만은 아무리 어르고 달래도 소용이 없었다.

서비스는 친구들이 아무리 놀려 대도 아랑곳하지 않고, 때가 오면 당장 레아를 타 보기로 결심했다. 그래서 서비스는 여전히 소설 주인공 야콥을 흉내 내어 돛으로 승마용 장비를 만들고, 레아의 머리에 씌울 두건도 만들었다.

소년들은 날마다 내부 개수 공사를 했기 때문에 프렌치 동굴은 살기가 훨씬 편해졌다.

햇빛은 점점 강해지고 하늘도 맑았다. 10월 중순이 되었다. 대지의 따사로움이 나무에 전해져, 나뭇가지가 싹을 틔우기 시작했다.

이제는 온종일 동굴 밖으로 나갈 수 있었다. 두꺼운 모직 바지, 스웨터와 코트 같은 겨울옷은 먼지를 털고 수선한 다음, 고든이 꼬리표를 붙여 궤짝에 넣었다. 소년들은 전보다 훨씬 가벼운 옷차림으로 느긋하게 봄을 맞이했다.

10월의 나머지 보름 동안, 소년들은 프렌치 동굴을 중심으로 반경 3킬로미터에 걸친 지역을 몇 번이나 탐사했다. 이 탐험에는 사냥을 잘하는 소년들만 참가했다. 고든이 화약과 산탄을 최대한 아끼라고 당부했지만, 사냥으로 잡은 고기는 식탁을 풍성하게 해 주었다.

10월 26일 아침, 서비스는 이번에 마지막으로 레아를 길들여 보이겠다고 친구들에게 알렸다. 서비스는 레아에게 간신히 안장을 얹고 고삐를 맨 다음 등에 올라타려고 했다.

소년들은 그 재미난 실험을 구경하려고 모두 운동장에 모였다.

가넷과 백스터가 두건을 씌우고 가리개로 눈을 가린 레아를 붙잡고 있는 동안, 서비스는 몇 번이나 실패를 거듭한 끝에 겨우 레아 등에 뛰어올랐다. 그러고는 안심한 듯한 목소리로 외쳤다.

"이젠 놔도 돼!"

레아는 눈이 보이지 않는 데다 서비스가 두 다리로 몸통을 단단히 조이고 있었기 때문에, 처음에는 그 자리에서 꼼짝도 하지 않았다. 그런데 서비스가 고삐를 당기면서 눈가리개를 떼어 내자 한달음에 숲 쪽으로 달려가기 시작했다.

서비스는 쏜살같이 달리는 레아를 더 이상 제어하지 못했다. 눈가리개를 씌워 레아를 세우려 해도 소용이 없었다. 레아가 머리를 한 번 흔들자 두건이 목을 따라 주르르 흘러내렸다. 서비스는 두 팔로 레아를 목을 끌어안고 매달릴 수밖에 없었다. 하지만 레아가 몸을 또 한 번 흔들자 서비스는 그만 레아의 등에서 떨어지고 말았다. 다음 순간, 레아는 덫숲 속으로 모습을 감추어 버렸다.

소년들이 땅바닥에 나동그라진 서비스에게 달려갔을 때 레아는 이미 그림자도 보이지 않았다. 다행히 서비스는 무성한 풀밭 위에 떨어졌기 때문에 한 군데도 다치지 않았다.

11월 초가 되자 좀 더 멀리까지 탐험하기에 좋은 날씨가 되었다. 탐험 목표는 패밀리 호수의 서쪽 기슭을 따라 북쪽 끝까지 가 보는 것이었다.

이번에는 고든도 함께 가는 게 좋겠다고 생각했다. 프렌치 동굴에 남아 있는 아이들은 브리앙과 가넷이 돌보기로 했다.

11월 5일 아침에 고든과 도니펀·백스터·윌콕스·웨브·크로스·서비스는 프렌치 동굴에 남는 소년들에게 작별 인사를 한 뒤 탐험을 떠났다.

고든과 도니펀과 윌콕스는 소총을 갖고 있었다. 나머지 소년들은 허리에 권총을 찼다. 그 밖에 사냥칼과 손도끼 두 자루도 가져갔다.

소년들은 맹수의 습격을 받거나 다른 방법으로는 사냥감을 잡을 수 없는 경우에만 총을 쏘기로, 그렇게 함으로써 화약과 산탄을 최대한 아끼기로 했다. 그래서 백스터는 볼라(끈 양쪽 끝에 돌멩이를 매단 사냥 도구)와 올가미를 가져왔다.

고든은 고무보트를 가져가기로 했다. 고무보트는 트렁크만 한 크기로 접을 수 있고 무게도 5킬로그램 정도밖에 안 되기 때문에 쉽게 갖고 다닐 수 있다. 고든은 보두앵의 지도를 베낀 사본도 가져갔는데, 현장을 보면서 참고하거나 수정하기 위해서였다.

탐험대는 판을 앞세우고 덩숲을 왼쪽에 낀 채 호숫가의 모래땅을 기운차게 걸어갔다.

3킬로미터쯤 가자, 프렌치 동굴에 정착한 이래 지금까지 한 번도 발을 들여놓은 적이 없는 곳에 이르렀다.

그곳에는 키 높이로 자란 풀이 자라고 있었다. 그래서 걸음이 조금 느려졌다. 하지만 아쉬워할 필요는 없었다. 판이 땅바닥에 뚫린 여섯 개의 굴 앞에 멈춰 섰기 때문이다.

판의 태도로 보아, 그 굴 안에 있는 동물은 맹수가 아닌 게 분명했다. 그래서 도니펀이 총을 쏘려고 하자 고든이 말렸다.

"화약을 낭비하지 마. 제발 화약을 아껴 줘."

"우리 점심 식사가 이 안에 숨어 있잖아." 사냥을 좋아하는 도니펀이 불평을 했다.

"연기를 피우면 돼. 족제비나 여우를 잡을 때처럼."

윌콕스는 당장 굴 옆의 마른 풀에 불을 붙였다. 그러자 1분도 지나기 전에 여남은 마리의 설치류가 뛰쳐나와 사방으로 달아나려고 했다. 토끼와 비슷하게 생긴 투쿠투코였다. 서비스와 웨브가 손도끼로 몇 마리를 잡았고, 판도 순식간에 세 마리를 물어 죽였다.

"이걸로 맛있는 바비큐를 먹을 수 있겠군!" 고든이 말했다.

오클랜드 언덕은 서쪽으로 3킬로미터나 멀어져 있었다. 그것은 벼랑의 방향이 프렌치 동굴에서 슬루기만까지 비스듬히 뻗어 있다는 것을 알려 주었다. 이 일대는 울창한 숲에 덮여 있었다.

탐험대는 개울 어귀에 서 있는 커다란 소나무 밑에서 지친 다리를 쉬었다. 커다란 돌을 두 개 놓아 아궁이를 만들고, 삭정이를 모아다 불을 지폈다. 서비스가 투쿠투코 두 마리의 털을 뽑고 내장을 빼낸 다음, 활활 타오르는 불 위에서 고기를 구웠다.

소년들은 서비스의 첫 요리에 별로 불평도 하지 않고 왕성한 식욕으로 점심을 먹었다.

식사가 끝나자 탐험대는 개울을 건넜다. 얕은 여울을 걸어서 건넜기 때문에 고무보트는 필요 없었다.

호숫가는 차츰 질척거리는 수렁으로 변해 갔기 때문에, 소년들은 숲 가장자리를 따라 걸어야 했다. 일부러 걷기 어려운 숲속에 들어갈 필요는 없었다. 숲 가장자리를 따라 나아가면 된다. 소년들은 오후 5시까지 내처 걸었다. 그때 너비가 12미터쯤 되는 두 번째 물줄기가 앞을 가로막았다. 그것은 호수에서 흘러나와 오클랜드 언덕 북쪽을 돈 다음 슬루기만 너머에서 태평양으로 흘러드는 시내였다.

소년들은 냇가에서 쉬기로 했기 때문에, 그 물줄기를 '휴식천'이라고 부르기로 했다.

냇둑 바로 옆의 나무 밑에 야영지를 만들었다. 모닥불을 피우고, 모두 모닥불 옆에 담요를 두르고 누웠다. 모닥불은 윌콕스와 도니펀이 지키기로 했다. 활활 타오르는 불을 보면 들짐승도 함부로 다가오지 못할 터였다.

동이 트자 소년들은 다시 떠날 채비를 했다. 이제는 그 시내를 건너야 했다. 걸어서 건널 수는 없으니까 고무보트를 이용하기로 했다. 작은 보트에는 한 번에 한 사람밖에 탈 수 없기 때문에 시내를 일곱 번이나 왕복해야 한다. 한 사람이 건너가면 밧줄을 당겨서 보트를 거두는 방법으로 일곱 명이 모두 건너는 데 한 시간이 넘게 걸렸다. 하지만 식량도 탄약도 물에 젖지 않고 옮길 수 있었으니까, 한 시간쯤 늦은 것은 문제가 아니었다.

판은 몸이 물에 젖는 것도 꺼리지 않고 물속에 텀벙 뛰어들어 순식간에 시내를 건넜다.

건너편은 습지대가 아니었기 때문에 고든은 호숫가로 돌아가려고 비스듬히 나아갔다. 탐험대는 10시도 되기 전에 호숫가에 도착했다.

정오 무렵, 망원경을 들여다보고 있던 도니펀이 소리쳤다.

"호수 건너편이 보인다!"

모두 그쪽으로 눈길을 돌리자 수면 위에 나무 우듬지가 보였다.

"쉬지 말고 계속 가자. 어두워지기 전에 저쪽에 도착해야 해." 고든이 말했다.

북쪽에는 긴 모래언덕이 파도처럼 굽이치며 끝없이 펼쳐져 있었다. 중앙부의 푸른 숲과는 너무나 대조적이다. 고든은 이 북부 벌판에 '사막'이라는 이름을 붙였다.

3시경 북동쪽으로 3킬로미터쯤 떨어진 곳에 건너편 호숫가가 또렷이 모습을 드러냈다. 그 지역은 모든 생물한테 버림받은 것 같았다.

'슬루기호'가 이 북쪽 해안에 표착했다면, 소년들은 이 황량한 땅을 보고 아무리 발버둥 쳐도 살아남을 수 없다고 한탄했을 것이다. 이런 사막 한복판에서 어떻게 프렌치 동굴처럼 쾌적한 거처를 찾을 수 있겠는가.

그런데 여기서 더 북쪽으로 나아갈 필요가 있을까? 체어먼섬이 남아메리카 대륙 옆에 있다면, 대륙이 있는 곳은 섬의 동쪽일 것이다.

그래도 도니펀의 제안에 따라 탐험대는 호수의 북쪽 끝까지 가 보기로 했다. 호수의 동서 양쪽 연안이 맞닿아 굽이진 부분이 점점 또렷이 보였기 때문이다.

드디어 호수 북쪽 끝에 이르렀다. 해 질 녘에 소년들은 패밀리 호수 북쪽 끝에 있는 작은 후미에서 밤을 보내기로 했다.

그곳에는 나무 한 그루, 풀 한 포기 보이지 않았고, 바싹 마른 이끼나 지의류조차 보이지 않았다. 땔감이 없어서 요리도 해 먹지 못하고, 자루에 넣어 가져온 식량으로 끼니를 때워야 했다. 잠잘 곳도 마땅치 않아서, 소년들은 융단처럼 깔린 모래 위에 담요를 펴고 자기로 했다.

이날 밤, 사막의 적막을 깨뜨린 것은 아무것도 없었다.

15장

프렌치 동굴로 돌아오다

후미에서 200걸음쯤 떨어진 곳에 높이가 20미터쯤 되는 모래언덕이 있었다.

해가 뜨자마자 소년들은 이 모래언덕 꼭대기로 서둘러 올라갔다. 그리고 꼭대기에 이르자 망원경으로 북쪽을 살폈다.

지도에 나와 있듯이 북쪽에는 드넓은 모래벌판이 해안까지 이어져 있었다. 사막은 끝도 보이지 않았다.

"이제 어떡하지?" 크로스가 물었다.

"돌아가자." 고든이 대답했다.

"이대로 돌아가야 한다면 다른 길로 가 보는 게 어때?" 도니펀이 제안했다.

"좋은 생각이야." 고든이 대답했다.

"패밀리 호수의 동쪽 연안을 따라 돌아가면 탐험이 완전해질 텐데." 도니펀이 덧붙였다.

"하지만 그건 너무 멀어." 고든이 말했다. "지도를 보면 50킬로미터 내지 60킬로미터를 걸어야 해."

"하지만 조만간 섬 동부를 조사할 필요가 있어!" 도니펀은 고집스럽게 주장했다.

"물론이지." 고든이 대답했다. "그래서 돌아가면 동부 탐험 계획을 세울 작정이야."

"하지만 도니펀 말이 옳아." 크로스가 끼어들었다. "똑같은 길로 돌아가는 건 재미없잖아."

"알았어." 고든이 대꾸했다. "그럼 휴식천까지는 호숫가를 따라 걸어가다가, 곧장 벼랑 쪽으로 들어가 보자. 그리고 그 기슭을 따라 걸어가는 거야."

"왜 그래야 하지?" 도니펀이 말했다. "이 사막을 가로질러 덤숲으로 가는 게 지름길이잖아. 덤숲은 남서쪽으로 5킬로미터밖에 떨어져 있지 않아."

"어쨌든 우리는 휴식천을 건너야 하니까." 고든이 대답했다.

"넌 조심성이 너무 많은 게 탈이야!" 도니펀은 빈정거리는 투로 말했다.

"조심성은 많을수록 좋아." 고든이 대꾸했다.

모두 모래언덕 비탈을 내려와 야영지로 돌아와서 건빵과

고기로 아침을 때웠다.

아침 6시부터 오전 11시까지 탐험대는 호수 북쪽 끝에서 휴식천까지 약 15킬로미터를 거뜬히 걸었다. 아무 사고도 일어나지 않았다. 다만 하천이 가까워졌을 때, 도니펀이 볏을 가진 능에 두 마리를 총으로 잡았다.

한 시간 뒤에는 고무보트를 타고 차례로 시내를 건넜다.

"자, 드디어 숲으로 들어간다!" 고든이 말했다. "백스터가 올가미나 볼라를 던질 기회가 있으면 좋겠군."

"하지만 그런 도구는 지금까지 아무짝에도 쓸모가 없었잖아!" 도니펀이 받았다. 도니펀은 공기총 말고는 어떤 사냥도구도 믿지 않았다.

"이제 곧 알게 되겠지. 그보다 점심이나 먹자." 고든이 말했다.

그런데 서비스가 능에를 좀 더 잘 구우려고 요리에 정성을 쏟는 바람에 식사 준비에 시간이 많이 걸렸다. 능에는 큰 새여서 소년들의 왕성한 식욕을 충분히 채워 주었다.

식사가 끝나자 소년들은 덤숲에서 아직 한 번도 가 보지 못한 지역에 발을 들여놓았다. 휴식천이 숲속을 지나 태평양으로 흘러 나가고 있었다.

나침반으로 방향을 확인한 뒤, 고든은 과감하게 서쪽으로 방향을 돌렸다. 나무는 덤숲의 남쪽 지역만큼 울창하지 않아서 걷기가 쉬웠다. 걸음을 방해하는 풀숲이나 덤불도 적었다.

자작나무나 너도밤나무 사이에 이따금 작은 빈터가 나타나고, 거기에 햇빛이 쨍쨍 내리쬐고 있었다. 온갖 들꽃이 작은 관목과 무성한 풀에 생기를 불어넣고 있었다.

그때 고든이 유익한 발견을 했다.

"내가 잘못 본 게 아니라면 이건 '트룰카'야!" 고든이 소리쳤다. "인디오(남아메리카 원주민)들이 소중히 여기는 열매지."

"먹을 수 있는 거라면 먹어 보자. 공짜니까." 서비스가 말했다.

그러고는 고든이 말릴 새도 없이 열매 두세 알을 입에 넣고 씹었다.

서비스는 당장 우거지상이 되었다. 친구들은 그 표정이 재미있어서 큰 소리로 웃어 댔다. 서비스는 얼른 열매를 뱉어 냈지만, 혀에서 여전히 시큼한 맛이 가시지 않자 몇 번이고 침을 뱉었다.

"먹을 수 있는 열매라고 했잖아!" 서비스가 고든에게 불평을 했다.

"먹을 수 있다는 말은 한 마디도 하지 않았어." 고든이 응수했다. "인디오들은 술을 담글 때 이 열매를 사용하지. 발효시키면 좋은 술이 돼. 우리 브랜디가 다 떨어지면 트룰카 술이 귀중한 음료가 될 거야. 하지만 조심해서 마셔야 해. 머리가 띵해질 만큼 독하니까. 트룰카 열매를 한 자루 가져가서 술을 담가 보자.”

조금 걸어가다가 소년들은 남아메리카 특산인 ‘알가로브’라는 관목을 발견하고 다시 열매를 땄다. 꼬투리 속에 들어 있는 콩 같은 열매를 발효시키면 독한 술이 된다. 이번에는 서비스도 열매를 무턱대고 입으로 가져가지 않았다.

그날 오후, 오클랜드 언덕을 400미터쯤 앞둔 곳에서 마지막으로 또 한 가지 귀중한 발견이 이루어졌다.

거기서부터 숲의 경치가 달라졌다. 숲속의 빈터에는 전보다 더 많은 공기와 햇볕이 넘쳐흘러 온갖 식물이 무성하게 자라고 있었다.

그때 고든이 이런 나무들 사이에서 ‘페르네티아’를 발견했다. 페르네티아는 월귤과 비슷한 철쭉과의 차나무인데, 추운 지방에서도 잘 자란다. 그 향기로운 잎을 달이면 건강에 좋은 음료가 된다.

오클랜드 언덕 북쪽 끝에 도착한 것은 4시 무렵이었다.

3킬로미터쯤 가자 세찬 물소리가 들렸다. 벼랑 사이의 협곡에서 급류가 거품을 일으키며 소용돌이치고 있었다. 하지만 조금 하류로 내려가자 여울이 있어서 쉽게 건널 수 있었다.

“이건 우리가 처음 호수를 탐험할 때 발견한 그 개울이 분명해.” 도니펀이 말했다.

“그럼 이게 징검다리가 놓여 있던 개울이야?” 고든이 되물었다.

"틀림없어." 도니펀이 대답했다. "그래서 '징검다리 개울'이라는 이름을 붙였잖아."

"그럼 여기서 야영하자." 고든이 말했다. "벌써 다섯 시야. 하룻밤 더 노숙을 해야 하니까, 이 개울가의 큰 나무 밑에서 자는 게 좋겠어."

서비스가 저녁 식사를 준비했다. 저녁거리로 남겨 둔 능에 두 마리가 곧 맛있는 바비큐가 되었다.

서비스가 요리를 하는 동안 고든과 백스터는 숲속으로 돌아갔다. 고든은 새로운 나무나 풀을 찾아볼 생각이었고, 백스터는 도니펀에게 더 이상 놀림을 받지 않기 위해 올가미나 볼라로 사냥을 해 볼 작정이었다.

큰 나무 사이를 백 걸음쯤 나아갔을 때, 고든이 풀밭에서 장난을 치며 뛰어다니는 동물을 가리켰다.

"염소야?" 백스터가 작은 소리로 물었다.

"글쎄. 어쨌든 염소와 비슷해. 잡아 봐."

"산 채로 잡을까?"

"그래, 산 채로 잡아. 도니펀이 함께 오지 않아서 다행이야. 총을 쏘면 한 마리는 잡겠지만 다른 녀석들은 모두 도망쳐 버릴 테니까 말이야. 들키지 않게 살짝 다가가자."

그 우아한 동물은 여섯 마리였지만, 경계하는 기색은 전혀 없었다. 그 순간, 핑 하는 소리가 공기를 갈랐다. 스무 걸음 떨어진 곳까지 접근한 백스터가 볼라를 내던진 것이다. 볼라는 힘차게 날아가 염소의 몸에 휘감겼다.

고든과 백스터는 염소한테 달려갔다. 염소는 볼라에서 벗어나려고 필사적으로 버둥거렸다. 하지만 결국 도망치지 못하고 두 소년에게 붙잡히고 말았다. 붙잡힌 것은 어미였다. 그리고 본능적으로 어미 곁에 붙어 있었던 새끼 두 마리도 함께 붙잡혔다.

"만세!" 백스터는 기쁨을 억누르지 못하고 소리쳤다. "그런데 이게 정말 염소일까?"

"아니야!" 고든이 대답했다. "이건 '비쿠냐'일 거야."

"젖은 나와?"

"물론이지."

"그럼 비쿠냐라도 좋아."

고든과 백스터는, 어미 비쿠냐는 볼라로 묶어서 잡아끌고 새끼 두 마리는 두 팔에 안고 야영지로 돌아와 열렬한 환영을 받았다. 어미가 아직 새끼에게 젖을 먹이고 있으니까, 비쿠냐 세 마리를 키우기는 별로 어렵지 않을 것이다.

소년들은 모두 즐겁게 저녁을 먹었다.

비쿠냐는 나무에 묶인 채 얌전히 풀을 뜯었고, 새끼 두 마리는 어미 주위를 뛰어다니고 있었다.

하지만 그날 밤은 '사막'에서 보낸 날만큼 평온하지 않았다. 오전 3시쯤 위험한 일이 일어났다. 이번에야말로 맹수가 울부짖는 소리가 사방에 울려 퍼졌다.

"저게 뭐지?" 윌콕스가 물었다.

"들짐승이 이 근처를 어슬렁거리고 있는 모양이야." 도니 펀이 대답했다.

"재규어나 퓨마일 거야." 고든이 말했다.

"둘 다 똑같이 사나운 맹수야."

"가까이 오기만 하면 해치워 버리겠어." 도니펀이 말했다.

그리고 친구들이 총을 준비하는 동안 망을 보았다.

"잘 겨냥해서 쏴!" 고든이 주의를 주었다. "모닥불이 있으니까 놈들도 함부로 접근하지는 않겠지만."

"가까이 와 있어!" 크로스가 외쳤다.

판이 흥분한 것을 보면 정말로 맹수들은 가까이 와 있는 모양이다. 고든은 판을 달래려고 했지만 개는 계속 으르렁거리고 있었다.

그 짐승들은 언제나 밤이 되면 이 개울가로 물을 마시러 오는 버릇이 있었던 모양이다. 그런데 그곳이 사람들에게 점령당해 있는 것을 보고, 울부짖는 소리로 불만을 표시하려는 게 분명하다.

그때 갑자기 스무 걸음쯤 떨어진 어둠 속에 반짝이는 점 같은 눈이 몇 개 나타났다. 거의 동시에 총성이 울렸다. 도니 펀이 총을 쏜 것이다. 거기에 응답하듯 맹수들이 울부짖는 소리도 점점 격렬해졌다.

그때 백스터가 불타고 있는 장작을 집어 들어, 빨갛게 빛나는 맹수의 눈을 향해 힘껏 던졌다. 그러자 맹수들은 당장 그 자리를 떠나 덤불숲 안쪽으로 사라져 버렸다.

"달아났어! 다시 돌아오지 않을까?" 크로스가 걱정스러운 얼굴로 물었다.

"돌아오진 않겠지만, 아침까지 망을 보자." 고든이 대답했다.

모닥불에 삭정이를 더 넣었기 때문에, 불은 날이 밝을 때까지 계속 활활 타올랐다. 소년들은 새벽에 짐을 꾸리고, 맹수가 총에 맞아 쓰러지지 않았는지를 조사하러 숲속으로 들어갔다.

스무 걸음쯤 들어간 곳이 피로 얼룩져 있었다. 총에 맞은 맹수는 달아났겠지만, 판이 핏자국을 따라가면 쉽게 찾을 수 있을 것이다. 하지만 더 이상 숲속으로 들어가는 것은 위험하다고 고든은 판단했다. 쓸데없이 위험을 무릅쓸 필요는 없다.

간밤의 맹수가 재규어였는지 퓨마였는지, 아니면 그에 못지않게 위험한 맹수였는지는 결국 알아내지 못했다. 어쨌든 중요한 사실은 탐험대가 무사히 위기를 넘겼다는 것이다.

소년들은 아침 6시에 다시 길을 떠났다. 날이 저물기 전에 징검다리 개울에서 프렌치 동굴까지 15킬로미터를 걸으려면 잠시도 시간을 낭비할 수 없었다.

서비스와 웨브가 비쿠냐 새끼를 한 마리씩 안았고, 어미는 끈에 묶인 채 얌전히 백스터를 따라왔다.

소년들은 계속 빠른 걸음으로 걷고 있었다. 아무 일도 일어나지 않을 것 같았다. 그런데 오후 3시쯤 숲속에서 총성이 울렸다.

도니펀과 웨브와 크로스는 판을 데리고 백 걸음쯤 앞서 걷고 있었다. 총성에 뒤이어 외치는 소리가 들려왔다.

"그쪽이야! 그쪽으로 간다!"

갑자기 숲속에서 커다란 동물이 나타났다. 백스터는 올가미를 길게 늘이고 있다가, 그것을 머리 위에서 빙글빙글 돌린 다음 동물을 향해 휙 던졌다.

백스터가 올가미를 아주 잘 던졌기 때문에, 올가미 끝의 고리가 동물의 목에 감겼다. 그래도 이 동물은 아주 힘이 세서, 고든과 윌콕스와 서비스가 올가미 끝을 잡아 나무줄기에 친친 감지 못했다면 백스터는 동물한테 질질 끌려가고 말았을 것이다.

웨브와 크로스, 그리고 마지막으로 도니펀이 숲에서 나왔다. 도니펀은 화가 나서 참을 수가 없다는 듯이 소리를 지르고 있었다.

"빌어먹을! 왜 총이 빗나갔지?"

"백스터는 실패하지 않았어." 서비스가 말했다. "우리는 산 채로 잡았어. 팔팔하게 살아 있는 채로!"

"아무렴 어때? 어차피 죽일 건데." 도니펀은 억지를 부렸다.

"이 녀석을 죽인다고?" 고든이 반대했다. "수레를 끌기에 안성맞춤인 녀석을 잡았는데 죽이다니!"

"이게 수레를 끈다고?" 서비스가 놀라서 소리를 질렀다.

"이건 '과나코'야." 고든이 대답했다. "남아메리카의 농장에서는 인기가 대단하지."

과나코가 얼마나 유용한 동물이든, 도니펀으로서는 여전히 총으로 쏘아 죽이지 못한 것이 아쉬웠을 것이다.

과나코는 겁쟁이라서 도망치려고 몸부림치지도 않았다. 백스터가 목을 조르고 있는 올가미 매듭을 늦추어 준 다음 올가미를 고삐 삼아 끌고 가자, 녀석은 순순히 따라왔다.

지도에 따르면 프렌치 동굴까지는 아직도 5~6킬로미터를 더 걸어야 했다. 날이 저물기 전에 도착하려고 소년들은 걸음을 재촉했다.

6시쯤 일행은 프렌치 동굴이 보이는 곳에 이르렀다.

운동장에서 놀고 있던 코스타가 고든 일행을 보았다. 곧이어 브리앙과 다른 소년들이 서둘러 달려왔다. 그리고 며칠 만에 돌아온 탐험대를 환호성으로 맞이했다.

16장

체어먼섬에서 처음 맞이한 성탄절

고든이 없는 동안 프렌치 동굴에서는 만사가 순조롭게 돌아가고 있었다. 이 모든 게 브리앙의 겸손한 지도력 덕분이었다. 아이들은 진심으로 브리앙을 믿고 따랐다. 도니편도 교만하고 시샘 많은 성격이 아니었다면 브리앙의 장점을 제대로 평가했을 것이다. 하지만 그렇게 되지 않았다.

브리앙은 남들이 자기를 어떻게 생각하든 개의치 않고, 자신의 의무라고 생각되는 것을 충실히 해내고 있었다. 그의 가장 큰 걱정거리는 동생 자크의 이해할 수 없는 태도였다.

얼마 전에도 브리앙은 또다시 자크를 붙잡고 물어보았다. 하지만 돌아오는 대답은 늘 마찬가지였다.

"아니야, 형. 난 아무렇지도 않아."

"넌 잘못 생각하고 있어. 털어놔 버리면 속이 편해질 텐데. 내가 보기에 넌 점점 우울해지고 있어. 나는 네 형이야. 그러니 아우가 왜 슬퍼하는지, 그 이유를 알 권리가 있어. 넌 뭔가 양심에 찔리는 게 있나 본데, 그게 뭐야?"

"형." 자크가 드디어 입을 열었다. 마음속에 감추어 둔 죄책감을 더는 견딜 수 없는 모양이었다. "내가 무슨 짓을 했냐고? 형이라면 아마 용서해 주겠지만…… 다른 친구들은……."

"다른 친구들? 다른 친구라니? 도대체 무슨 말을 하고 싶은 거야?"

자크의 눈에서 눈물이 넘쳐흐르고 있었다. 하지만 브리앙이 아무리 캐물어도 동생은 같은 말만 되풀이할 뿐이었다.

"좀 있으면 알게 돼. 좀 있으면……."

이런 대답을 듣고 브리앙이 얼마나 속이 탔을지는 쉽게 짐작할 수 있을 것이다. 자크가 무슨 중대한 실수라도 저질렀을까?

이튿날인 11월 9일부터 식민지 소년들은 또다시 작업에 착수했다. 일거리는 얼마든지 있었다.

과나코와 비쿠냐는 식민지로 데려오자마자 프렌치 동굴바로 옆에 있는 나무에 임시로 묶어 두었다. 낮이 긴 계절에는 그걸로 충분하지만, 겨울이 오기 전에 적당한 외양간을 마련해 주어야 한다.

그래서 고든은 높은 울타리를 둘러친 우리와 축사를 만들기로 했다. 장소는 오클랜드 언덕 기슭의 호숫가, 동굴 출입구에서 가까운 곳이다.

모두 일에 착수하여, 본격적인 작업장이 만들어졌다. 어떤 아이는 톱질을 했고, 어떤 아이는 도끼를 휘둘렀다. 꽁무니를 빼는 아이는 없었다. 중간 굵기의 나무를 베어 뿌리를 자르고 가지를 쳐냈다.

축사는 '슬루기호' 선체에서 떼어 낸 널빤지로 만들었다. 외양간 지붕에는 비바람을 걱정할 필요가 없도록 두꺼운 방수 천을 덮었다. 부드럽고 푹신한 짚을 자주 갈아 주고, 풀과 이끼와 나뭇잎 같은 신선한 먹이를 충분히 먹이면 가축을 잘 키울 수 있을 것이다. 사육장 관리는 가넷과 서비스가 맡게 되었다.

게다가 사육장은 곧 새 손님을 맞이하게 되었다. 첫 번째 손님은 숲속에 파놓은 함정에 빠진 과나코였다. 다음 손님은 백스터가 윌콕스의 도움을 받아 붙잡은 비쿠냐 한 쌍이었다.

가넷과 서비스가 가축을 돌보는 동안, 윌콕스와 몇몇 소년은 덫이나 올무를 설치하고 날마다 그것을 살피러 갔다.

어린 아이버슨과 젠킨스에게도 일거리가 주어졌다. 고든의 지시에 따라 우리 한구석에서 능에와 까투리·뿔닭·메추라기 따위를 키우고 있었는데, 어린 두 꼬마는 이 새들을 돌보는 일을 맡았다. 둘은 이 일을 아주 열심히 해냈다.

모코는 이제 비쿠냐의 젖을 짜고 여러 새들의 알을 얻을

수 있었다. 고든이 설탕을 아끼라고 말하지 않았다면, 모코
는 비쿠냐의 젖과 새알로 달콤한 '앙트르메'(식후에 먹는 단 음식)
를 몇 번이나 만들었을 것이다.

그런데 설탕은 만들 수 없다 해도, 설탕을 대신할 만한 것
을 찾을 수는 없을까? 그래서 고든은 그것을 찾으러 나섰다.
그리고 드디어 덫숲 한복판에 무리 지어 서 있는 나무를 찾
아냈다.

"이건 단풍나무야. 사탕단풍나무!" 고든이 말했다.

"사탕으로 된 나무야?" 코스타가 엉뚱한 소리를 했다.

"이 먹보야, 그게 아니라 사탕을 만들 수 있는 나무란 말이
야! 어서 혀를 넣어 봐!"

이것은 소년들이 프렌치 동굴에 살게 된 이후 최대의 발견
가운데 하나였다. 고든은 단풍나무 줄기에 칼집을 내고, 거
기서 스며 나온 수액을 채취했다. 이 수액을 굳히면 달콤한
단풍 사탕이 만들어진다.

설탕을 구했기 때문에, 다음에는 술을 담그기로 했다. 모
코는 고든의 지시에 따라 트룰카와 알가로브 열매를 발효시
켜 보았다. 먼저 이 열매를 통 속에 넣고 절굿공이로 찧어서
으깨 두면 알코올이 섞인 액체가 나온다. 차나무에서 딴 잎
을 달이면 향긋한 중국차와 비슷한 맛이 났다.

소년들은 이렇게 체어먼섬에서 최소한 필요한 것은 모두
구할 수 있었다. 유감스럽게도 부족한 것은 신선한 채소뿐이

었다. 다행히 호숫가에 야생 샐러리가 많이 자라고 있었다. 샐러리는 아낄 필요가 없어서 신선한 채소로 큰 도움이 되었다.

겨우내 새를 잡으려고 강기슭에 쳐 두었던 그물은 봄이 오자 본격적인 사냥용 새그물로 바뀌었다. 이 그물에는 특히 작은 자고새와 먼 육지에서 날아오는 흑기러기가 많이 걸렸다.

윌콕스와 웨브는 토끼만 한 크기의 아구티를 몇 마리나 잡았다. 사냥하러 나간 소년들은 스컹크·오소리·족제비 같은 동물을 잡아서 가져왔다.

강에서는 작은 물고기가 많이 잡혔지만, 호수에는 훨씬 큰 물고기가 모여 있어서 커다란 무지개송어도 잡을 수 있었다.

이 시기에 백스터는 고든의 지시에 따라 물푸레나무 가지로 활을 몇 개 만들었다. 그리고 갈대 끝에 못을 박아 화살도 많이 만들었다. 덕분에 도니펀 다음으로 사냥을 잘하는 윌콕스와 크로스는 이따금 화살로 작은 사냥감을 잡을 수 있었다.

고든은 언제나 탄약을 낭비하는 데 반대하는 태도를 보였지만, 그가 평소의 절약 정신을 버릴 수밖에 없는 사태가 일어났다.

12월 7일, 도니펀이 고든을 한쪽 구석으로 데려가서 이렇게 말했다.

"승냥이와 여우가 제멋대로 도둑질하기 시작했어. 놈들은 밤에 떼를 지어 몰려와서 모처럼 올무에 걸린 먹이를 마음대로 가져가고 덫까지 망가뜨리고 있어. 다음에는 반드시 본때를 보여 줘야 해!"

"함정을 파면 안 돼?" 고든은 도니편이 무엇을 원하는지 알아차리고 말했다.

"함정?" 도니편은 그 흔해 빠진 사냥 장치를 여전히 경멸하고 있었다. "승냥이라면 함정을 파는 것도 괜찮겠지. 하지만 여우는 안 돼. 여우는 아주 약삭빠른 놈이라서, 아무리 신중하게 함정을 만들어 놓아도 절대 가까이 가지 않아. 이런 식으로 가면 밤중에 우리에 침입해서 새들을 몽땅 먹어 치울 거야."

"꼭 필요하다면 탄약통을 몇 개 꺼내 줄게. 하지만 확실히 잡을 수 있을 때만 총을 쏘도록 해야 해."

"알았어. 오늘 밤 여우가 지나다니는 길목에 잠복해 있다가 혼구멍을 내 주면 당분간은 얼씬거리지 않을 거야."

밤이 되자 도니편과 윌콕스·백스터·웨브·크로스·서비스는 여우가 먹이를 감추어 두는 '은닉처' 근처로 잠복하러 갔다. 은닉처는 호수 쪽 덫숲 근처에 있었다.

판은 데려가지 않았다. 여우로 하여금 경계심을 불러일으켜 오히려 사냥에 방해가 되기 때문이다. 판에게 여우 발자국을 찾게 할 수도 없었다. 여우는 달려서 몸이 따뜻해졌을 때도 냄새를 남기지 않는다. 아주 희미한 냄새밖에 발산하지 않기 때문에, 제아무리 명견이라도 여우 냄새는 맡을 수 없다.

밤 11시, 도니펀 일행은 은닉처 옆의 덤불 사이에 몸을 숨겼다. 주위는 칠흑같이 어두웠다.

12시가 조금 지났을 때 도니펀은 여우 무리가 다가온 것을 친구들에게 알렸다. 여우들은 은닉처를 가로질러 호수로 물을 마시러 가려는 참이었다.

도니펀의 신호에 따라 별안간 몇 발의 총성이 울려 퍼졌다. 모두 멋지게 명중했다. 여우 대여섯 마리가 땅바닥에 널브러졌고, 다른 놈들은 우왕좌왕하면서 도망치려 했지만 결국 대부분이 총에 맞아 쓰러졌다.

날이 밝은 뒤에 확인해 보니 열두 마리가 풀밭에 나동그라져 있었다. 이 여우 사냥은 사흘 동안 밤마다 계속되었고, 그 후 소년들의 식민지에는 가축을 위협하는 들짐승의 습격이 사라지게 되었다. 게다가 여우 모피를 쉰 장 가까이 얻을 수 있었다. 이 모피는 깔개도 되고 옷으로 만들 수도 있어서, 프렌치 동굴의 생활에 큰 보탬이 되었다.

12월 15일, 슬루기만을 탐험하는 대규모 원정 계획이 실행에 옮겨졌다. 날씨가 좋았기 때문에 고든은 소년들을 모두 참가시키기로 결정했다. 하급생 아이들은 뛸 듯이 기뻐하며 이 결정을 환영했다.

이번 원정의 주요 목적은 따뜻한 계절에 '좌초 해안'에 나타나는 바다표범을 사냥하는 것이었다. 긴 겨울밤을 보내는 동안 등유와 양초를 많이 써 버려서 기름이 거의 바닥났기 때문이다.

그런데 자연에서 기름을 대신할 수 있는 것, 기름이나 다름없이 쓸 수 있는 것은 없을까? 물론 있다. 바다표범이나 물개를 잡으면 된다. 하지만 서둘러야 한다. 이런 동물은 이제 곧 남쪽으로 내려가 남극해 지역으로 돌아가기 때문이다.

그래서 이번 원정은 아주 중요했기 때문에, 좋은 결과를 얻을 수 있도록 철저한 준비 작업이 이루어졌다.

얼마 전부터 서비스와 가넷은 과나코 두 마리를 길들여 짐수레를 끄는 훈련을 시켰다. 백스터는 돛으로 길쭉한 자루를 만들고, 거기에 풀을 넣어 끌채를 만들었다. 소년들이 직접 수레를 끌기보다는 과나코에게 끌게 하는 게 훨씬 나았다.

원정을 떠나는 날, 짐수레에는 탄약과 식량, 온갖 도구, 커다란 냄비와 빈 통 여섯 개가 실렸다. 빈 통에 바다표범의 기름을 채워서 가져오려는 것이다.

소년들은 동이 트자마자 길을 떠났다. 처음엔 모두 쉽게 걸을 수 있었다. 하지만 두 시간쯤 지나자 코스타와 돌이 다리가 아프다고 호소했다. 그래서 고든은 브리앙의 제안을 받아들여 두 아이를 수레에 태웠다.

8시쯤 짐수레가 늪지 가장자리를 따라 간신히 굴러가고

있을 때, 조금 앞서 걷고 있던 크로스와 웨브가 소리를 질렀다.

백 걸음쯤 떨어진 늪숲의 진흙탕 한복판에서 거대한 동물 한 마리가 뒹굴고 있었다. 도니펀은 그 동물이 무엇인지 금세 알아차렸다. 그것은 뚱뚱한 하마였다. 하마는 다행히 사정거리 안에 들어오기 전에 늪지의 흙탕물 속으로 모습을 감추어 버렸다. 하기야 하마를 쏘아 봤자 별수없다. 총알만 허비할 뿐이다.

일행이 슬루기만의 모래톱으로 나간 것은 10시가 조금 지나서였다. 모두 강가에서 지친 다리를 쉬었다. '슬루기호'를 해체할 때 처음 야영지를 마련했던 곳이다.

바다표범이 백 마리쯤 바위 사이를 기어 다니거나 햇볕을 쬐고 있었다. 암초 앞에 있는 모래밭에서 놀고 있는 녀석들도 있었다.

서둘러 점심을 먹은 뒤, 고든과 브리앙·도니펀·크로스·백스터·웨브·윌콕스·가넷·서비스는 한낮의 태양이 내리쬐는 모래밭에서 일광욕을 즐기고 있는 바다표범을 사냥할 준비를 했다.

그동안 젠킨스와 이아이버슨·자크·돌·코스타는 모코와 판의 보호를 받으며 야영장에 남아 있었다. 판이 바다표범 무리 속에 뛰어들기라도 하면 큰일난다.

우선 해야 할 일은 바다표범이 바다 쪽으로 도망치지 못하도록 퇴로를 차단하는 일이었다. 소년들은 이 작전 지휘를 도니펀에게 맡겼다.

작전은 조심스럽게 진행되었다. 소년들은 30보 내지 40보 간격을 두고 모래밭과 바다 사이에 반원형으로 늘어섰다.

이윽고 도니펀의 신호에 따라 소년들은 일제히 몸을 일으켰다. 동시에 총성이 울렸다. 총알은 모두 보기 좋게 명중했다.

총에 맞지 않은 바다표범들은 꼬리와 지느러미를 퍼덕이며 몸을 일으켰다. 그리고 총성에 놀라 펄쩍펄쩍 뛰듯이 암초 쪽으로 달아났다.

소년들은 권총을 쏘면서 바다표범을 추적했다. 도니펀은 타고난 사냥 솜씨를 유감없이 발휘하여 멋지게 활약했다. 다른 소년들도 열심히 도니펀을 본받았다.

이번 원정은 대성공이었다. 소년들은 야영지로 돌아와, 앞으로 하루 반을 이곳에서 보낼 수 있도록 나무 그늘에 자리를 잡았다.

그동안 모코는 커다란 돌덩이를 두 개 나란히 놓아 아궁이를 만들고, 그 위에 커다란 냄비를 얹어 놓았다. 바다표범 고기를 2~3킬로그램씩 덩어리로 잘라 냄비에 넣었다. 냄비에는 썰물 때 강에서 길어온 민물이 가득 담겨 있었다. 잠시 후 물이 끓기 시작하자 투명한 기름이 표면으로 떠올랐다. 이 기름을 떠서 빈 통에 채웠다.

이 작업은 고약한 냄새를 퍼뜨려 정말 견디기 어려웠다. 모두 코를 싸쥐었다.

이틀이 지나자 모코는 수백 리터의 기름을 모을 수 있었다. 기름은 이 정도면 충분할 것이다. 겨우내 쓸 기름은 확보되었다.

이튿날 아침 동이 트자마자 소년들은 짐을 꾸렸다. 모두 흡족한 표정이었다.

소년들은 오클랜드 언덕에서 나부끼는 영국 국기에 마지막 경례를 보내고, 태평양의 수평선에도 마지막 눈길을 던진 다음, 뉴질랜드강의 오른쪽 기슭을 올라가기 시작했다.

돌아오는 길에는 아무 일도 일어나지 않았다. 그리하여 저녁 6시가 되기 전에 모두 무사히 프렌치 동굴로 돌아올 수 있었다.

고든은 12월 25일과 26일을 프렌치 동굴의 공휴일로 삼자고 제안했다. 이틀 동안 일은 중단된다. 체어먼섬에서 맞는 첫 번째 크리스마스는 유럽의 새해 맞이와 다름없다.

이 제안이 얼마나 환영을 받았을지는 쉽게 짐작할 수 있을 것이다. 12월 25일 성대한 잔치를 여는 것은 말할 나위도 없다. 모코는 진수성찬을 준비하겠다고 약속했다.

축제일이 왔다. 백스터와 윌콕스는 거실 출입구 바깥쪽에 '슬루기호'의 삼각기와 온갖 깃발을 보기 좋게 장식했다. 덕분에 프렌치 동굴에는 축제 분위기가 넘쳐흘렀다.

아침이 되자 한 발의 포성이 오클랜드 언덕에 기분 좋게 메아리쳤다. 도니편이 크리스마스를 축하하기 위해 거실 창에 설치한 두 문의 대포 가운데 하나를 쏜 것이다.

곧이어 하급생들이 상급생들에게 새해 인사를 하러 왔다. 상급생들도 마치 아버지 같은 태도로 인사를 받았다. 체어먼 섬의 지도자 고든에게 코스타가 멋진 축하 인사를 했다.

모두 제일 좋은 나들이옷을 차려입고 있었다. 날씨가 아주 좋았기 때문에, 점심 식사를 전후하여 호숫가를 산책하거나 운동장에서 재미난 놀이를 했다.

즐겁고 만족스러운 하루였다. 특히 하급생 아이들이 즐거워했다. 만사가 순조로웠다. 싸움도 말다툼도 일어나지 않았다. 마침내 대포가 다시 발사되어 크리스마스 만찬 시간이 온 것을 알리자 소년들은 들뜬 얼굴로 저장실에 차려진 식탁에 자리를 잡았다.

모코는 진수성찬을 마련하는 데 여느 때보다 더 많은 정성을 기울여, 솜씨 좋은 보조 요리사 서비스와 함께 찬사를 받았다. 모두 요리를 잘했다고 칭찬하자 모코는 우쭐해졌다. 아구티 찜, 메추라기에 포도주를 넣고 끓인 스튜, 향긋한 채소를 곁들여 구운 토끼고기, 살아 있는 꿩처럼 날개를 펼치고 부리를 치켜든 능에, 채소 통조림 세 개, 건포도와 일주일 전부터 브랜디에 담가 둔 알가로브 열매를 섞어 만든 푸딩, 보르도산 적포도주와 셰리주, 홍차와 커피. 체어먼섬에서 맞는 성탄절 만찬치고는 더없이 훌륭한 진수성찬이었다.

브리앙이 진심 어린 우정을 담아 고든의 건강을 위해 건배했다. 고든은 작은 식민지 주민들의 건강과 멀리 있는 가족들의 안녕을 위해 건배했다.

끝으로 코스타가 일어나 하급생 대표로서, 어린 하급생들을 열성으로 보살펴 준 브리앙에게 감사 인사를 했다.

브리앙은 깊은 감동을 억누르지 못했다. 브리앙을 찬양하는 만세 소리가 울려 퍼졌지만, 도니펀의 마음에는 그 소리가 울리지 않았다.

17 장

동해안을 탐험하다

일주일 뒤에 1861년이 시작되었다. 남반구의 이 지역에서는 한여름에 새해를 맞는다.

소년들이 뉴질랜드에서 7,200킬로미터나 떨어진 이 섬에 표착한 지도 어느덧 열 달이 지났다.

그동안 상황이 점점 좋아진 것은 누구나 인정할 수밖에 없었다. 앞으로도 물질적인 면에서는 어떻게든 생활을 꾸려나갈 수 있을 것이다. 하지만 낯선 곳에 어린 소년들이 버려져 있는 처지에는 변함이 없다. 그들이 기대할 수 있는 것은 외부에서 구조대가 오는 것뿐이었다. 과연 구조대는 와 줄까? 따뜻한 계절이 끝나기 전에 구조될 수 있을까? 남극에서 두 번째 겨울을 또 다시 맞이해야 하는 것은 아닌가?

지금까지 병에 걸린 사람은 하나도 없었다. 상급생도 하급생도 모두 건강하게 지냈다. 건강과 안전을 염려하는 고든의 조심성은 이따금 지나쳐서 불만을 사기도 했지만, 그래도 그 덕택에 소년들은 무모한 행동을 삼가곤 했다. 하지만 이 또래의 소년들, 특히 집에 있었다면 부모의 사랑을 한 몸에 받았을 나이 어린 하급생들에게 필요한 애정을 고려해야 하지 않을까? 지금은 그런대로 괜찮은 상태지만 앞으로는 어떻게 될지 불안했다. 브리앙은 무슨 수를 써서라도 체어먼섬을 탈출하고 싶다는 생각에 줄곧 사로잡혀 있었다.

하지만 배라고는 보트 한 척뿐인데 어떻게 항해에 나설 수 있단 말인가? 이 섬이 태평양의 어느 군도에 속해 있지 않다면, 가장 가까운 대륙이 수백 킬로미터나 떨어져 있다면, 오랫동안 난바다를 항해해야 할 것이다. 대담한 소년 두세 명이 육지를 찾아 동쪽으로 나아간다 해도 육지에 다다를 가능성이 얼마나 될까?

태평양의 이 해역을 항해할 수 있을 만큼 큰 배를 만들 수 있을까? 그것은 불가능했다. 소년들의 능력을 훨씬 뛰어넘는 일이다. 그래서 브리앙은 어떻게 하면 소년들을 모두 구할 수 있을지 알 수가 없었다.

그러니까 기다릴 수밖에 없다. 좀 더 기다려야 한다. 계속 기다리면서 프렌치 동굴을 좀 더 살기 좋게 개선하는 데 힘을 쏟아야 한다. 지금 당장 할 수 있는 일은 그것뿐이다. 그

리고 겨울을 나기 위한 대비가 시급하니까 올여름에는 어렵
겠지만, 늦어도 다음 여름에는 섬 전체에 대한 탐험을 끝낼
수 있을 것이다.

모두 그렇게 각오를 굳히고 일을 시작했다. 이 섬의 겨울
이 얼마나 매서운지는 경험으로 이미 알고 있었다. 몇 주, 아
니 몇 달 동안 혹한과 눈보라 때문에 동굴에 갇혀 지내야 할
것이다. 따라서 가장 무서운 적인 추위와 굶주림에 철저히
대비해야 한다.

프렌치 동굴에서 추위와 싸울 수 있는 무기는 땔감뿐이다.
고든은 가을이 아무리 짧아도 가을이 끝나기 전에 밤낮으로
땔감을 비축할 생각이었다. 외양간에 있는 가축들도 생각해
야 한다. 가축을 저장실에 들여놓으면 너무 옹색하고 위생적
으로도 좋지 않다. 따라서 외양간을 좀 더 살기 좋게 만들고,
추위를 막고, 난로를 설치하여 가축들이 견딜 수 있을 정도
로 실내 온도를 유지할 필요가 있다. 백스터와 브리앙, 서비
스와 모코는 1월 한 달 내내 이 일에 열중했다.

이에 못지않게 중요한 것이 겨우내 먹을 식량 문제였다.
이 문제는 도니펀을 비롯한 사냥팀이 맡기로 했다. 그들은
날마다 덫을 보러 다녔다. 날마다 먹고 남은 고기는 모코가
소금을 뿌리거나 훈제하여 저장실에 비축했다. 이렇게 해 두
면 겨울이 아무리 길고 혹독해도 굶어 죽을 염려는 없었다.

탐험도 계속하지 않을 수 없었다. 이번 탐험의 목적은 체

어먼섬에서 아직 가 보지 못한 지역을 모두 조사하는 것이 아니라, 패밀리 호수 동쪽 일대를 조사하는 것이었다. 호수 동쪽에는 숲이나 늪이 펼쳐져 있을까? 아니면 모래언덕이 이어져 있을까? 쓸모있는 자원은 없을까?

하루는 브리앙이 이 문제를 고든과 의논했다. 하지만 브리앙에게는 또 다른 생각도 있었다.

"보두앵의 지도가 상당히 정확하다는 것은 우리도 확인할 수 있었지만, 섬 동쪽에 태평양이 펼쳐져 있는지 어떤지는 다시 조사해 보는 게 좋겠어. 우리에게는 보두앵에게 없었던 고성능 망원경이 있으니까, 그가 보지 못한 육지를 찾을 수 있을지도 몰라. 그 지도에는 체어먼섬이 바다로 둘러싸인 외딴섬으로 되어 있지만, 외딴섬이 아닐지도 모르잖아."

"넌 언제나 그 생각만 하는구나. 그래, 한시라도 빨리 섬을 떠나고 싶은 마음뿐이지?" 고든이 물었다.

"그래, 고든. 그건 너도 마찬가지잖아. 우리는 되도록 빨리 집으로 돌아가려고 애써야 해."

"좋아. 네가 그렇게 주장한다면 탐험대를 조직하자."

"모두 참가할 필요가 있을까?" 브리앙이 물었다.

"물론 아니지. 예닐곱 명이면 되지 않을까?"

"그것도 너무 많아. 예닐곱 명이 가면 호수를 북쪽으로 돌거나 남쪽으로 돌 수밖에 없어. 그러면 시간도 많이 걸리고 힘들지 않겠어?"

"그럼 어떻게 하지?"

"보트를 타고 호수를 건너는 거야. 그러려면 두세 명밖에 갈 수 없어."

"그럼 보트는 누가 다루지?"

"모코가. 모코는 보트를 다룰 줄 알아. 나도 조금은 알고 있어. 순풍이 불면 돛을 펴고, 맞바람이 불면 노를 저으면 돼. 호수 건너편에 있는 강어귀까지는 8~9킬로미터 정도니까 쉽게 건널 수 있을 거야. 지도를 보면 그 강은 동쪽 숲을 가로질러 바다로 흘러가고 있으니까, 강을 따라 개어귀까지 내려가면 돼."

"알았어. 나도 네 생각에 찬성이야. 그런데 누가 모코와 함께 가지?"

"내가. 나는 호수 북쪽 탐험에 참가하지 않았으니까, 이번에는 내가 고생할 차례야. 모두를 위해 봉사할 기회를 줘."

"봉사할 기회를 달라고? 이봐 브리앙, 너는 이미 우리를 위해 봉사했잖아. 누구보다도 헌신적으로 열심히 일했어. 우리는 모두 너한테 감사해야 해."

"그만해, 고든. 우리는 모두 의무를 다하고 있어. 허락해 줄 거지?"

"알았어. 그럼 세 번째 대원은 누구로 할 거야? 도니펀은 데려가지 않는 게 좋아. 너하고는 마음이 맞지 않으니까."

"아니, 도니펀도 괜찮아. 나쁜 녀석은 아니야. 용감하고 무슨 일을 시켜도 잘해. 샘이 많아서 탈이지, 그렇지만 않으면 좋은 친구가 될 수 있을 텐데 말이야. 내가 주제넘게 나서거나 남보다 위에 설 마음이 없다는 걸 알면 도니펀도 태도가 달라질 거야. 그렇게 되면 그와 나는 둘도 없는 친구가 될 수 있어. 하지만 이번에는 다른 애를 데려갈 생각이야."

"누군데?"

"내 동생 자크. 자크가 걱정이야. 아무리 봐도 무슨 큰 잘못을 저지르고 양심의 가책에 시달리는 것 같은데, 그걸 털어놓으려고 하질 않아. 이번 탐험에 데려가면 나와 단둘이 얘기할 기회도 있을 테니까……."

"좋아, 그럼 자크를 데려가. 당장 오늘부터 준비를 시작하자."

그날 고든은 탐험 계획을 발표했다. 도니펀은 이 탐험에 참가하지 못하는 것이 분해서 고든에게 불평을 늘어놓았다.

"그러니까 브리앙만 필요한 존재다, 요컨대 그런 얘기군?" 도니펀이 빈정거렸다.

"넌 브리앙을 오해하고 있어, 도니펀. 나한테도 그렇지만."

도니펀은 더 이상 불평하지 않고 자기 패거리한테 가 버렸다.

당장 보트가 준비되었다. 보트에는 작은 삼각돛이 설치되어 있었는데, 모코는 그것을 활대에 묶어 활짝 펼쳤다. 보트에는 소총 두 자루와 권총 세 자루, 탄약과 여행용 담요 석장, 음료수와 식량, 비가 내릴 경우에 대비하여 후드가 달린 레인코트, 예비용을 포함한 노 네 자루가 실렸다.

2월 4일 아침 8시경, 브리앙과 자크와 모코는 친구들에게 작별을 고하고 뉴질랜드강둑에서 보트에 올라탔다. 날씨는 아주 좋았다. 남서쪽에서 산들바람이 불어오고 있었다. 모코는 돛을 편 다음 뒤쪽에 앉아서 키를 잡았고, 브리앙은 돛의 방향을 조정하는 일을 맡았다. 자크는 맨 앞의 돛대 밑에 앉아 있었다. 한 시간 동안은 오클랜드 언덕이 보였지만, 그것도 어느덧 수평선 너머로 사라져 버렸다.

"바람이 온종일 불어오지 않으면 곤란한데." 브리앙이 말했다.

"맞바람이 불면 더 곤란하죠." 모코가 대꾸했다.

"넌 철학자야, 모코."

"무슨 뜻으로 그런 말씀을 하는지 모르겠지만, 저는 무슨 일이 일어나도 절대 짜증을 내거나 초조해하지 않으려고 애쓰고 있습니다." 견습 선원이 말했다.

"그게 바로 철학이야."

"철학은 아무래도 좋지만, 노를 저읍시다. 날이 저물기 전에 건너편에 도착하는 게 좋아요."

세 소년은 간단히 점심을 먹은 다음, 모코는 앞쪽에 자리를 잡았고 자크는 뒤쪽에 앉았다. 브리앙은 그대로 가운데에 앉아 노를 잡았다. 노를 젓기 시작하자 보트는 힘차게 달리기 시작했다.

보트는 이제 바다처럼 드넓은 호수 한복판을 달리고 있었다. 수평선이 하늘과 맞닿아 있었다. 자크는 건너편 호숫가가 나타나기를 기다리며 동쪽을 가만히 바라보고 있었다.

3시쯤 망원경을 눈에 대고 있던 모코가 육지 같은 것이 보인다고 말했다. 잠시 뒤에는 브리앙도 모코가 잘못 보지 않은 것을 확인했다. 4시에는 낮은 호숫가에 나무 우듬지가 나타났다. 브리앙이 '가짜 바다 곶'에서 호수 건너편을 보지 못한 것은 지대가 낮은 탓이었던 게 분명했다. 체어먼섬에는 슬루기만과 패밀리 호수 사이에 솟아 있는 오클랜드 언덕 말고는 고지대가 전혀 없는 모양이다.

저녁 6시쯤 드디어 건너편 호숫가에 도착했다. 호숫가에는 호랑가시나무와 해송이 무성한 가지를 늘어뜨리고 있었다.

"이게 지도에 나와 있는 강이야." 브리앙이 강의 출발점을 가리키며 말했다.

나팔꽃 모양의 강어귀에서 꽤 많은 물이 흘러 나가고 있었다.

"이 강에도 이름을 붙여야 할 것 같은데요." 모코가 말했다.

"그래야겠지. 섬의 동쪽으로 흐르고 있으니까 '동강'이라고 부를까?"

"그럼 이제 동강을 따라 개어귀까지 내려가기만 하면 되겠군요."

브리앙과 모코와 자크는 작은 후미를 이루고 있는 강기슭에 배를 댔다. 배를 나무줄기에 단단히 묶어 놓고 배에서 무기와 식량을 내렸다. 세 소년은 커다란 감탕나무 그늘에 모닥불을 피웠다. 그러고는 건빵과 절인 고기로 저녁을 때우고 땅바닥에 담요를 펼쳤다. 이제 곧히 잠자는 일밖에 남지 않았다.

브리앙은 새벽 6시에 누구보다 먼저 눈을 떴다.

몇 분 뒤, 세 소년은 다시 배에 자리를 잡았다. 그리고 강물의 흐름을 따라 내려갔다.

"동강의 길이가 10킬로미터밖에 안 된다면, 썰물만 타도 바다까지 나갈 수 있을 거예요." 모코가 말했다. "그러니까 우물쭈물하지 말고 서둘러 돌아와야 합니다."

모코의 계산에 따르면 보트는 시속 1.5킬로미터 정도의 속도로 강을 따라 내려갔다. 나침반을 보니 동강은 동북동쪽을 향해 거의 일직선으로 흐르고 있었다.

강은 숲 한복판을 흐르고 있었다. 양쪽에는 나무가 울창했다. 브리앙은 고든만큼 식물을 잘 알지 못했지만, 뉴질랜드에서도 자주 볼 수 있는 나무가 자라고 있는 것을 알아차렸다. 키가 20미터쯤 되는 그 나무는 가지를 우산처럼 펼치고, 원뿔 모양의 열매를 매달고 있었다. 길이가 10센티미터 정도인 열매는 끝이 뾰족하고 비늘 같은 것으로 덮여 있었다.

"저건 잣나무가 분명해!" 브리앙이 소리를 질렀다.

노를 젓자 배는 왼쪽 강둑으로 다가갔다. 브리앙과 자크는 펄쩍 뛰어 강둑으로 올라갔다. 잠시 후 두 소년은 잣송이를 잔뜩 가지고 돌아왔다. 잣은 식민지의 먹보들에게 귀중한 발견이었지만, 잣에서 고급 기름을 얻을 수 있다는 점에서도 귀중한 발견이었다.

이 숲에도 호수 서쪽에 있는 다른 숲처럼 사냥감이 많은지를 확인하는 것도 중요했다. 사냥감은 많은 것 같았다. 나무 사이로 깜짝 놀라 달아나는 레아와 비쿠냐 무리, 무서운 속도로 달려가는 과나코들을 발견했기 때문이다. 새도 많았다.

11시쯤에는 울창하던 나무가 눈에 띄게 줄어들기 시작했다. 여기저기 빈터가 보였다. 바람에 갯내음이 섞여 있었다. 그것은 바다가 가까워진 것을 알려 주었다.

연안에 우뚝 솟아 있는 암벽 근처에 이르자 모코는 왼쪽 강기슭에 배를 댔다. 그러고는 닻을 들고 강가로 올라가 모래 속에 단단히 박아 넣었다. 브리앙과 자크도 육지로 올라갔다.

체어먼섬의 동해안은 서해안과는 딴판이었다. 이쪽에도 슬루기만과 거의 같은 위도에 후미 하나가 입을 벌리고 있었다. 하지만 서해안에는 띠처럼 길게 이어진 암초와 절벽으로 둘러싸인 모래밭이 넓게 펼쳐져 있는 반면, 동해안에는 바위산이 첩첩이 늘어서 있었다. 그리고 바위산마다 동굴이 무수히 나 있었다.

브리앙은 우선 넓은 만을 둘러보았다. 너비는 20킬로미터 정도였고, 양쪽 끝은 모래밭으로 되어 있는 듯했다. 만은 적막했다. 텅 비어 있는 느낌이었다. 배는 그림자도 보이지 않았다. 육지도 섬도 있는 것 같지 않았다!

브리앙이 실망했다고 말하면 과장이 될 것이다. 어느 정도 예상하고 있었으니까. 그래서 초승달 모양의 이 후미에 '실망만'이라는 이름을 붙이기로 했다.

"이쪽에서도 고향으로 돌아갈 길을 찾을 수는 없을 것 같군!" 브리앙이 말했다.

"어떤 길로든 돌아갈 수는 있습니다. 어쨌든 빨리 점심을 먹는 게 좋을 것 같은데요." 모코가 대답했다.

"밤중에 배를 띄워도 괜찮을까?"

"문제없어요. 안전하게 달릴 수 있습니다. 보름달이 뜰 테니까요. 게다가 강줄기가 곧아서, 밀물이 계속되는 동안은 노로 방향만 잡아 주면 됩니다."

"그렇게 하자. 그러면 열두 시간쯤 여유가 있으니까 그동안 탐험이나 해 볼까."

점심을 먹은 뒤에 세 소년은 저녁때까지 해안을 탐사했다.

이 해안의 풍경을 특징짓는 것은 바윗덩어리가 겹겹이 쌓인 바위산이었다. 인간의 손을 빌리지 않은 거대한 자연석

바위들이 여기저기 솟구쳐 갖가지 형상을 이루고 있었다.

그 바위산에는 깊은 동굴이 수없이 뚫려 있었다. 이런 동굴은 살기에도 좋을 것 같았다. 이곳에 거처를 마련하면 '거실'이나 '저장실'도 몇 개나 만들 수 있을 것이다. 브리앙은 1킬로미터도 안 되는 거리를 걷는 동안 이런 살기 좋은 동굴을 열 개도 넘게 발견했다.

바다를 관찰하기에 가장 적당한 시간은 해가 서쪽으로 기울기 시작한 2시쯤이었다. 브리앙과 자크와 모코는 거대한 곰처럼 생긴 바위산을 기어 올라갔다.

꼭대기에서 뒤를 돌아보니, 서쪽에 패밀리 호수까지 펼쳐져 있는 숲이 내려다보였다. 남쪽은 군데군데 검은 전나무 숲이 서 있을 뿐, 모래언덕이 길게 이어져 있는 것 같았다. 만의 북쪽 끝에는 나지막한 곳이 보이고, 그 너머에는 넓은 모래벌판이 펼쳐져 있었다. 요컨대 체어먼섬은 중앙부만 땅이 기름졌다.

브리앙은 동쪽 수평선으로 망원경을 돌렸다. 하지만 동쪽에는 아무것도 보이지 않았다. 수평선에 둘러싸인 드넓은 바다 말고는 아무것도 없었다.

브리앙과 자크와 모코는 한 시간쯤 주의 깊게 바다를 관찰한 뒤, 다시 모래밭으로 내려오려고 했다. 바로 그때 모코가 브리앙을 붙잡고 북동쪽을 가리키면서 물었다.

"저기 있는 게 뭐죠?"

브리앙은 모코가 가리키는 쪽으로 망원경을 돌렸다. 수평선보다 조금 위에서 하얀 점 하나가 반짝반짝 빛나고 있었다.

"저게 산이 아니라면 뭘까? 하지만 산이 저런 식으로 보이는 것도 이상해!"

잠시 후 해가 더욱 서쪽으로 기울자 그 반짝이는 점도 사라져 버렸다.

탐험이 끝나자 세 소년은 동강 어귀에 있는 작은 포구로 돌아갔다. 그곳 한구석에 배가 묶여 있었다. 자크는 나무 밑에 떨어진 낙엽을 모아서 불을 붙였고, 모코는 메추라기 고기를 구웠다.

7시쯤 저녁을 든든히 먹은 다음, 밀물이 들기를 기다리는 동안 자크와 브리앙은 해변을 산책하러 갔다.

그동안 모코는 잣을 따려고 왼쪽 강기슭을 거슬러 올라갔다.

모코가 포구로 돌아왔을 때는 날이 저물고 있었다. 브리앙과 자크는 아직 돌아와 있지 않았다. 형제가 그렇게 멀리까지 갈 리는 없으니까 걱정할 필요는 없었다.

하지만 그때 흐느끼는 소리가 들렸다. 모코는 흠칫 놀랐다. 이어서 야단치는 듯한 소리도 들렸다. 그 소리는 분명 브리앙의 목소리였다.

두 형제가 위험에 빠져 있는 건 아닐까? 모코는 포구를 둘러싸고 있는 커다란 바위 뒤를 돌아 해변으로 달려 나갔다.

그 순간 모코는 뜻밖의 광경을 보고 그 자리에 우뚝 멈춰 섰다. 자크가 브리앙의 무릎에 매달려 있었다. 형에게 무언가를 호소하며 용서를 빌고 있는 듯했다. 모코가 들은 울음 소리는 자크의 목소리였다.

모코는 살며시 되돌아가려고 했지만 이미 늦었다. 모코는 모든 것을 듣고 자크가 저지른 잘못을 알았다.

"왜 그런 짓을 했어? 다 너 때문이야."

"용서해 줘, 형…… 용서해 줘."

"네가 친구들과 어울리지 않는 이유를 이제야 알겠어. 그래서 너는 다른 애들을 무서워하고 있었구나. 다른 애들이 알면 절대로 안 돼! 절대 말하지 마! 아무한테도 말하면 안 돼!"

모코는 자크의 말을 들은 것을 후회했다. 자크의 비밀을 몰랐다면 얼마나 좋을까. 하지만 이제 와서 되돌릴 수는 없었다. 브리앙과 얼굴이 마주쳤을 때 아무것도 모르는 체하는 것은 너무나 괴로운 일이었다. 그래서 모코는 보트 옆에서 브리앙과 단둘이 있게 되었을 때 이렇게 말했다.

"브리앙 씨, 사실은 다 들어 버렸어요."

"뭐? 그럼 자크가 저지른 짓을 알고 있단 말이야?"

"예…… 하지만 자크를 용서해 주지 않으면……."

"다른 애들도 용서해 줄까?"

"그럴 겁니다! 하지만 다른 애들은 아무것도 모르는 게 좋을 것 같군요. 저는 말하지 않을 테니까 안심하세요."

보트에 탈 때까지 세 시간 동안 브리앙은 자크에게 말을 걸지 않았다. 자크도 모든 것을 털어놓은 뒤, 전보다 더 풀죽은 태도로 바위 밑에 말없이 앉아 있었다.

10시쯤 밀물이 시작되었다. 브리앙과 자크와 모코는 보트에 올라탔다. 밧줄을 풀자 배는 밀물을 타고 빠른 속도로 강을 거슬러 올라갔다. 해가 지자마자 달이 떠올라 동강 유역을 환히 비추었기 때문에, 밤 12시 반까지 순조롭게 항해할 수 있었다.

하지만 그 후 썰물이 시작되자 한 시간쯤 노를 젓다가 멈추고, 그 자리에 닻을 내리고 밀물을 기다렸다. 새벽 6시에 밀물이 들자 닻을 올리고 다시 노를 젓기 시작했다.

보트가 순조롭게 달리는 동안, 브리앙과 자크는 거의 말이 없었다. 저녁 6시쯤 호숫가에서 낚시를 하고 있던 가넷이 보트를 발견했다. 곧이어 보트는 호숫가에 도착했고, 고든이 세 소년을 반갑게 맞아 주었다.

18장

체어먼 식민지의 새 지도자를 선출하다

브리앙은 형제의 비밀을 고든에게도 말하지 않는 게 낫다고 판단했다. 그리고 소년들이 거실에 모두 모였을 때 이번 탐험의 결과를 보고했다. 브리앙은 체어먼섬의 동해안, 실망만을 둘러싼 지역, 호수에서 숲속을 지나 바다로 흘러나가는 동강, 호숫가의 울창한 숲에 대해 이야기했다.

수평선 위에서 하얀 점 같은 것을 보기는 했지만, 정말로 수평선 위에 있는 것인지는 확실치 않고, 아마 신기루에 불과할지 모르니까 다음에 실망만을 찾았을 때 다시 한번 확인하는 게 좋겠다고 말했다. 분명한 사실은 체어먼섬이 어떤 육지와도 멀리 떨어져 있다는 것이었다.

소년들은 다시 각자 맡은 일을 시작했다. 닥쳐올 겨울에 대비하여 철저한 대책을 세워야 했다. 브리앙은 더욱 열심히 일에 몰두했다.

고든은, 용기를 발휘하거나 위험을 무릅써야 할 때면 브리앙이 반드시 자크를 앞에 내세우는 것도 알아차렸다. 그리고 자크도 열심히 그런 일을 도맡았다.

여러 가지 일을 하는 동안 2월이 지나갔다. 윌콕스가 패밀리 호수로 연어가 올라오는 것을 발견했기 때문에 뉴질랜드강 양쪽에 그물을 쳐서 꽤 많은 연어를 잡을 수 있었다. 연어를 보존해 두려면 아무래도 많은 소금이 필요했다. 그래서 백스터와 브리앙은 몇 번이나 슬루기만에 가서 작은 염전을 만들었다.

3월 초부터 보름 동안 서너 명의 소년들이 뉴질랜드강 왼쪽에 펼쳐져 있는 남늪 일부를 탐험했다. 이 탐험을 계획한 것은 도니펀이었다. 백스터는 도니펀의 주문에 따라 가벼운 활대로 죽마를 만들었다. 늪지에는 여기저기에 얕은 웅덩이가 있기 때문에, 죽마가 있으면 발을 적시지 않고 건널 수 있다.

4월 17일 이른 아침, 도니펀과 웨브와 윌콕스는 보트를 타고 강을 건너 왼쪽 기슭에 상륙했다. 모두 총을 메고 있었다. 세 명의 사냥꾼은 강을 건너자마자, 밀물 때도 수면 위로 얼굴을 내밀고 있는 높은 지대까지 죽마를 타고 가기로 했다.

판도 세 소년을 따라왔다. 물론 판은 죽마를 탈 필요가 없었다. 개는 발이 젖는 것도 아랑곳하지 않고 웅덩이를 팔짝 팔짝 뛰어서 건넜다.

늪지에는 사냥감이 많았다. 도요새·오리·뜸부기·물떼새· 상오리도 있었고, 검둥오리도 헤아릴 수 없이 많았다.

그런데 도니펀은 다른 새를 꼭 한번 쏘아 보고 싶었다. 하지만 총알을 함부로 낭비하면 안 되기 때문에 꾹 참고 있었지만, 붉은 날개를 가진 홍학을 보았을 때는 뛰는 가슴을 도저히 억누를 수가 없었다.

홍학은 특히 바닷물이 섞인 늪지에 사는데, 체어먼섬의 새들 가운데 가장 아름다운 홍학을 보고 도니펀은 본능에 몸을 맡겼다. 윌콕스와 웨브도 도니펀과 마찬가지로 분별을 잃었다. 세 소년은 함께 홍학 떼를 향해 돌진했지만, 완전한 헛수고였다.

그래도 세 소년은 많은 새를 잡았기 때문에 남늪에 온 것을 후회하지 않았다. 물에 잠긴 곳까지 돌아오자 그들은 다시 죽마를 타고 뉴질랜드강둑에 이르렀다.

한편 고든은 추위가 닥치기 전에 월동 준비를 끝낼 생각이었다. 외양간의 난방을 위해서는 많은 땔나무를 비축해 두어야 한다. 이제 프렌치 동굴은 땔나무를 잔뜩 쌓아 두었고 바다표범 기름도 충분히 비축해 두었기 때문에, 겨울이 반년 넘게 계속되어도 추위나 어둠을 걱정할 필요가 없었다.

이런 작업을 하는 동안에도 하급생들의 공부는 예정대로

진행되었다. 상급생들은 교대로 하급생들을 가르쳤다. 일주일에 두 번씩 열리는 토론회 때 도니펀은 여전히 잘난 체하는 태도를 보였기 때문에, 늘 어울리는 친구를 제외한 나머지 아이들은 도니펀을 좋아하지 않았다.

그래도 도니펀은 고든의 임기가 끝나기 두 달 전부터 벌써 식민지의 다음 지도자가 되기로 마음먹었다. 허영심과 자만심이 강한 도니펀은 당연히 지도자가 될 수 있을 거라고 믿었다.

이런 상황을 정확히 꿰뚫어 본 고든은 재선될 자격이 있는데도 지도자 자리에 남아 있을 생각이 전혀 없었다. 게다가 아이들은 고든의 강경한 방식과 지나치게 현실적인 태도를 싫어할 때가 많았다.

특히 하급생 아이들이 주로 불평한 것은 고든이 단 음식을 못 먹게 한다는 점이었다. 게다가 고든은 인색할 만큼 근검절약을 강조하고, 옷이나 신발이 망가지지 않도록 조심하라고 까다롭게 잔소리를 해댔다. 아이들이 옷을 더럽히거나 찢거나 구두에 구멍을 내면 고든은 호되게 야단을 쳤다. 특히 구두에 구멍이 나면 수선하기가 어려워서 골치를 앓아야 하기 때문이다.

아이들은 요리를 맡고 있는 서비스와 모코가 브리앙을 잘 따르는 것을 알고 있었다. 그래서 브리앙이 체어먼섬의 지도자가 되면 단 음식을 실컷 먹으면서 즐겁게 지낼 수 있을 거라고 기대했다.

　그러나 브리앙은 지도자 따위에는 관심이 없었다. 그는 쉬지 않고 일했고, 동생 자크에게도 끊임없이 일거리를 맡겼다. 브리앙과 자크는 둘 다 특별한 의무를 수행해야 하는 것처럼 누구보다도 먼저 일을 시작하고 맨 마지막까지 일에 매달렸다.

　아이들이 모든 시간을 공부와 일에만 쏟은 것은 아니었다. 시간표에는 노는 시간도 몇 시간 들어 있었다. 하급생도 상급생도 모두 신체를 단련하는 놀이에 참여했다. 나무줄기에 밧줄을 묶어 놓고 가지까지 기어 오르거나, 긴 막대기를 이용하여 우묵한 구덩이를 뛰어넘기도 했다. 호수에서 수영도 했다. 헤엄을 못 치는 아이도 금방 수영을 배울 수 있었다. 사냥도구인 올가미와 볼라의 사용법을 배우기도 했다.

　겨울은 기다릴 사이도 없이 닥쳐왔다. 5월 첫 주에 추위가 심해졌기 때문에, 고든은 거실에 난로를 피우고 밤낮으로 불을 때라고 명령했다. 이제 곧 외양간도 난방을 해야 한다. 그 일은 서비스와 가넷이 맡기로 했다.

　그 무렵이 되자 철새들은 떼를 지어 다른 곳으로 이동할 준비를 했다. 도대체 그 새들은 어디로 날아갈까? 아마 체어 먼섬보다 따뜻한 곳을 찾아 태평양이나 아메리카 대륙의 북쪽 지방으로 날아갈 것이다.

　그런 철새로는 우선 제비가 있었다. 이 아름다운 철새는 놀랄 만큼 먼 거리를 빠른 속도로 날아갈 수 있다. 브리앙은 조난한 '슬루기호' 소년들의 위치를 알리기 위해 제비의 이동을 이용할 방법을 궁리했다. 제비를 잡는 것쯤은 식은 죽 먹기였다. 사람을 의심할 줄 모르는 제비는 저장실 안에까지 둥지를 틀었기 때문이다. 소년들은 제비를 수십 마리 잡아서 목에 작은 헝겊 주머니를 매달고 그 안에 쪽지를 넣었다. 체어먼섬이 태평양 어디쯤에 있는지를 대충 그리고, 이 쪽지를 본 사람은 뉴질랜드의 수도 오클랜드로 꼭 좀 알려 달라고 당부하는 말을 덧붙였다.

그리고 제비들을 놓아주었다. 제비 떼가 북동쪽으로 사라지려 할 때 소년들은 벅찬 가슴으로 "안녕!" 하고 외쳤다. 정말 감동적인 장면이었다.

이런 방법으로 소년들이 구조될 가능성은 거의 없다. 그 쪽지 가운데 하나라도 누군가의 손에 들어가기를 기대할 수는 없었지만, 그래도 브리앙이 그 실낱같은 희망을 놓치지 않은 것은 옳은 태도였다.

5월 25일에 벌써 첫눈이 내렸다. 작년보다 며칠 일렀다.

벌써 몇 주 전에 따뜻한 겨울옷이 배급되었다. 고든은 건강을 유지하기 위한 규칙이 엄격하게 지켜지도록 신경을 썼다.

바로 그 무렵 프렌치 동굴은 은밀한 흥분에 휩싸여 있었다. 소년들도 분위기에 휩쓸려 침착성을 잃었다. 고든이 체어먼섬의 지도자로 뽑힌 지 1년이 다 되어 가고 있었기 때문이다. 고든의 임기는 6월 10일에 끝난다.

그 때문에 여러 가지 교섭과 흥정만이 아니라 책략과 음모까지 벌어져 소년들의 세계는 심하게 요동치고 있었다. 고든은 무관심한 태도를 취하려고 했다. 브리앙은 프랑스인이었기 때문에, 거의 다 영국인인 소년들의 식민지에서 지도자가 될 생각은 꿈에도 하지 않았다.

결국 겉으로 드러나지 않게 이 선거에 신경을 쓰고 있는 것은 도니펀이었다. 물론 그가 머리도 좋고 용감하다는 것은 누구나 인정하는 사실이었다. 따라서 성격이 교만하고 태도가 고압적이고 시샘이 많다는 결점만 없었다면 도니펀은 지도자가 될 자격이 충분했다.

그런데 도니펀은, 자기가 고든의 후임자가 될 게 확실하다고 믿었기 때문인지, 표를 부탁하고 다니기가 자존심이 상했기 때문인지는 모르지만, 선거에서 한 발짝 비켜나 있는 태도를 취하고 있었다. 그래도 그의 선거운동을 친구들이 대신해 주었다. 윌콕스와 웨브와 크로스는 도니펀에게 투표하라고 아이들을 설득했다. 특히 하급생들의 지지가 중요했다. 그런데 다른 이름이 후보에 오르지 않았기 때문에 도니펀은 당연히 자기가 지도자로 뽑힐 거라고 믿었다.

6월 10일이 왔다.

오후에 투표가 실시되었다. 과반수 득표자가 있으면 새로운 지도자가 탄생하게 된다. 식민지의 유권자는 14명—모코는 흑인이라서 선거권을 행사할 수 없었고, 모코 자신도 선거권을 요구하지 않았다—이니까, 8표만 얻으면 당선이다.

오후 2시에 투표가 시작되었고, 개표 결과는 아래와 같았다.

브리앙⋯⋯⋯⋯⋯8표
도니펀⋯⋯⋯⋯⋯3표
고든⋯⋯⋯⋯⋯⋯1표

고든과 도니펀은 기권했다. 고든에게 표를 던진 것은 브리앙이었다.

이 결과가 발표되자 도니펀은 실망과 분노를 감추지 못했다.

브리앙은 과반수의 표를 얻은 데 놀라서, 처음에는 그 영예를 사양하려고 했다. 하지만 어떤 생각이 머릿속에서 번득인 모양이다. 동생 자크를 바라본 뒤 이렇게 말했기 때문이다.

"고맙습니다, 여러분. 기꺼이 받아들이겠습니다."

이리하여 브리앙은 그날부터 1년 동안 체어먼 식민지의 지도자가 되었다.

19장

얼어붙은 호수에서 스케이트를 타다

소년들이 브리앙을 지도자로 뽑은 것은 그의 다정다감한 성격, 어려움이 닥쳤을 때 보여 주는 용기, 공동의 이익을 위해 애쓰는 헌신적인 행동을 인정했기 때문이다. 뉴질랜드에서 체어면섬까지 오는 동안 '슬루기호'의 지휘를 맡은 그날부터 브리앙은 어떤 위험이나 난관에 부닥쳐도 결코 물러서지 않았다. 브리앙은 외국인이었지만, 상급생도 하급생도 모두 그를 좋아했다. 특히 브리앙이 끊임없이 마음을 써 주고 열심히 돌봐 준 꼬마들은 모두 브리앙에게 표를 던졌다.

하지만 도니펀과 패거리는 이런 상황을 참을 수 없어서 절대 브리앙에게 협력하지 않겠다고 결심했다.

자크는 형이 선거 결과를 받아들이는 것을 보고 놀라지 않을 수 없었다.

"형은 정말……?" 자크는 질문하다 말고 그만두었다.

하지만 브리앙은 동생의 생각을 알아차리고 고개를 끄덕이며 작은 소리로 대답했다.

"그래. 나는 네 잘못을 갚기 위해서라도 더 열심히 봉사하고 싶은 마음뿐이야."

"고마워, 형. 나를 너그럽게 봐주지 마!"

이튿날부터 또다시 기나긴 겨울의 따분한 생활이 시작되었다.

알다시피 오클랜드 언덕 꼭대기에는 신호용 돛대가 세워져 있다. 그런데 이 돛대에 걸린 깃발이 몇 주 동안이나 바닷바람을 맞아 갈기갈기 찢겨 버렸다. 그래서 깃발 대신 겨울 바람에도 견딜 수 있는 것을 달아 둘 필요가 있었다. 백스터는 브리앙의 지시에 따라 늪지 부근에 자라는 골풀 줄기를 엮어서 커다란 공을 만들었다. 이 공이라면 바람이 줄기 사이를 빠져나갈 테니까 거센 돌풍도 견딜 수 있을 것이다.

공이 완성되자, 6월 17일 슬루기만으로 마지막 원정을 떠났다. 브리앙은 영국 국기를 내리고 이 새로운 신호 장치를 달았다. 공은 몇 킬로미터 밖에서도 볼 수 있을 것이다.

7월 초에 강물이 얼기 시작했다. 영하 12도까지 내려가는 이런 추위가 계속되면 패밀리 호수가 꽁꽁 얼어붙는 것도 시간문제였다. 돌풍이 호수 전체가 얼어붙는 것을 늦추고 있었지만, 바람이 남동풍으로 바뀌고 하늘이 맑게 개자 기온은 영하 20도까지 곤두박질쳤다.

작년에 만든 것과 비슷한 겨울 생활 시간표가 작성되었다. 브리앙은 시간표를 엄격하게 지키라고 요구했지만, 지도자의 권한을 과시하려고 하지는 않았다. 소년들은 모두 브리앙의 말에 잘 따랐고, 고든이 앞장서서 모범을 보임으로써 브리앙의 수고를 덜어 주었다.

도니펀 패거리도 아직까지는 반항적인 태도를 보이지 않았다. 그들은 함정과 올무, 새그물과 덫을 놓는 일에 전념하고 있었다. 이것은 그들에게 특별히 맡겨진 일이었다. 하지만 그들은 늘 자기네끼리만 어울리고, 식사할 때나 밤에 모두 모였을 때도 다른 아이들과는 말도 하지 않고 따로 모여서 작은 소리로 쑥덕거렸다.

브리앙은 계속 힘들고 어려운 일을 도맡았고, 자크도 꾀부리지 않고 형을 도왔다. 고든은 자크의 태도가 달라진 것을 알아차리고 있었다. 모코도 자크가 친구들과 어울려 놀기도 하고 대화에도 끼어드는 것을 보고 기뻤다.

추위 때문에 거실에 갇혀 지내야 할 때는 공부에 많은 시간을 바쳤다. 젠킨스와 아이버슨·돌·코스타도 학력이 눈에 띄게 좋아졌다. 하급생들을 가르치려면 상급생들도 스스로 알아서 공부할 수밖에 없었다. 저녁 식사를 마치고 잠자리에 들 때까지는 모두 큰 소리로 책을 읽었다. 가넷은 이따금 아코디언을 꺼내 귀에 거슬리는 소리를 냈다.

그러는 동안에도 브리앙은 뉴질랜드로 돌아가는 문제를 줄곧 생각하고 있었다. 그것이 그의 최대 관심사였다. 또한 그것이 고든과의 차이점이었다. 고든은 체어먼 식민지의 체제를 갖추는 것밖에 생각지 않았다. 브리앙이 지도자로 있는 동안 특히 눈에 띈 것은 집으로 돌아가기 위해 온갖 노력을 거듭했다는 점이다.

겨울밤에 프렌치 동굴은 안전해 보였지만, 위험이 다가온다는 경보가 울릴 때도 있었다. 들짐승—대개는 승냥이—이 떼 지어 외양간 근처를 어슬렁거리기 시작하면, 판은 목을 빼고 길게 꼬리를 끄는 울음소리로 위험을 알렸다. 그러면 도니편과 소년들은 거실에서 뛰쳐나갔다. 그러고는 활활 타고 있는 장작불을 들짐승에게 던져 멀리 쫓아 버렸다.

윌콕스와 백스터는 작은 짐승을 잡는 것만으로는 만족할 수 없게 되었다. 올무에는 새든 설치류든 작은 동물밖에 걸려들지 않았다. 그래서 두 소년은 덫숲에 있는 어린 나무를 구부려, 큰 짐승을 잡을 수 있는 본격적인 덫을 설치했다.

덫숲에서는 노루가 아니라 멋진 홍학이 걸려들었다. 7월 24일 밤, 홍학 한 마리가 덫에 걸려, 아무리 발버둥 쳐도 달아날 수 없게 되었다. 이튿날 윌콕스가 덫을 둘러보러 갔을 때 홍학은 올가미에 목이 졸려 죽어 있었다.

홍학은 깃털을 뽑고 내장을 빼낸 다음, 그 속에 양념한 채소를 채워 불에 굽자 기막히게 맛있는 요리가 되었다. 날갯살과 다릿살이 모두에게 골고루 나누어졌다. 혀도 조금씩 나누어 먹었다. 이 혀는 세상에 둘도 없는 진미라고 할 만했다.

8월 초부터 중순 사이에 몹시 추운 날이 나흘 있었다. 브리앙은 온도계가 영하 30도까지 내려가는 것을 보고 걱정하지 않을 수 없었다.

이럴 때 동굴에서 한 발짝이라도 나가면 당장 뼛속까지 얼어 버릴 것이다. 어린 하급생들은 잠시라도 바깥 공기를 쐬지 못하게 했다. 상급생들도 꼭 필요할 때 말고는 밖에 나가지 않았다. 밖에 나가는 것은 주로 외양간에 군불을 때기 위해서였다.

다행히 이 추위는 오래 계속되지 않았다. 8월 6일 무렵에 또다시 서쪽에서 바람이 불어왔다. 무시무시한 바람이 슬루기만과 해안을 휩쓸었다. 하지만 프렌치 동굴이 이런 바람에 시달릴 염려는 없었다. 지진이라도 일어나지 않는 한, 어떤 것도 이 동굴의 튼튼한 암벽을 무너뜨릴 수는 없었다.

8월 중순부터는 훨씬 견디기가 쉬워졌기 때문에, 브리앙은 다시 바깥일을 시작하기로 했다. 다만 낚시질은 할 수 없었다. 강과 호수는 아직도 꽁꽁 얼어붙어 있었기 때문이다.

얼음 상태가 좋았기 때문에, 브리앙은 날을 잡아 스케이팅 대회를 열 계획을 세웠다. 백스터가 나무토막에 쇳날을 박아서 스케이트를 몇 켤레 만들었다.

8월 25일 오전 11시경, 브리앙과 고든·도니펀·크로스·웨브·윌콕스·백스터·가넷·서비스·젠킨스·자크 등 열한 명은 동굴을 나섰다. 어린 아이버슨과 돌과 코스타는 동굴에 남았고, 이들을 돌보는 일은 모코와 판에게 맡겼다. 열한 명의 소년들은 스케이트를 타기에 적당한 빙판을 찾으러 갔다.

스케이트를 타다 보면 자기도 모르게 멀리까지 가 버릴 수 있다. 이런 경우에 대비하여 브리앙은 배에서 사용하는 작은 나팔을 가져갔다. 물론 도니펀과 크로스는 총을 가져갔다. 사냥감을 쏠 기회가 있으면 잡아 보려는 것이다.

소년들 중에서 가장 스케이트를 잘 타는 아이는 도니펀과 크로스와 자크였다. 자크는 갖가지 곡선을 아름답게 그리는 피겨 스케이팅도, 빠른 속도로 달리는 스피드 스케이팅도 남달리 뛰어났다.

스케이트를 타기 전에 브리앙은 소년들을 모아 놓고 말했다.

"얼음이 깨질 염려는 없지만, 넘어져서 팔다리가 부러지지 않도록 조심해! 여기서 보이지 않는 곳까지 가면 안 돼! 너무 멀리 갔다 싶으면, 여기서 나와 고든이 기다리고 있다는 걸 잊지 마. 내가 나팔을 불어서 신호하면 당장 돌아와야 해!"

브리앙이 말을 끝내자 소년들은 얼음판을 미끄러져 나갔다. 브리앙은 소년들이 꽤 능숙하게 얼음을 지치는 것을 보고 안심했다.

자크의 솜씨는 정말 볼만했다. 원이나 타원을 그리면서 앞으로 갔다 뒤로 갔다를 반복했다. 한 발로 타기도 하고 두 발로 타기도 하고, 멈춰 서거나 허리를 굽히기도 했다. 동생이 다른 아이들과 어울려 노는 것을 보고 브리앙도 기뻤다.

운동이라면 뭐든지 좋아하는 도니펀은 다들 자크의 묘기를 칭찬하는 것을 보고 샘이 난 모양이다. 브리앙의 주의를 들었을 텐데도 도니펀은 곧 호숫가를 벗어났다. 게다가 틈을 보아 크로스한테도 따라오라고 신호를 보냈다.

"저것 봐, 크로스!" 도니펀이 크로스를 불렀다. "오리 떼가 있어. 저기 동쪽에. 보이지?"

"그래, 보여!"

"총은 갖고 있지? 나도 갖고 있어! 오리 잡으러 가자!"

"하지만 브리앙이 멀리 가지 말라고 했잖아."

"괜찮아. 브리앙은 나한테 맡겨. 자, 가자."

도니펀과 크로스는 호수 위를 날아가는 오리 떼를 따라 눈 깜짝할 사이에 1킬로미터 가까이 달려가 버렸다.

"저 애들이 어디까지 가려는 거지?" 브리앙이 물었다.

"저쪽에서 사냥감을 발견했나 봐." 고든이 대답했다. "사냥꾼 본능이 발동한 모양이야."

날이 저물려면 아직 몇 시간이 남아 있으니까 돌아올 시간은 충분했지만, 역시 무모한 짓이었다. 이맘때는 언제라도 날씨가 돌변할 우려가 있었다. 그래서 2시쯤 갑자기 안개가 호수의 수평선을 가려 버렸을 때 브리앙은 더욱 불안해졌다.

"걱정한 대로야!" 브리앙이 소리쳤다. "이 안개 속에서 어떻게 길을 찾지?"

"나팔을 불어! 나팔을 불어 봐!" 고든이 대답했다.

나팔 소리가 세 번 울려 퍼졌다. 날카롭고 높은 소리가 허공을 가로질러 멀리까지 빨려들어 갔다. 그 소리에 응답하여 총소리가 들리지 않을까 하고 브리앙과 고든은 귀를 기울였지만, 총소리는 들리지 않았다.

안개는 점점 짙어지면서 널리 퍼져 가고 있었다. 안개의 소용돌이가 호숫가에서 500미터도 떨어지지 않은 곳까지 바싹 다가왔다. 안개는 옆으로 퍼지는 동시에 위로 올라가고 있으니까, 몇 분도 지나기 전에 호수는 시야에서 완전히 사라져 버릴 것이다.

"어떡하지?" 고든이 물었다.

"크로스와 도니펀이 안개 속에서 방향을 잃기 전에 어떻게든 두 사람을 찾아야 해. 누군가가 둘이 간 방향으로 가면서 계속 나팔을 부는 게 좋겠어."

"내가 갈게!" 백스터가 나섰다.

"형, 나를 보내 줘!" 자크가 나섰다. "스케이트를 타면 금방 따라잡을 수 있을 거야."

"좋아!" 브리앙이 대답했다. "네가 가. 총소리가 들리는지 잘 들어. 자, 이 나팔을 가져가. 이걸로 네 위치를 알리는 거야."

"알았어, 형!"

자크는 눈 깜짝할 사이에 안개 속으로 사라졌다. 안개는 점점 짙어져 갔다.

30분이 지났다. 호수에서 방향을 잃어버린 크로스와 도니 펀도, 그들을 찾으러 간 자크도 소식이 없었다.

밤이 오기 전에 그들에게 신호를 보내서, 호숫가에 도착하려면 어느 쪽으로 와야 하는지 알려 줘야 한다. 그러려면 되도록 빨리 동굴로 돌아가서 총으로 신호를 보내는 것이 상책이다.

소년들은 30분도 지나기 전에 운동장까지 5킬로미터를 달렸다. 윌콕스와 백스터는 총 두 자루에 탄약을 재고 동쪽을 향해 발사했다.

하지만 아무 응답도 없었다. 총소리도, 나팔 소리도 들려오지 않았다.

벌써 3시 반이었다. 태양이 오클랜드 언덕 너머로 기울수록 안개는 점점 짙어졌다. 호수는 두꺼운 안개 장막에 가려져 아무것도 보이지 않았다.

"대포를 쏘자!" 브리앙이 말했다.

'슬루기호'에 있던 대포 두 문 가운데 하나가 거실 출입구 옆에 뚫어놓은 창에 설치되어 있었다. 소년들은 그 대포를 운동장 한복판으로 끌어내어 포문을 북동쪽으로 돌렸다.

포성이 울려 퍼졌다. 돌과 코스타는 귀를 틀어막지 않을 수 없었다.

주위가 쥐 죽은 듯 조용하니까 이 포성은 몇 킬로미터 밖에서도 들릴 것이다.

모두 귀를 기울였다. 하지만 포성에 응답하는 소리는 들려오지 않았다.

그 후 한 시간 동안 소년들은 대포를 10분 간격으로 발사했다.

5시가 가까워졌을 때, 드디어 북동쪽에서 두세 발의 총성이 들려왔다. 아직 멀리 떨어져 있었지만 상당히 또렷한 소리였다.

"도니펀이다!" 서비스가 외쳤다.

몇 분 뒤에 두 사람의 모습이 안개 속에서 나타났다. 운동장에서 환성이 일었다. 곧이어 호수에서 나타난 두 사람도 환성을 질렀다.

도니펀과 크로스였다. 하지만 자크는 함께 있지 않았다.

브리앙은 도니펀과 크로스의 말을 듣고 더욱 불안했다. 두 사람은 자크를 만나지 못했다. 자크의 나팔 소리도 듣지 못했다. 그때 그들은 이미 호수 남쪽으로 내려오고 있었다. 그런데 자크는 그들을 찾으려고 동쪽으로 달려간 것이다.

자크가 얼어붙은 호수에서 밤을 보내야 한다면, 영하 15도까지 내려가는 혹한을 어떻게 견딜 수 있겠는가?

"자크 대신 내가 갔어야 하는 건데…… 내가!" 브리앙은 계속 그 말만 되뇌었다.

또다시 몇 발의 포성이 울려 퍼졌다. 자크가 프렌치 동굴로 다가오고 있다면 포성을 들을 테고, 그러면 나팔을 불어 자기 위치를 알릴 것이다.

하지만 포성이 길게 꼬리를 끌며 사라진 뒤에도 응답하는 나팔 소리는 들리지 않았다.

벌써 날이 저물고 있으니까, 이제 곧 어둠이 섬 전체를 뒤덮을 것이다. 이런 상황에서 취해야 할 방법은 하나뿐이다. 호숫가에 모닥불을 피우는 것이다. 벌써 윌콕스와 백스터와 서비스가 운동장 한복판에 마른 나뭇가지를 쌓아 올리고 있었다.

그때 고든이 말했다.

"잠깐만 기다려!"

고든은 망원경을 눈에 대고 북동쪽을 유심히 살피고 있었다.

"무슨 점 같은 게 보여. 점이 움직이고 있어."

이어서 브리앙이 망원경을 넘겨받아 들여다보았다.

"아아, 자크다! 자크야! 난 알아!"

모두 입을 모아 자크를 소리쳐 불렀다.

자크는 얼어붙은 호수를 스케이트로 쏜살같이 미끄러지면서 프렌치 동굴로 다가오고 있었다. 이제 몇 분만 있으면 도착할 것이다.

"혼자가 아닌 것 같아!" 백스터가 놀란 몸짓을 하며 소리를 질렀다.

주의해서 보니, 두 개의 그림자가 30~40미터 뒤에서 자크를 쫓아오고 있었다.

"도대체 뭘까?" 고든이 중얼거렸다.

"사람인가?" 백스터가 물었다.

"아니야. 동물인 것 같아!" 윌콕스가 말했다.

"맹수인지도 몰라!" 도니펀이 소리쳤다.

도니펀의 말이 옳았다. 도니펀은 당장 총을 집어 들고 자크를 향해 돌진했다. 당장 자크에게 다가가서, 들짐승을 향해 총을 두 발 쏘았다. 두 마리의 들짐승은 얼른 돌아서서 사라져 버렸다.

그 짐승들은 곰이었다. 체어먼섬에 곰이 있으리라고는 생각해 본 적도 없었다. 그렇게 무서운 짐승이 섬을 어슬렁거리고 있다면 소년들이 지금까지 그 흔적조차 발견하지 못했을 리가 없다. 그렇다면 곰들은 이 섬에 살고 있는 게 아니라, 겨울 동안 얼어붙은 바다를 건너서 왔거나, 유빙을 타고 이 섬까지 원정을 왔을 것이다. 그것은 체어먼섬 인근에 대륙이 있다는 증거가 아닐까? 이 문제는 깊이 생각해 볼 필요가 있었다.

어쨌든 자크는 목숨을 건졌다. 형은 동생을 힘껏 끌어안았다.

축하의 말과 포옹과 악수가 이 용감한 소년에게 퍼부어졌다.

자크는 도니펀과 크로스를 찾기 위해 열심히 나팔을 불었지만, 그게 헛수고로 끝난 뒤 자크도 자욱한 안개 때문에 길을 잃어버린 것이었다. 어느 쪽으로 가야 좋을지, 짐작도 가지 않았다. 바로 그때 첫 번째 포성이 울려 퍼진 것이다.

프렌치 동굴에서 쏜 대포 소리임을 알아차린 자크는 소리가 나는 방향을 알아내려고 애썼다. 그때 자크는 프렌치 동굴에서 몇 킬로미터나 떨어진 호수 북동쪽에 있었다. 방향을 잡은 자크는 스케이트로 전속력을 내어 소리가 난 쪽을 향해 달렸다.

안개가 걷히기 시작했을 때 자크는 곰 두 마리와 맞닥뜨렸다. 곰들은 자크에게 덤벼들었다. 그런 위기에서도 자크는 침착성을 잃지 않았다. 더 빨리 스케이트를 지친 덕분에 곰과의 거리를 유지할 수 있었다. 하지만 미끄러져 넘어졌다면 끝장이 났을 것이다.

모두 프렌치 동굴로 돌아올 때, 자크는 브리앙을 옆으로 데려가서 낮은 소리로 말했다.

"형, 고마워. 나를 보내 줘서……."

브리앙은 아무 말도 하지 않고 동생의 손을 꼭 잡아 주었다.

도니펀이 거실 문간을 넘으려 할 때 브리앙이 말을 걸었다.

　"멀리 가지 말라고 했잖아. 네가 말을 안 들었기 때문에 큰일 날 뻔했어! 하지만 네가 잘못을 저지르긴 했어도 자크를 구하러 가 준 건 고마워."

　"나는 의무를 다했을 뿐이야." 도니펀은 차갑게 대꾸했다.

　그리고 브리앙이 진정으로 내민 손을 잡으려고 하지도 않았다.

20장

도니편 패거리가 프렌치 동굴을 떠나다

그로부터 달포 뒤인 10월 10일, 어느새 봄기운이 느껴진다. 나무에는 다시금 싱그러운 새싹이 돋아나고, 대지는 봄의 빛깔을 되찾고 있었다.

그날 오후 5시쯤, 네 소년이 패밀리 호수 남쪽 끝에서 걸음을 멈추었다. 도니편과 크로스·웨브·윌콕스였다. 이들 네 소년이 친구들과 헤어지기로 결심하게 된 까닭은 다음과 같다.

프렌치 동굴에서 보낸 두 번째 겨울의 마지막 2~3주 동안 도니편과 브리앙의 관계는 더욱 나빠졌다. 선거에서 브리앙에게 지고 난 뒤로 도니편은 더욱 시샘이 많아지고 성미가 급해져서 걸핏하면 화를 냈고, 체어먼섬의 새 지도자의 지시에 순순히 따르려 하지 않았다. 날이 갈수록 점점 반항적인 태도를 취하게 되었고, 그래서 브리앙도 도니펀을 엄격하게 다룰 수밖에 없었다.

고든은 이런 사태를 염려하여, 브리앙에게 제발 참으라고 부탁했다. 하지만 브리앙은 참는 데에도 한계가 있다고 생각했다. 공동의 이익을 생각하고 질서를 유지하기 위해서는 본때를 보일 필요가 있을 것 같았다. 고든은 도니펀의 기분을 달래려고 애썼지만 소용이 없었다. 도니펀은 고든이 언제나 브리앙을 편든다고 생각했고, 그래서 고든의 중재는 아무 효과도 거두지 못했다.

실제로 도니펀과 그를 편드는 크로스·웨브·윌콕스는 식사 시간 외에는 자기들끼리만 어울리며 따로 지내고 있었다. 날씨가 나빠서 사냥을 나갈 수 없을 때면 네 소년은 한쪽 구석에 따로 모여 작은 소리로 속닥거리곤 했다.

하루는 브리앙이 고든에게 말했다.

"그 애들은 틀림없이 무슨 음모를 꾸미고 있어."

"설마 너를 어떻게 하려는 건 아니겠지?" 고든이 되물었다.

"우리와 헤어질 생각을 하고 있는 게 아닐까?"

"그럴지도 몰라. 하지만 그 애들을 붙잡을 권리는 우리한테 없어."

"아무래도 멀리 가서 따로 살려고 하는 것 같아."

"설마."

"아니야. 틀림없어. 윌콕스가 보두앵의 지도를 베끼는 걸 보았는데, 그 지도를 가져갈 모양이야."

"윌콕스가 그런 짓을?"

"그래. 말썽이 일어나지 않도록 내가 지도자를 사퇴하고, 너나 도니편이 대신 맡는 게 나을지도 몰라. 그러면 대립 관계가 단번에 해소될 테니까."

"안 돼, 브리앙!" 고든은 단호하게 말했다. "그건 안 돼. 네 멋대로 사퇴하는 건 너를 뽑아 준 아이들에 대한 의무를 저버리는 거야. 네가 마땅히 수행해야 할 의무를!"

이처럼 어수선한 분위기에 속에서 겨울이 지나갔다. 10월로 접어들자 추위가 완전히 누그러져, 강과 호수의 얼음도 다 녹았다. 10월 9일 밤, 도니편은 소년들이 모두 모인 자리에서 웨브·크로스·윌콕스와 함께 프렌치 동굴을 떠나겠다는 결심을 밝혔다.

"우리를 버릴 셈이야?" 고든이 물었다.

"너희를 버린다고? 천만에." 도니편이 대답했다. "우리 넷은 이 섬의 다른 곳에서 한번 살아 보자는 계획을 세웠을 뿐이야."

"무엇 때문에?" 백스터가 물었다.

"이유는 간단해. 우리 마음대로 살고 싶기 때문이야. 솔직히 말하면 브리앙의 명령을 받는 데 질렸어. 그런 노릇을 이젠 그만 하고 싶어."

"도니펀, 왜 나를 비난하는지, 나의 어떤 점이 마음에 안 드는지 가르쳐 줄래?" 브리앙이 물었다.

"그런 건 없어. 네가 지도자 자리에 앉아 있다는 것만 빼고 는! 초대 지도자는 미국인이었고, 이번에는 프랑스인이야! 이렇게 나가면 다음번에는 모코를 뽑게 되지 않을까?"

"그게 진심으로 하는 말이야?" 고든이 물었다.

"진심으로 말하자면……" 도니펀은 거만한 투로 대답했다. "다른 애들은 영국인이 아닌 사람이 계속 지도자가 되는 게 좋은 모양이지만, 우리 넷은 그게 마음에 안 들어."

"아하, 그렇구나!" 브리앙이 응수했다. "그럼 좋아! 윌콕스, 웨브, 크로스, 도니펀, 너희 네 사람은 나가도 좋아! 필요한 물건도 가져가!"

"물론 그럴 작정이야. 내일 당장 떠날 거야!"

"나중에 후회나 하지 마!" 고든은 그렇게 말했을 뿐이었다. 더 이상 말해 봤자 소용없다는 것을 알았기 때문이다.

이튿날 동이 트자마자 네 소년은 작별을 고하고 프렌치 동 굴을 떠났다.

모코는 네 소년을 보트에 태워 뉴질랜드강을 건네주고 되 돌아갔다. 네 소년은 별로 서두르지도 않고 멀어져 갔다. 남 쪽으로 갈수록 점점 폭이 좁아지는 패밀리 호수를 왼쪽으로 바라보고, 그 남쪽과 서쪽에 끝이 보이지 않을 만큼 넓게 펼 쳐져 있는 남늪을 관찰하면서 천천히 나아갔다.

도중에 늦지 언저리에서 새를 몇 마리 잡았다. 도니펀도 탄약을 아껴야 한다는 것을 알고 있었기 때문에, 그날 식량으로 필요한 만큼만 잡는 데 만족했다.

비가 내릴 염려는 없었지만, 하늘이 흐려지고 북동풍이 불고 있는 것 같았다. 오후 5시쯤 호수 남쪽 끝에 도착하자, 거기서 하룻밤을 보내기로 했다. 그날 네 소년은 10킬로미터도 채 걷지 않았다.

그날 밤은 상당히 추워서, 동이 틀 때까지 계속 모닥불을 피워 추위를 견뎠다. 그리고 이튿날 동이 트자마자 네 소년은 떠날 준비를 했다.

패밀리 호수의 서쪽 연안과 동쪽 연안이 맞닿은 남쪽 끝은 뾰족한 예각을 이루고 있었다. 동쪽 연안은 북쪽을 향해 거의 수직으로 뻗어 있었다. 호수의 동쪽 일대도 습지였지만, 풀이 돋아난 지면은 수면보다 거의 1미터나 높아서 물에 잠겨 있지는 않았다. 이 일대는 대부분 구릉으로 이루어진 것 같았다. 그래서 도니펀은 '구릉 지대'라는 이름을 붙였다. 하지만 도니펀은 낯선 곳을 지나가고 싶지 않아서, 호숫가를 따라 동강까지 올라간 다음 브리앙이 조사한 해안으로 나가기로 했다.

떠나기 전에 네 소년은 어떤 길로 갈 것인가를 의논했다.

"지도에 표시된 거리가 정확하다면 호수 남쪽 끝에서 동강까지는 12킬로미터도 안 돼. 그러니까 무리하지 않아도 저녁에는 동강에 도착할 수 있을 거야." 도니펀이 말했다.

"게다가 동강을 탐험할 수도 있어." 크로스가 덧붙였다.

"그래, 맞아." 도니펀이 받았다. "그 강은 해안과 호수를 직접 연결하는 통로니까. 그리고 강을 따라 내려가면 부근의 숲도 조사할 수 있어."

의논이 끝나자 네 소년은 기운차게 걷기 시작했다.

왼쪽의 호수와 오른쪽의 구릉지대 사이에 1미터 높이의 좁은 둑길이 뻗어 있었다.

11시쯤 네 소년은 너도밤나무가 숲을 이루고 있는 작은 후미에서 걸음을 멈추고 점심을 먹었다. 아침에 윌콕스가 잡은 아구티가 점심거리였다. 동쪽에는 푸른 숲이 시야 끝까지 이어져 있어서 지평선도 보이지 않았다.

호수 동쪽에 펼쳐져 있는 숲은 서쪽의 늪숲과 같은 종류의 나무로 이루어져 있었다. 자작나무나 너도밤나무보다 해송과 전나무와 호랑가시나무가 많고, 모두 아름드리 큰 나무였다.

도니펀은 이 일대에 다양한 동물이 살고 있다는 것을 알고 크게 만족했다.

저녁 6시쯤, 네 소년은 걸음을 멈추어야 했다. 둑길이 끝나고, 호수에서 흘러나온 물줄기가 앞을 가로막고 있었다. 동강이 분명했다. 도니펀은 좁은 후미 옆의 나무 밑에서 최근에 모닥불을 피운 흔적을 발견했다. 브리앙과 자크와 모코가 실망만을 탐험하러 왔을 때 첫날 밤을 보낸 곳이었다. 그들은 거기서 밤을 보냈다.

날이 밝자 도니펀은 당장 동강을 건너자고 말했다.

"일찍 떠나면 그만큼 일찍 도착할 수 있어. 개어귀까지는 10킬로미터도 안 되니까, 날이 저물기 전에 도착할 수 있을 거야."

"그리고 모코가 잣을 딴 것도 강 건너편이니까, 우리도 잣을 따서 가자." 크로스가 말했다.

고무보트를 펼쳐 강에 띄우자, 도니펀은 보트 뒤에 밧줄을 묶고 건너편 강둑으로 노를 저어 갔다. 너비가 10미터밖에 안 되는 강은 금세 건널 수 있었다. 윌콕스와 웨브와 크로스는 밧줄을 잡아당겨 보트를 거둔 뒤, 한 사람씩 차례로 보트를 타고 강을 건넜다.

모두 강을 건너자 윌콕스는 고무보트에서 공기를 빼고 트렁크처럼 착착 접어서 등에 짊어졌다. 네 소년은 다시 걷기 시작했다. 브리앙 일행처럼 보트를 타고 강물의 흐름에 맡기는 것이 덜 피곤한 것은 사실이다. 하지만 보트는 한 번에 한 사람밖에 탈 수 없기 때문에 그런 이동 방법은 단념할 수밖에 없었다.

이날은 몹시 힘들었다. 숲은 깊고, 땅에는 풀이 무성하게 우거져 있고, 겨울바람에 꺾인 나뭇가지가 흩어져 있고, 곳곳에 구덩이가 있어서 먼 길을 돌아서 가야 했다. 그래서 해안에 도착하는 시간이 예상보다 훨씬 늦어졌다.

정오가 가까워질 무렵 잣나무 숲에서 점심을 먹으면서 쉬기로 했다. 크로스가 잣을 많이 따 왔기 때문에 모두 그것을 먹었다. 그리고 다시 강을 따라 3킬로미터를 걸었다.

저녁 7시 무렵에야 겨우 숲을 빠져나갈 수 있었다. 이미 날이 어두워져서 해안의 상태는 확인할 수 없었다. 하지만 파도가 밀려와 부서지는 소리와 하얀 물거품은 보고 들을 수 있었다.

네 소년은 그곳에서 노숙하기로 했다. 그들은 야영 준비를 끝내고 저녁을 먹었다. 모닥불을 피우고 소나무 아래 몸을 눕히자 곧 잠이 쏟아졌다.

21장

동해안에서 조난자들을 발견하다

눈을 떴을 때는 하늘과 바다가 맞닿아 있는 수평선 위로 아침 해가 떠오르고 있었다.

도니펀 일행이 맨 처음 한 일은 강을 따라 개어귀까지 내려가는 것이었다. 개어귀에서 네 소년은 처음 보는 동쪽 바다를 집어삼킬 듯이 둘러보았다. 동쪽 바다도 서해안 못지않게 한적했다. 배는 그림자도 보이지 않았다.

도니펀이 입을 열었다.

"그래도 체어먼섬이 남아메리카 대륙에서 멀리 떨어져 있지 않다면, 마젤란 해협을 빠져나와 칠레나 페루의 항구로 가는 배가 이쪽 바다를 지나갈 거야. 그러니까 더더욱 이 실망만에 살아야 해. 브리앙은 여기에 실망만이라는 이름을 붙였지만, 이제 곧 그 재수 없는 이름이 어울리지 않는 날이 올 거야."

도니펀은 망원경으로 수평선을 바라본 다음 동강 어귀를 조사하러 갔다. 브리앙과 마찬가지로 이들 네 소년도 그곳이 바람이나 파도가 닿지 않는 작은 천연항을 이루고 있다는 것을 확인했다. '슬루기호'가 이곳에 표착했다면, 모래밭 위에 올라앉지 않고 무사히 귀국길에 오를 수도 있었을지 모른다.

해안 바위산에 살기 좋은 동굴이 수없이 나 있다는 브리앙의 이야기는 결코 과장이 아니었다. 어느 동굴을 골라야 할지, 선택하기가 어려울 정도였다. 하지만 도니펀은 동강에서 멀지 않은 동굴이 좋겠다고 생각했다. 그리고 곧 적당한 곳에서 깊은 동굴을 발견했다. 바닥에는 고운 모래가 가득 깔려 있고 여러 개의 공간으로 나뉘어 있어서, 이 동굴 하나만으로도 소년들을 모두 수용하고도 남을 것 같았다.

그날은 해안에서 반경 2～3킬로미터에 이르는 지역을 둘러보기로 했다. 도니펀과 크로스는 메추라기를 몇 마리 잡았고, 윌콕스와 웨브는 개어귀에서 백 걸음쯤 상류로 올라간 곳에 낚싯줄을 드리웠다. 물고기는 여섯 마리가 잡혔는데, 큼지막한 농어가 두 마리나 잡혔다.

실망만의 북동부에서 난바다의 거친 파도를 막고 있는 암초에는 수많은 구멍이 나 있는데, 거기에 조개들이 잔뜩 모여 있었다. 맛있는 홍합과 삿갓조개가 많았다.

브리앙은 동강 어귀를 탐험할 때 곰과 똑같이 생긴 바위에 올라갔다고 했다. 도니펀도 그 바위의 야릇한 형상을 보고 놀라지 않을 수 없었다. 그래서 그 바위가 내려다보고 있는 포구에 '곰바위 포구'라는 이름을 붙였다.

저녁에 도니펀 일행은 무리를 지어 서 있는 팽나무 그늘에서 식사를 했다. 낮은 나뭇가지가 강물 위로 뻗어 있었다. 식사를 끝낸 뒤 네 소년은 프렌치 동굴로 돌아가 곰바위 동굴에서 생활하는 데 필요한 물자를 가져오는 게 좋은지를 의논했다.

"내 생각에는 당장 돌아가는 게 좋겠어." 웨브가 말했다.

그러자 윌콕스가 말했다.

"다음에 여기로 돌아올 때는 보트를 타고 호수를 건넌 다음 동강을 따라 포구까지 내려오는 게 좋지 않을까? 브리앙이 이미 해 낸 일인데 우리라고 못할 이유가 어디 있어?"

도니펀은 실제로 여러 가지 이점이 있는 이 제안을 곰곰 생각해 본 다음 이렇게 대답했다.

"네 말이 옳아. 모코에게 조종을 맡기고 배를 타면……."

"모코가 좋다고 할까?" 윌콕스가 미심쩍은 듯이 말했다.

"왜 싫다고 한다는 거지?" 도니펀이 대꾸했다. "나는 브리앙처럼 모코에게 명령할 권리가 없다는 거야? 호수를 건너 여기까지 우리를 데려다주는 것뿐인데……."

"보트를 내주지 않겠다면 어쩌지?" 웨브가 물었다.

"보트를 내주지 않는다고?" 도니펀이 소리를 질렀다. "누가 내주지 않는다는 거야?"

"브리앙이. 그가 지도자잖아!"

"브리앙이? 보트를 내주지 않는다고?" 도니펀은 큰 소리로 되물었다. "그 배가 브리앙 거야? 브리앙이 건방지게 굴면······."

도니펀은 여기서 말을 끊었다. 하지만 이 오만한 소년은 이번 문제만이 아니라 어떤 일에서도 경쟁자인 브리앙의 말에 고분고분 따르지 않을 게 분명했다.

"떠나기 전에 후미 건너편에 가서 섬 북부를 조사해 보고 싶어. 보두앵의 지도에 실려 있지 않다고 해서 육지가 없다고 단정할 수는 없어. 게다가 동해안을 잘 알지도 못한 상태에서 이곳에 정착하는 것은 너무 성급한 짓이라는 생각이 들어."

도니펀의 생각이 옳았다. 네 소년은 프렌치 동굴로 돌아가는 날짜를 사나흘 늦추더라도 당장 북부 탐험 계획을 실행에 옮기기로 했다.

이튿날인 10월 14일, 도니펀과 세 친구는 동이 트자마자 개어귀를 떠나 해안을 따라서 북쪽으로 올라갔다.

숲과 바다 사이에 바위산들이 5킬로미터나 뻗어 있었다. 네 소년은 마지막 바위산을 지난 뒤, 정오 무렵에 점심을 먹으려고 걸음을 멈추었다.

그곳에는 두 번째 하천이 실망만으로 흘러들고 있었다. 하지만 그 하천은 북서쪽에서 남동쪽으로 흐르고 있으니까 패밀리 호수에서 흘러나오는 물줄기는 아닌 듯했다. 그래서 도니펀은 이 하천에 '북천'이라는 이름을 붙였다. 실제로 그것은 '강'이라고 부를 만큼 큰 물줄기는 아니었다.

북천을 건너기는 어렵지 않았다. 고무보트를 타고 노를 몇 번 젓기만 하면 충분했다.

3시쯤이었다. 원래 목적지가 북쪽 해안이었기 때문에, 네 소년은 약간 오른쪽으로 방향을 틀었다. 바로 그때 크로스가 도니펀을 붙잡으면서 소리를 질렀다.

"도니펀, 저것 봐, 저기!"

크로스는 불그스름한 형체를 가리켰다. 터널을 이룬 나무 밑에서 키 자란 풀과 시냇가의 갈대 사이를 돌아다니고 있는 덩치 큰 짐승이 눈에 띄었다. 엄청나게 큰 동물이었다. 머리에 뿔이 나 있고 아랫입술이 튀어나와 있었다면 물소로 착각했을지도 모른다.

그 순간 총성이 울려 퍼졌다. 곧이어 두 번째 총성이 울렸다. 도니펀과 크로스가 거의 동시에 방아쇠를 당긴 것이다.

거리가 50미터나 떨어져 있었기 때문에 총알은 그 동물의 두꺼운 피부에 아무런 영향도 미치지 못한 모양이다. 그 동물은 갈대숲에서 뛰쳐나와 재빨리 시내를 건너 숲속으로 사라져 버렸다.

체어먼섬의 이 일대에는 푸른 숲이 끝없이 펼쳐져 있었다. 특히 너도밤나무가 수천 그루나 자라고 있어서, 도니펀은 여기에 '너도밤나무숲'이라는 이름을 붙였다. 그리고 전에 이름 지은 '곰바위'와 '북천'과 함께 그 이름을 지도에 적어 넣었다.

밤이 될 때까지 15킬로미터를 걸었다. 앞으로 그만큼만 더 가면 북쪽 해안에 다다를 수 있을 것이다.

이튿날 동이 트자마자 다시 행군이 시작되었다. 그렇게 길을 서두르는 데에는 이유가 있었다. 아무래도 날씨가 나빠질 것 같았기 때문이다. 바람이 서풍으로 바뀌면서 기온이 떨어져 서늘해지기 시작했다. 난바다 쪽에서 구름이 몰려왔다. 하지만 아직 높은 하늘을 지나가고 있으니까 금방 비가 쏟아질 염려는 없었다.

네 소년은 옆에서 휘몰아치는 바람과 싸우면서 걸음을 재촉했다. 밤에는 날씨가 더욱 나빠질 조짐이 보였다. 실제로 폭풍과 다름없는 강풍이 섬을 덮쳤다. 오후 5시가 되자, 드디어 번갯불이 번득이고 우르르 쾅 하는 우렛소리가 울려 퍼졌다. 그래도 네 소년은 끄떡하지 않았다. 오로지 목적지에 도착해야 한다는 일념으로 용기를 냈다.

저녁 6시쯤, 바위에 부딪혀 부서지는 파도 소리가 들려왔다. 그것은 체어먼섬 북쪽 앞바다에 암초 지대가 있다는 증거였다.

숲 너머에는 너비가 400미터쯤 되는 모래밭이 펼쳐져 있었다. 거기에는 북쪽의 암초에 부딪힌 파도가 하얀 물거품을 일으키며 밀려오고 있었다.

네 소년은 기진맥진해 있었지만, 그래도 아직 달릴 힘이 남아 있었다. 아직 햇살이 남아 있을 때 이쪽 태평양을 보아 두고 싶었기 때문이다.

조금 앞서 달리고 있던 윌콕스가 갑자기 멈춰 서더니, 바닷가의 거무스름한 덩어리를 가리켰다. 가파른 모래밭에 커다란 형체가 또렷이 떠올라 있었다. 고래처럼 바다에 사는 커다란 동물이 파도에 떠밀려 해안으로 올라온 것일까? 아니면 배가 밀물을 타고 암초를 넘어 모래밭에 좌초한 것일까?

그렇다! 그것은 배였다! 작은 배가 오른쪽으로 기울어져 있었다. 윌콕스는 물가에 한 줄기 띠처럼 이어져 있는 해초를 따라 배에서 몇 걸음 떨어진 곳에 쓰러져 있는 두 사람을 가리켰다.

도니펀과 웨브와 크로스는 저도 모르게 멈춰 섰다. 하지만 다음 순간에는 잘 생각해 보지도 않고 모래밭을 쏜살같이 가로질러 쓰러져 있는 두 사람에게 달려갔다.

어쩌면 시체일지도 모른다! 문득 그런 생각이 들자, 네 소년은 겁에 질려 허둥지둥 숲으로 돌아가서 나무 그늘에 몸을 숨겼다. 해변의 두 사람은 아직 살아 있을지도 모르고 응급처치가 필요할지도 모르지만, 거기까지는 생각이 미치지 못했다.

벌써 주위가 어두워지고 있었다. 이따금 번갯불이 어둠을 비추었지만, 그 번개도 곧 사라져 버렸다. 깊은 어둠 속에서 들리는 소리라고는 윙윙거리는 바람 소리와 거칠게 날뛰는 파도 소리뿐이었다.

얼마나 지독한 폭풍인가! 사방에서 나무가 우지끈 소리를 내며 부러졌다. 나무 그늘에 숨어 있는 것도 위험했지만, 모래밭에서 야영할 수도 없었다. 바람을 타고 올라간 모래가 산탄처럼 몸을 후려쳤기 때문이다.

네 소년은 밤새도록 거기에 발이 묶여 있었다. 잠시 눈을 붙일 수도 없었다. 게다가 모닥불을 피울 수가 없었기 때문에 밤새 추위에 시달렸다.

그 배는 어디서 왔을까? 두 조난자는 어느 나라 사람일까? 작은 배가 표착한 것으로 미루어, 이 근처에 육지가 있는 것일까? 아니면 이 근처를 지나던 큰 배가 폭풍으로 침몰하자 작은 배를 타고 탈출하여 이 섬에 표착한 것일까?

이런저런 생각과 불안 끝에 겨우 침착성을 되찾은 네 소년은 무엇을 해야 할 것인지를 깨달았다. 날이 밝으면 해변으로 돌아가서 모래밭에 구덩이를 파고 두 조난자를 매장해야 한다. 소년들에게는 그날 밤이 끝없이 길게 느껴졌다.

이윽고 동녘 하늘이 밝아 오기 시작했다. 바람의 기세는 조금도 누그러들지 않았다. 먹장구름이 바다 위에 낮게 드리워져 있어서, 네 소년이 곰바위 포구로 돌아가기 전에 비가 쏟아질 것 같았다.

하지만 무엇보다 우선 두 조난자를 묻어 주어야 한다. 그래서 난바다에 자욱한 안개를 뚫고 새벽빛이 비쳐들자마자 네 소년은 해변으로 나갔다.

작은 배는 약간 도도록한 모래밭에 올라앉아 있었다. 물이 빠져나간 모래톱을 보니, 바람을 등에 업고 더욱 기세를 얻은 큰 파도가 배를 뛰어넘어 안쪽까지 밀려온 것 같았다.

그런데, 두 조난자가 보이지 않았다. 아무것도 없다. 썰물이 지워 버렸는지, 사람이 누워 있던 흔적조차 보이지 않았다.

"그들은 살아 있었어!" 윌콕스가 소리쳤다. "일어나서 어딘가로 가 버린 게 분명해!"

"어디로 갔지?" 크로스가 물었다.

그러자 도니펀이 요란하게 부서지는 파도를 가리켰다.

"보나마나 썰물이 두 사람을 저기로 데려갔을 거야!"

그러고는 암초 지대까지 기어가 망원경으로 바다를 둘러보았다.

그러나 주검은 하나도 보이지 않았다. 조난자의 주검은 멀리 난바다로 떠내려가 버린 것일까?

도니펀은 배 옆에 남아 있는 세 소년 곁으로 돌아왔다.

이 조난에서 살아남은 사람은 또 없을까?

작은 배는 텅 비어 있었다.

그 배는 상선에 싣는 구명정이었다. 앞쪽에는 갑판이 달려 있었고, 길이는 10미터쯤 되었다. 좌초했을 때의 충격으로 오른쪽 흘수선 부분이 파손되어 더 이상 항해할 수 없는 상태였다. 짐칸과 갑판 밑을 살펴보았지만 식량이나 무기는 하나도 보이지 않았다.

고물에 이 배의 모선 이름과 소속 항구의 이름이 적혀 있었다.

세번호―샌프란시스코

샌프란시스코! 미국 캘리포니아 연안의 항구다! 그것은 미국 배였다!

'세번호'의 조난자들이 폭풍에 떠밀려 올라온 이 해안에서는 그저 넓은 수평선이 보일 뿐이었다.

22장

브리앙의 헌신적인 행동

프렌치 동굴에 남은 소년들은 도니펀 일행이 떠날 때 본 모습을 잊지 못했다. 네 사람이 떠난 뒤 식민지 생활은 무척 쓸쓸해졌다. 브리앙은 다른 소년들보다 훨씬 더 괴로워했다. 식민지가 분열된 것도 결국은 자기 탓이라고 생각했기 때문이다.

고든은 브리앙을 위로해 주려고 했지만 소용이 없었다.

"그 애들은 다시 돌아올 거야. 도니펀이 아무리 고집이 세도 어려운 상황을 이길 수는 없어. 겨울이 닥치기 전에 반드시 돌아올 거야."

브리앙은 고개만 저을 뿐 아무 말도 하지 않았다.

'겨울이 닥치기 전'이라고 고든은 말했다. 그러면 체어먼섬에서 세 번째 겨울도 나야 한단 말인가? 오클랜드 언덕에 매달아 둔 신호용 공은 결국 누구의 눈에도 띄지 않을까?

실제로 그 공은 해발 65미터 높이에 걸려 있을 뿐이니까, 웬만큼 가까운 거리가 아니면 눈에 띄지 않을 것이다. 그래서 신호가 될 만한 것을 훨씬 높이 띄워 올릴 방법을 궁리하게 되었다.

어느 날 브리앙은 백스터에게 연을 이용하는 방법을 의논했다.

"우리는 헝겊도 있고 밧줄도 있으니까, 커다란 연을 만들면 상당히 높은 곳까지 띄울 수 있을 거야. 연이라면 300미터 높이까지는 올라가지 않을까?"

"한번 해 보자." 백스터가 말했다.

"연을 띄우면 낮에는 100킬로미터 떨어진 곳에서도 보이겠지만, 연의 꼬리나 뼈대에 등불을 매달아 두면 밤에도 눈에 띌 거야!" 브리앙이 덧붙였다.

브리앙의 계획에 소년들은 모두 기뻐했다.

어린 꼬마들은 연날리기를 재미난 놀이로밖에 생각지 않았지만, 사실 이것은 아주 진지한 계획이었다. 잘만 되면 좋은 결과를 가져다줄 터였다.

그날부터 며칠 동안 연 만드는 작업이 계속되었다. 백스터는 호숫가에 자라는 갈대로 가볍고 튼튼한 뼈대를 만들었다. 브리앙은 그 뼈대에 방수포를 씌웠다. 연줄로는 촘촘하게 짠

600미터 길이의 '끌밧줄'을 사용하기로 했다.

연이 공중에서 균형을 유지하기 위해서는 연에 멋진 꼬리를 달아 주면 된다. 이리하여 아주 튼튼한 연이 완성되었다. 한 사람을 태우고 띄워 올려도 될 정도였다. 소년들은 이 연에 '하늘의 거인'이라는 이름을 붙여 주었다.

권양기를 운동장 한복판에 내놓고, '하늘의 거인'이 끌어당겨도 견딜 수 있도록 땅바닥에 단단히 고정시켰다.

10월 17일. 이날은 체어먼 식민지의 역사에서 중요한 날로 자리 잡게 된다. 날씨도 연을 날리기에는 더할 나위 없이 좋았다.

마지막 준비를 하느라 오전 시간이 다 지나갔다. 이 준비 작업은 점심을 먹은 뒤에도 한 시간이 넘게 계속되었다. 그리고 드디어 소년들이 모두 운동장에 모였다.

"연을 날릴 생각을 한 것은 정말 묘안이었어." 아이버슨은 몇 번이고 이 말을 되풀이했고, 다른 소년들도 모두 박수를 보냈다.

1시 30분이었다. 연은 땅바닥에 놓인 채 금방이라도 긴 꼬리를 끌며 날아오를 기세였다. 모두 브리앙의 신호만 기다리고 있었다. 그때 갑자기 브리앙이 손을 멈추었다.

브리앙의 주의를 빼앗은 것은 판이었다. 판이 쏜살같이 숲쪽으로 달려가면서 무언가를 호소하는 듯한 소리로 짖고 있었다. 아무래도 심상치 않았다.

"판이 왜 저러지?" 브리앙이 물었다.

"가 보자!" 서비스가 소리쳤다.

"무기를 가져가야 해." 브리앙이 말했다.

서비스와 자크가 동굴로 달려가 탄약을 잰 총을 한 자루씩 갖고 돌아왔다.

"가자." 브리앙이 말했다.

브리앙과 서비스·자크·고든이 덫숲으로 달려갔다. 판은 이미 숲속으로 사라졌지만, 짖는 소리는 여전히 들려오고 있었다.

숲속으로 쉰 걸음쯤 들어가자 판이 나무 앞에 서 있는 게 보였다. 그리고 나무 그늘에 사람 같은 형체가 누워 있었다.

웬 여자가 죽은 듯이 꼼짝도 않고 쓰러져 있었다. 거친 옷감으로 만든 치마와 블라우스, 허리띠에 잡아맨 다갈색의 모직 숄은 별로 손상되지 않은 것 같았다. 여자는 다부진 체격을 갖고 있었지만 얼굴에는 심한 고통의 흔적이 새겨져 있었다. 나이는 마흔 살 정도 되어 보였다. 지치고 배가 고파서 정신을 잃었을 테지만, 아직 숨이 붙어 있었다.

"숨을 쉬고 있어! 아직 살아 있어!" 고든이 소리쳤다. "아마 배가 고프고 목도 마를 거야!"

자크가 당장 동굴로 달려가서 건빵과 물을 가져왔다.

브리앙은 여자 위로 몸을 숙이고, 입술을 억지로 벌려 물을 몇 방울 흘려 넣었다.

여자가 몸을 움직이며 눈을 떴다. 그녀는 주위에 모여 있는 소년들을 보고 눈을 빛냈다. 그리고 자크가 건빵을 내밀자 그것을 낚아채어 걸신들린 듯이 먹어치웠다.

여자는 몸을 일으켜 앉은 다음, 영어로 이렇게 말했다.

"고맙다, 얘들아. 정말 고마워."

30분 뒤에 브리앙과 백스터는 여자를 거실로 데려갔다. 그리고 고든과 다른 소년들의 도움을 받아 그녀를 여러 가지로 돌봐 주었다.

여자는 조금 기력을 되찾자마자 신상 이야기를 털어놓기 시작했다.

소년들은 그 파란만장한 이야기에 귀를 기울이지 않을 수 없었다.

그녀는 미국에서 태어나 오랫동안 서부에서 살았다. 이름은 캐서린 레디지만, 보통 케이트라고 불렸다. 그녀는 20여 년 전부터 뉴욕주의 주도인 올버니에 사는 윌리엄 R. 펜필드 집안에서 가정부로 일하고 있었다.

한 달 전, 펜필드 부부는 칠레에 살고 있는 친척을 만나려고 캘리포니아주 샌프란시스코로 가서 '세번호'라는 상선을 탔다. 그런데 출항한 지 8일 뒤에 월스턴이라는 악당이 한패인 브랜트·로크·헨리·쿡·포브스·코프·파이크의 도움을 받아 반란을 일으켰다. 이때 선장과 부관이 살해되고, 펜필드 부부도 목숨을 잃었다.

이 악당들은 배를 빼앗아 노예 무역에 이용할 생각이었다. 당시에도 남아메리카의 일부 지방에서는 여전히 노예 매매가 이루어지고 있었다.

배에 탄 사람들 가운데 단 두 명만이 목숨을 건졌다. 그중 하나가 케이트였다. 악당들 중에서도 덜 잔인한 포브스가 그녀를 살려 주자고 주장했기 때문이다. 목숨을 건진 또 한 사람은 '세번호'의 갑판장인 에번스라는 남자였다. 악당들이 그를 살려 준 것은 항해에 필요했기 때문이다.

이 사건은 10월 7일에서 8일로 넘어가는 밤중에 일어났다. 그때 '세번호'는 칠레 해안에서 약 300킬로미터쯤 떨어진 곳에 있었다.

그런데 며칠 뒤, 무엇 때문인지는 모르지만 배에 화재가 일어났다. 불은 순식간에 배 전체로 번졌다. 헨리는 불을 피해 바다로 뛰어들었다가 물에 빠져 죽었다. 나머지 악당들은 결국 배를 포기하고, 식량과 탄약과 무기 따위를 닥치는 대로 구명정에 던져 넣고 서둘러 떠날 수밖에 없었다. 악당들이 떠나자마자 '세번호'는 불길에 휩싸인 채 가라앉고 말았다.

가장 가까운 육지에서도 300킬로미터나 떨어져 있었기 때문에 조난자들의 상황은 아주 심각했다. 실제로 케이트와 갑판장 에번스가 구명전에 옮겨 타지 않았다면, 그 배는 악당들과 함께 바닷속으로 가라앉아도 좋았을 것이다.

이틀 뒤, 맹렬한 바람이 일어났다. 상황은 더욱 나빠졌다. 하지만 바람이 난바다 쪽에서 불어왔기 때문에 구명정은 돛대가 부러지고 돛이 갈기갈기 찢어진 채 체어먼섬 쪽으로 떠밀려 왔다.

월스턴 일당은 오랫동안 강풍에 시달린 데다 식량도 바닥이 나서, 추위와 피로로 완전히 탈진해 있었다. 그래서 배가 해안으로 다가갔을 때는 거의 죽은 거나 다름없는 상태였다. 좌초하기 직전에 다섯 명이 파도에 휩쓸렸고, 그 직후에 나머지 두 명도 모래밭 위로 내동댕이쳐졌다. 케이트는 그 반대쪽으로 굴러떨어졌다.

모래밭에 내동댕이쳐진 두 남자는 상당히 오랫동안 정신을 잃고 있었다. 정신을 잃은 것은 케이트도 마찬가지였지만, 그래도 그녀는 곧 의식을 되찾았다. 월스턴 일당은 틀림없이 죽었을 거라고 생각하면서도, 그녀는 만약을 위해 꼼짝도 않고 누워 있었다. 날이 밝으면 이 낯선 곳에서 도움을 청하러 갈 생각이었다.

그런데 오전 3시쯤, 배 근처의 모래밭을 걷는 발소리가 들렸다. 그것은 월스턴과 브랜트와 로크였다. 그들은 배가 좌초하기 직전에 큰 파도에 휩쓸렸지만 간신히 빠져나온 것이다. 그러고는 암초 지대를 지나 포브스와 파이크가 쓰러져 있는 곳에 이르자, 서둘러 두 사람을 되살려 놓았다.

다섯 명이 나누는 대화를 케이트는 분명히 들었다.

"여기가 어디지?" 로크가 물었다.

"알 게 뭐야!" 월스턴이 대답했다.

"에번스는 어디 있지?" 브랜트가 물었다.

"저기." 월스턴이 대답했다. "코프와 쿡이 감시하고 있어."

"케이트는 어떻게 됐지?" 로크가 물었다.

"케이트?" 월스턴이 되물었다. "그 여자라면 걱정할 거 없어. 배가 좌초하기 전에 뱃전 너머로 떨어지는 걸 봤는데, 지금쯤은 물귀신이 되었을 거야!"

잠시 후 월스턴 일당은 다리에 힘이 없어서 걷지 못하는 포브스와 파이크를 부축하여 그곳을 떠났다. 무기와 탄약만이 아니라 짐칸에 남아 있던 식량도 몽땅 가져갔다.

놈들이 멀어지자 케이트는 얼른 일어났다. 밀물이 밀려오고 있어서, 하마터면 큰 파도에 휩쓸릴 뻔했기 때문이다.

앞에서 도니펀 일행이 조난자들을 매장하러 돌아갔을 때 아무도 찾지 못한 데에는 이런 사정이 있었다.

케이트는 피로와 굶주림으로 녹초가 된 채, 16일 오후에 호수 북쪽 끝에 이르렀다. 힘을 내려면 무엇이든 먹어야 했지만, 먹을 수 있는 거라고는 야생 열매뿐이었다. 케이트는 호수의 서쪽 연안을 따라 16일 밤부터 17일 오전까지 내처 걷다가, 덤숲의 나무 그늘에 쓰러지고 말았다. 그리고 거기서 거의 다 죽어가는 상태로 브리앙에게 발견된 것이다.

이것이 케이트가 털어놓은 사연이었다. 그것은 참으로 중대한 사건이었다. 소년들이 지금까지 안전하게 살아온 체어 먼섬에 흉악하기 짝이 없는 일곱 명의 악당이 상륙한 것이다. 놈들이 프렌치 동굴을 발견하면 서슴없이 공격해 올 것은 불을 보듯 뻔하다. 프렌치 동굴을 공격하면 식량과 무기와 도구를 빼앗을 것이다.

케이트의 이야기를 들으면서 소년들은 엄청난 불안감에 사로잡혔다.

브리앙의 머리를 떠나지 않은 것은 프렌치 동굴을 떠난 네 소년이었다. 앞으로 그런 위험이 닥쳐온다면 네 소년이 가장 먼저 위험에 빠질 거라는 생각이었다.

"그 애들을 구하러 가야 해." 브리앙이 말했다. "늦어도 내일까지는 이 사실을 알려 줘야 해!"

"그리고 프렌치 동굴로 다시 데려와야 해." 고든이 덧붙였다.

"그래." 브리앙이 말을 받았다. "내가 찾으러 가겠어!"

"네가 가겠다고?"

"그래. 내가 가겠어."

"어떻게?"

"모코와 함께 보트를 타고 가겠어. 지난번과 마찬가지로 몇 시간이면 호수를 건너 동강을 내려갈 수 있을 거야. 개어귀까지 가면 그 애들을 만날 수 있겠지."

"언제 떠날 작정인데?"

"오늘 밤에. 어두우면 놈들한테 들키지 않고 호수를 건널 수 있을 테니까."

실제로 브리앙의 결정은 네 소년을 위해서만이 아니라 식민지 전체를 위해서도 가장 좋은 방책이었다.

저녁때까지 소년들은 모두 거실에 틀어박혀 있었다. 케이트는 소년들의 모험담을 들었다. 이 훌륭한 여인은 이제 자신을 생각지 않고 오로지 소년들만 걱정하고 있었다. 그들이 체어먼섬에서 함께 지내게 되면 케이트는 헌신적인 가정부처럼 소년들을 돌봐 주고 어머니처럼 소년들을 사랑해 줄 것이다.

8시에 출발 준비가 끝났다. 헌신적이고 부지런한, 게다가 어떤 위험이 닥쳐도 끄떡하지 않는 모코는 브리앙과 함께 떠나는 것을 기뻐하고 있었다.

두 소년은 약간의 식량을 챙기고 각자 권총과 단검을 가지고 보트에 올라탔다. 그러고는 뒤에 남은 소년들에게 작별 인사를 하고 패밀리 호수의 어둠 속으로 사라져 갔다. 남은 소년들은 가슴이 옥죄이는 듯한 기분으로 멀어져 가는 두 소년을 지켜보았다.

10킬로미터를 가는 데 두 시간이 걸렸다. 바람이 좀 강해졌지만 배는 별로 영향을 받지 않았다. 보트는 먼젓번 탐험 때 상륙한 지점 근처에 도착했지만, 그대로 곧장 강물을 타고 좁은 후미로 내려가려면 호숫가를 따라 1킬로미터쯤 올라가야 했다.

　호수 위로 나뭇가지가 늘어져 있고, 주위는 쥐 죽은 듯 조용했다.

　그런데 10시 반쯤 보트 뒤쪽에 앉아 있던 브리앙이 모코의 팔을 잡았다. 동강을 100미터 앞둔 호숫가에 모닥불이 희미한 빛을 던지고 있었다.

　보트가 호숫가로 다가가자 브리앙은 모코에게 기다리고 있으라고 이른 다음 육지로 뛰어올랐다. 그는 손에 단검을 쥐고, 허리에는 권총을 꿰차고 있었다.

　브리앙은 둔치를 기어올라 덤불 속으로 미끄러지듯 들어갔다. 그러다가 갑자기 우뚝 멈춰 섰다. 스무 걸음 떨어진 곳에 모닥불이 피워져 있고, 검은 그림자가 움직이고 있는 듯한 느낌이 들었다. 그 검은 그림자도 브리앙처럼 덤불 속을 살금살금 기어가고 있었다.

　그 순간, 으르렁거리는 소리와 함께 검은 덩어리가 앞으로 뛰쳐나갔다.

　커다란 재규어였다. 당장 비명 소리가 들려왔다.

　"사람 살려! 사람 살려!"

　도니펀의 목소리였다. 정말로 도니펀이었다. 나머지 세 소년은 강기슭의 야영지에 남아 있었다.

　도니펀은 덤벼드는 재규어에게 떠밀려 넘어지는 바람에 총도 쏘지 못하고 버둥거리고 있었다. 비명 소리에 눈을 뜬

259

윌콕스가 달려와 총을 겨누고 재규어를 쏘려고 했다.

"쏘지 마! 쏘면 안 돼!" 브리앙이 소리쳤다.

윌콕스가 브리앙을 발견하기도 전에 브리앙은 재규어에게 덤벼들었다. 재규어가 브리앙을 돌아본 틈에 도니펀은 재빨리 몸을 일으켰다.

브리앙은 단검으로 재규어를 푹 찌르고는 펄쩍 뛰어 옆으로 몸을 피했다. 눈 깜짝할 사이에 일어난 일이었기 때문에, 도니펀과 윌콕스는 가담할 틈도 없었다. 재규어는 치명상을 입고 그 자리에 쓰러져 버렸다. 그제야 겨우 웨브와 크로스가 도니펀을 구하러 달려왔다.

재규어를 쓰러뜨리긴 했지만, 브리앙도 하마터면 목숨을 잃을 뻔했다. 재규어의 발톱에 어깨가 찢겨서 피가 흐르고 있었다.

"아니, 여긴 웬일이야?" 윌콕스가 놀라서 소리쳤다.

"나중에 말해 줄게." 브리앙이 대답했다. "자, 빨리 가자! 어서!"

"브리앙, 너한테는 정말 못 당하겠구나!" 도니펀은 강한 감동과 고마운 마음에 사로잡혀 외치듯이 말했다. 너무 고마운 나머지 여느 때의 오만한 성격도 눈 녹듯 사라져 버렸다.

브리앙의 상처는 대단치 않았지만, 피가 많이 나서 손수건으로 상처를 졸라매야 했다. 윌콕스가 치료하는 동안 브리앙은 친구들에게 자초지종을 말해 주었다.

그렇다면 도니펀 일행이 해변에서 본 것은 시체가 아니었다. 파도에 휩쓸려 간 줄 알았던 두 사내는 멀쩡하게 살아 있다! 그리고 지금 이 섬 안을 어슬렁거리고 있다. 그 사내들은 피에 더럽혀진 악당이다! 이제 체어먼섬은 안전하지 않다.

네 소년은 세번 해안을 떠나, 16일 밤에 곰바위 포구로 돌아갔다. 이튿날 아침에는 날씨가 좋았기 때문에 당장 동강 왼쪽 기슭을 따라 호수까지 올라왔다. 거기서 야영을 한 다음, 날이 밝으면 프렌치 동굴로 돌아갈 작정이었다.

하늘이 희붐하게 밝아 올 무렵, 소년들은 보트에 타고 있었다. 보트는 여섯 명이 타기에는 너무 작았기 때문에 조심해서 몰아야 했다. 그래도 바람이 좋았고 모코가 능숙하게 배를 다루어 무사히 호수를 건널 수 있었다.

오전 4시쯤 뉴질랜드강둑에 상륙했을 때, 고든을 비롯한 소년들은 뛸 듯이 기뻐하며 그들을 맞이했다! 커다란 위험이 소년들을 위협하고 있었지만, 적어도 그들은 모두 프렌치 동굴에 함께 모여 있었다!

23장

브리앙의 대담하고 기발한 착상

식민지 소년들은 모두 한자리에 모였다. 아니, 한 사람이 더 늘었다. 케이트 아주머니다. 그리고 프렌치 동굴에는 화합의 분위기가 넘쳐흐르고 있었다.

도니펀은 여느 때처럼 자존심 때문에 자기가 잘못했다고 입 밖에 내어 말하지는 않았지만, 전체의 이익을 생각지 않고 제 고집만 내세워 미련한 짓을 저지른 것을 절실히 깨달았다. 윌콕스와 크로스와 웨브도 같은 기분을 맛보고 있었다.

게다가 중대한 위험이 프렌치 동굴로 다가오고 있었다. 무기를 가진 일곱 명의 악당이 언제 쳐들어올지 모른다. 그러니 월스턴 일당이 섬을 떠나기 전에는 소년들도 뉴질랜드강에서 멀리 가지 말고 쓸데없이 패밀리 호수 언저리를 얼쩡거리지 않도록 조심해야 한다.

브리앙이 입을 열었다.

"월스턴이 동강 어귀까지 내려와서 너희가 지나간 흔적을 발견하고, 섬을 좀 더 멀리까지 탐험해 볼 마음을 먹지 않는다면 좋겠는데!"

"우리가 지나간 흔적?" 도니펀이 되물었다. "모닥불을 피운 재 말이야? 그걸 보면 월스턴은 어떻게 생각할까? 이 섬에 사람이 살고 있다고 생각할까? 그렇다면 놈들은 남의 눈에 띄지 않도록 숨을 생각밖에 하지 않을 거야."

"아마 그럴 거야." 브리앙이 받았다. "이 섬에 살고 있는 주민이 아이들 몇 명뿐이라는 걸 알아차리지 못한다면 그렇겠지. 그러니까 우리가 아이들이라는 것을 놈들이 눈치채지 못하게 해야 해! 그래서 말인데, 혹시 실망만으로 돌아가는 동안 총을 쏘거나 하진 않았니?"

"한 번도 쏘지 않았어." 도니펀은 미소를 띠면서 대답했다. "정말 놀라운 일이지. 나는 언제나 총을 쏘고 싶어서 몸이 근질거리는데 말이야. 그 해안을 떠났을 때는 이미 충분히 사냥을 했기 때문에 총을 쏠 필요가 없었어. 그러니까 총소리로 우리의 존재를 알리는 짓은 하지 않았어. 어젯밤에 윌콕스가 재규어를 총으로 쏘려고 했지만, 다행히 네가 때맞춰 나타나 총을 쏘지 못하게 했으니까. 너는 목숨을 걸고 나를 구해 주었지."

브리앙이 프렌치 동굴로 돌아오자마자 상처를 치료받은 것은 말할 나위도 없다. 상처는 곧 아물었다. 팔을 움직이기가 약간 불편했지만, 그 통증도 이내 가셨다.

그럭저럭하는 동안 10월이 지나갔다. 월스턴 일당은 아직 뉴질랜드강 부근에는 나타나지 않았다. 하지만 그들의 동태를 모르기 때문에 일상생활을 바꾸어야 했다. 백스터와 도니펀은 오클랜드 언덕에 세워둔 돛대를 내리러 갔지만, 그날을 빼고는 멀리 나가는 것이 금지되었다.

멀리 나가는 것이 금지되고 총을 쏠 수도 없기 때문에, 소년 사냥꾼들은 좋아하는 사냥을 체념할 수밖에 없었다. 다행히 프렌치 동굴 근처에 쳐둔 덫과 올무에 많은 사냥감이 걸려들었다. 그리고 사육장의 메추라기와 능에가 점점 늘어났기 때문에, 서비스와 가넷은 그런 새를 잡아서 식탁에 올려야 했다. 설탕을 대신할 수 있는 단풍나무 수액과 차나무 잎도 많이 모아 두었기 때문에, 그것을 구하러 일부러 징검다리 개울까지 갈 필요는 없었다. 소년들이 자유를 되찾기 전에 또다시 겨울을 맞는다 해도, 등불용 기름과 통조림과 식량은 충분히 비축되어 있었다. 하지만 땔감은 보충해야 할 것이다. 땔감을 구하려면 늪숲에 가서 나무를 잘라 수레로 운반해야 하는데, 그때 월스턴 일당에게 들키지 않도록 조심할 필요가 있다.

이 무렵, 또 한 가지 새로운 것을 발견하여 프렌치 동굴의 생활이 더욱 풍족해졌다.

고든은 식물에 대한 지식이 풍부했지만, 이번 발견은 고든이 아니라 오로지 케이트의 공이었다.

늪숲 변두리에 높이가 15미터 내지 20미터나 되는 나무가 꽤 많이 자라고 있었다. 그때까지 그 나무들을 자르지 않은 것은 땔감으로 쓰기에는 줄기가 너무 단단했기 때문이다. 나뭇가지의 마디마디에는 길쭉하고 끝이 뾰족한 잎이 어긋나 있었다.

케이트는 10월 25일에 그 나무를 처음 보자마자 소리를 질렀다.

"어머나! 이건 젖소 나무네!"

케이트와 함께 있던 돌과 코스타는 그 말을 듣고 웃음을 터뜨렸다.

"젖소 나무가 뭐예요?" 돌이 물었다.

"젖소가 이 나무를 먹는 거예요?" 코스타도 물었다.

"그게 아니라, 이 나무가 젖을 내기 때문에 그렇게 부르는 거란다. 비쿠냐 젖보다 훨씬 맛있어."

케이트는 프렌치 동굴로 돌아와 이 발견을 고든에게 알렸다. 고든은 당장 서비스를 불러 케이트와 함께 늪숲으로 갔다. 고든은 그 나무를 조사해 보고, 그것이 미국 북부에 많이 자라는 '갈락텐드론'이 틀림없다고 생각했다.

그것은 귀중한 발견이었다. 실제로 이 갈락텐드론 줄기에 칼집을 내면 우유 같은 수액이 나온다. 이 수액은 우유 같은 맛이 날 뿐만 아니라 영양도 풍부했다. 수액이 굳으면 맛있는 치즈가 되고, 게다가 밀랍 같은 왁스가 생기기 때문에 그것으로 양초도 만들 수 있다.

고든이 갈락텐드론 줄기에 칼집을 내자 당장 수액이 흘러나왔기 때문에, 케이트가 가져온 단지에 수액을 받았다. 금세 1리터가 모였다.

하얀색의 깨끗한 액체는 보기만 해도 맛있어 보였고, 우유와 같은 성분을 포함하고 있다. 아니, 우유보다 영양분이 풍부해서 걸쭉하고 맛도 좋다. 프렌치 동굴로 가져온 우유 단지는 순식간에 비어 버렸다.

체어먼섬은 실로 소년들이 충분히 살아갈 수 있을 만한 자원을 두루 갖추고 있었다. 오랫동안 이 섬에 살게 된다 해도 걱정할 필요가 없었다. 게다가 소년들에게 어머니 같은 애정을 가지고 헌신적으로 보살펴 주는 케이트가 온 뒤로는 생활이 더욱 편해졌다.

11월 초까지 프렌치 동굴 주변에서 수상쩍은 일은 일어나지 않았다. 브리앙은 '세번호'의 악당들이 벌써 섬을 떠난 게 아닐까 생각했을 정도였다.

하지만 도니펀은 배가 얼마나 심하게 부서진 상태였는지를 제 눈으로 직접 확인하지 않았던가? 돛대는 부러지고, 돛은 다 찢어져 누더기가 되고, 선체는 암초에 부딪혀 구멍이 나 있었다.

그래도 체어먼섬이 대륙이나 군도 근처에 있다면, 그 배를 대충 수리하는 정도로도 얼마간 항해할 수 있을 것이다. 갑판장 에번스도 그것을 모를 리가 없다. 따라서 월스턴이 이미 섬을 떠나기로 결심했을 가능성도 있다. 과거의 생활로 돌아가기 전에 그 점을 확인해 둘 필요가 있었다.

브리앙은 몇 번이나 패밀리 호수 동쪽을 정찰하러 가고 싶었다. 하지만 월스턴 일당에게 붙잡히면, 그리고 그 결과 이쪽이 힘없는 아이들뿐이라는 사실을 놈들이 알게 되면 큰일이다. 그래서 고든은 너도밤나무 숲까지 정찰하러 가겠다는 브리앙을 계속 말렸다.

어느 날 밤 소년들이 모두 거실에 모여 있을 때 케이트가 말했다.

"브리앙, 내일 아침 일찍 나 혼자 나가도 될까?"

"나간다고요?"

"그래. 너희들도 언제까지나 이렇게 불안한 상태로 지낼 수는 없잖아. 그래서 배가 좌초한 해변에 가서, 월스턴 일당이 아직 섬에 있는지 확인하고 싶어."

"거기 갔다가 놈들에게 잡히면 어떡해요?"

"그래도 할 수 없지. 붙잡혀 봤자, 도망치기 전의 상태로 돌아가는 것뿐이야."

"하지만 놈들은 아주머니를 죽이려고 할 거예요." 브리앙이 말했다.

"나는 한 번 도망쳤으니까 두 번째도 도망칠 수 있어. 이번에는 프렌치 동굴로 돌아오는 길도 알고 있으니까. 그리고 다행히 에번스와 함께 도망칠 수 있다면, 그 사람은 너희들한테 큰 도움이 될 거야."

"에번스가 도망칠 수 있었다면 진작 도망치지 않았을까요?" 도니펀이 물었다. "아니면 벌써 도망치려다가 붙잡혀 죽었을지도 몰라요. 케이트 아주머니가 또 붙잡히면……."

"걱정 마." 케이트가 받았다. "잡히지 않도록 조심할 테니까."

"물론 그렇겠지만, 아주머니한테 그런 위험한 일을 시킬 수는 없어요." 브리앙이 말했다.

케이트의 제안이 받아들여지지 않았기 때문에, 경솔한 짓을 하지 않고 더욱 조심할 수밖에 없었다. 월스턴 일당도 섬을 떠날 수 있는 상태가 되면 겨울이 닥치기 전에 떠날 것이다.

하지만 월스턴 일당이 아직 섬에 남아 있다 해도, 놈들은 섬 안쪽을 탐험할 생각이 없는 모양이었다. 브리앙과 도니펀과 모코는 달이 뜨지 않은 어두운 밤에 몇 번이나 보트를 타고 패밀리 호수를 정찰했지만, 건너편 호숫가에서도 동강 부근의 숲속에서도 수상한 불빛은 발견하지 못했다.

그러나 이런 상태로 강과 호수와 숲과 벼랑에 둘러싸인 좁은 공간에서 한 걸음도 나가지 못하는 것은 몹시 괴로운 일이었다. 그래서 브리앙은 월스턴 일당이 섬에 있는지, 어디에 야영지를 차렸는지 확인할 방법을 계속 궁리하고 있었다. 그러는 동안 브리앙의 머리에 대담하기 짝이 없는 생각이 떠올랐다. 대담하다기보다 터무니없는 생각이라고 하는 게 좋을지도 모른다. 처음에는 브리앙도 그 생각을 물리쳤다. 하지만 그 생각은 끈질기게 브리앙을 따라다니다가 결국 브리앙의 머릿속에 완전히 눌러앉아 버렸다. 브리앙은 이제 그 생각밖에는 아무것도 생각할 수 없게 되었다.

소년들은 연을 날리는 실험이 중단된 것을 잊어버리지 않았다. 케이트가 식민지에 나타나 '세번호' 선원들이 섬 동부를 얼쩡거리고 있다는 소식을 전했기 때문에, 섬의 어디에서나 눈에 띄는 연을 하늘에 띄우는 계획은 포기할 수밖에 없었다.

하지만 연을 조난 신호로 이용할 수는 없게 되었다 해도, 식민지의 안전을 위해 필요한 정찰에 이용할 수는 없을까?

그렇다! 브리앙을 끈질기게 따라다닌 생각이란 바로 그것이었다. 이 생각에 몰두해 있는 동안, 브리앙은 이 계획이 충분히 실현성을 갖고 있을 뿐만 아니라 겉보기만큼 위험하지도 않다고 믿게 되었다. 이제 남은 일은 친구들의 동의를 받아 내는 것뿐이었다.

11월 4일 밤, 브리앙은 고든과 도니펀·윌콕스·웨브·백스터에게 의논하고 싶은 일이 있으니까 모여 달라고 부탁했다. 그리고 그 자리에서 연을 이용할 계획을 털어놓았다.

"연을 이용한다고?" 윌콕스가 되물었다. "그게 무슨 소리야? 연을 하늘에 띄우는 거야?"

"물론이지." 브리앙이 대답했다.

"낮에 띄울 거야?" 백스터가 물었다.

"아니야. 낮에 띄우면 놈들 눈에 띌 염려가 있어. 하지만 밤이라면……."

"하지만 등불을 매달면 역시 놈들 눈에 띌 텐데." 도니펀이 말했다.

"그러니까 등불을 매달지 않을 거야."

"그럼 밤중에 무엇 때문에 연을 띄운다는 거지?" 고든이 물었다.

"악당들이 아직도 섬에 있는지 확인하기 위해서지."

브리앙은 친구들이 자기 계획을 웃어넘기지 않을까 걱정이 되었지만, 자신의 생각을 간단히 설명했다.

친구들은 웃지 않았다. 웃을 기미조차 보이지 않았다. 고든은 브리앙이 진심으로 그런 말을 하고 있는지 의심스러운 눈치였지만, 다른 소년들은 그 계획을 호의적으로 받아들였다. 소년들은 이제 위험에 익숙해져 있었기 때문에, 밤중에 연을 타고 하늘로 올라가는 모험도 충분히 해낼 수 있다고 생각했다. 게다가 원래의 안전한 생활로 돌아갈 수만 있다면 무슨 짓이든 해 볼 각오가 되어 있었다.

"하지만 우리가 만든 연은 너무 작아서 아무도 들어 올릴 수 없을 거야." 도니펀이 말했다.

"물론이지." 브리앙이 대답했다. "그러니까 훨씬 크고 튼튼한 연을 만들어야 해."

"연을 어느 정도 높이까지 띄울 작정인데?" 백스터가 물었다.

"200미터까지만 올라가면 섬 어디에서 모닥불을 피워도 보일 거야."

"좋아! 해 보자!" 서비스가 소리쳤다. "더는 기다릴 수 없어. 이런 생활에는 이제 신물이 나. 마음대로 돌아다닐 수도 없고!"

"덫을 보러 갈 수도 없어!" 윌콕스가 덧붙였다.

"나도 마찬가지야. 총을 한 방도 못 쏘다니!" 도니펀도 말했다.

"그럼 당장 내일부터 시작하자." 브리앙이 말했다.

그 후 브리앙과 단둘이 남았을 때 고든이 물었다.

"정말로 그런 위험한 일을 할 생각이야?"

"해 볼 데까지는 해 보고 싶어."

"너무 위험해!"

"생각만큼 위험하진 않을지도 몰라."

"목숨을 걸어야 하는 일인데, 그런 위험한 일을 누가 맡겠어?"

"고든, 네가 있잖아!" 브리앙이 대답했다. "제비뽑기에서 네가 뽑히면!"

"그럼 제비뽑기로 결정할 생각이야?"

"농담이야! 이런 일에는 헌신적인 사람이 자진해서 나서지 않으면 안 되니까!"

"벌써 누군가를 점찍어 두었구나?"

"어쩌면."

이렇게 말하고 브리앙은 고든의 손을 잡았다.

24장

연을 타고 밤하늘로 날아오르다

11월 5일 아침부터 브리앙과 백스터는 일에 착수했다. 연을 크게 만들기 전에, 지금 있는 연이 어느 정도의 무게를 들어 올릴 수 있는지를 조사해 두는 게 좋을 듯했다.

때마침 남서풍이 불고 있었기 때문에 브리앙은 이 바람을 이용해도 괜찮겠다고 생각했다.

이 실험은 뜻대로 이루어졌다. 보통 부는 바람으로도 연이 10킬로그램의 주머니를 들어 올릴 수 있다는 것을 알았다. 주머니의 무게는 '슬루기호'에 있었던 저울로 정확하게 측정되었다.

실험이 끝나자 연을 끌어내려 운동장에 눕혀 두었다.

우선 백스터는 연의 뼈대를 아주 튼튼하게 만들었다. 다음에는 뼈대에 방수포를 씌워 연의 표면적을 넓혔다. 이 보강 작업에는 케이트가 뛰어난 바느질 솜씨를 발휘했다.

이번에는 사람을 태우기로 했기 때문에 연에 꼬리를 달 필요가 없었다. 그 대신, 밑에서 3분의 1 지점에 사람이 매달릴 밧줄을 묶기로 했다.

연줄로는 약 400미터 길이의 밧줄이 준비되었다. 이 정도면 밧줄이 늘어지는 것을 감안해도 200미터 높이까지는 충분히 올라갈 수 있을 터였다.

밧줄이 끊어지거나 뼈대가 부러져 연이 추락해도 사람이 크게 다치지 않도록 호수 위에 연을 띄우기로 결정했다. 호수에 떨어져도, 호숫가까지는 그리 멀지 않으니까 수영을 잘하는 사람이라면 헤엄쳐 나올 수 있을 것이다.

완성된 연은 표면적이 70제곱미터나 되었다. 모양은 팔각형이고, 반지름은 약 5미터, 한 변의 길이는 약 1.3미터 정도였다. 뼈대는 튼튼하니까, 방수포가 바람을 받으면 50킬로그램 내지 55킬로그램의 무게는 거뜬히 들어 올릴 수 있을 것이다.

사람이 탈 바구니는 버드나무 가지를 엮어서 만든 것이었다. 배에서 여러 가지 용도로 쓰이던 양동이 모양의 다목적 바구니다.

이 일은 하루 이틀에 끝나지 않았다. 5일 아침에 시작된 일이 7일 오후에야 겨우 끝났다. 7일 밤에는 예행연습을 하기로 했다.

　그런데 끝으로 한 가지 문제가 남았다. 바구니에 탄 사람이 땅으로 내려오고 싶을 때 어떻게 아래로 신호를 보내느냐 하는 문제였다.

　도니펀과 고든이 그 점을 묻자 브리앙은 이렇게 대답했다.

　"불빛으로 신호를 보낼 수는 없어. 놈들한테 들킬지도 모르니까. 그래서 백스터와 나는 이런 방법을 생각했어. 연줄과 같은 길이의 끈에다 가운데에 구멍을 뚫은 납덩어리를 끼운 다음, 그 끈의 한쪽 끝을 바구니에 묶고 또 한쪽 끝은 땅 위에 있는 사람이 잡고 있는 거야. 연을 내리라고 신호할 때는 끈에 끼워진 그 납덩어리를 아래로 떨어뜨리면 돼."

　"좋은 생각이야!" 도니펀이 감탄했다.

　이렇게 모든 준비가 갖추어졌다.

　밤 9시, 주위는 칠흑 같은 어둠에 싸여 있었다. 짙은 구름이 별도 없는 밤하늘을 달리고 있었다. 연이 어느 정도까지 올라가면 프렌치 동굴 주변에서는 보이지 않게 될지도 모른다.

　'슬루기호'의 권양기를 운동장 한복판에 내놓고, 연이 잡아당기는 힘을 견딜 수 있도록 땅바닥에 단단히 고정시켰다. 긴 연줄은 술술 풀릴 수 있도록 잘 감아 두었고, 신호를 보내기 위한 끈도 납덩어리를 꿰어서 준비했다. 브리앙은 바구니 안에 60킬로그램의 모래주머니를 넣기로 했다. 이것은 체중이 가장 많이 나가는 소년보다도 더 많은 무게였다.

"준비!" 브리앙이 소리쳤다.

"준비됐어!" 도니펀이 대답했다.

"시작!"

연은 조금씩 몸을 일으켜, 바람에 바르르 떨면서 바람이 부는 방향으로 몸을 기울였다.

"밧줄을 풀어! 밧줄을 풀어!" 윌콕스가 외쳤다.

연줄을 팽팽하게 잡아당기고 있던 권양기가 돌아가자 연과 바구니는 천천히 공중으로 떠올랐다.

'하늘의 거인'이 땅을 떠난 순간, 소년들은 저도 모르게 만세를 외쳤다. 하지만 연은 곧 어둠 속으로 모습을 감추어 버렸다. 연은 보이지 않았지만, 일정한 속도로 연줄을 끌어당기고 있는 것은 느낄 수 있었다. 이것은 높은 상공에 안정된 바람이 불고 있다는 증거였다. 그리고 연줄을 끌어당기는 힘이 적당한 것은 연이 균형을 잘 유지하고 있다는 증거였다.

브리앙은 결정적인 증거를 잡으려고 연줄을 끝까지 풀어 주었다. 권양기는 400미터의 연줄을 다 풀어냈으니까, 연은 200미터가 넘는 상공에 올라가 있을 것이다. 그 높이까지 올라가는 시간은 10분도 채 걸리지 않았다.

실험이 무사히 끝났기 때문에 소년들은 연줄을 되감기 위해 권양기의 손잡이를 번갈아 돌렸다. 400미터의 연줄을 되감는 데 무려 한 시간이나 걸렸다.

얼마 후 팔각형 연이 모습을 드러내더니, 떠난 곳과 거의 같은 지점에 조용히 몸을 눕혔다. 소년들은 연이 떠올랐을 때와 마찬가지로 만세를 부르며 돌아온 연을 맞이했다.

이제는 연이 바람에 날아가지 않도록 그 자리에 눕혀 두기만 하면 된다. 백스터와 윌콕스는 자진해서 날이 밝을 때까지 연을 지키는 불침번 역할을 맡았다.

소년들은 동굴로 돌아가라는 브리앙의 명령만 기다리고 있었다. 그런데 브리앙은 아무 말도 않고 깊은 상념에 잠겨 있었다. 도대체 무슨 생각을 하고 있을까?

"그만 돌아가자. 벌써 한밤중이야." 고든이 말했다.

"잠깐만 기다려." 브리앙이 말했다. "고든도 도니펀도 기다려 줘. 한 가지 제안하고 싶은 게 있어."

"뭔데?" 도니펀이 물었다.

"우리는 지금 연을 실험했어. 이 실험이 성공한 것은 기상 상태가 좋았기 때문이야. 하지만 내일 날씨가 어떻게 될지는 아무도 몰라. 그러니까 계획을 내일로 미루지 않는 게 좋을 것 같아."

사실 계획을 실행하기로 결정한 이상, 이것은 이치에 맞는 제안이었다.

하지만 아무도 대답하지 않았다. 이렇게 큰 위험을 무릅써야 할 경우에는 망설이는 것도 당연하다. 아무리 대담한 소년이라 해도……

그런데 브리앙이 "바구니에 타고 싶은 사람?" 하고 물었을 때, "나!" 하고 맨 먼저 힘차게 대답한 것은 자크였다.

거의 동시에 도니펀과 백스터·윌콕스·크로스·서비스도 일제히 "나!" 하고 소리쳤다. 그러고는 모두 입을 다물어 버렸다. 브리앙은 그 침묵을 서둘러 깨려고 하지 않았다.

맨 먼저 입을 연 것은 자크였다.

"형, 이 일은 절대로 내가 맡아야 해. 제발 나를 보내 줘."

"나를 제쳐놓고 왜 네가 가려는 거야?" 도니펀이 물었다.

"그래, 왜 그러지?" 백스터도 물었다.

"반드시 내가 가야 해." 자크는 고집스럽게 대답했다.

"반드시?" 고든이 되물었다. 그러고는 자크가 무슨 소리를 하는 거냐고 물으려는 듯이 브리앙의 손을 잡았다.

브리앙의 손은 바들바들 떨리고 있었다. 어둠이 이렇게 짙지 않았다면, 브리앙의 얼굴이 창백해지고 꽉 감은 눈에서 눈물이 넘쳐흐르는 것도 보았을 것이다.

"그래, 내가 왜 가야 하는지, 그 이유를 말해 줄게." 자크가 대답했다.

"자크!" 브리앙이 소리쳤다. 브리앙은 동생의 고백을 막으려고 했다.

"아니야!" 자크는 띄엄띄엄 말을 이었다. "말하게 해 줘. 괴로워서 더 이상 견딜 수가 없어. 우리가 지금 여기 있는 건…… 부모님 곁을 떠나서 이런 섬에 표착한 건…… 모두 내

탓이야. '슬루기호'가 바다로 떠내려간 건…… 내가 조심성이 없어서…… 아니, 까불다가…… 장난을 치고 싶어서…… 잔교에 배를 묶어 둔 밧줄을 풀어 버렸기 때문이야. 그래, 장난이었어! 그 후 배가 떠내려가는 것을 보고는 너무 겁이 나서 머리가 이상해졌어. 아직 늦지 않았는데…… 사람을 부르지 않았어…… 그러곤 한 시간이 지나니까 배는 캄캄한 어둠 속이었어. 바다 한복판에 떠 있었어. 아아, 용서해 줘. 나를 용서해 줘!"

자크는 흐느끼고 있었다. 케이트가 달래려고 했지만 소용이 없었다.

"이제 됐어, 자크." 브리앙이 말했다. "너는 잘못을 털어놓았어. 그리고 이제 목숨을 걸고 그 잘못을 속죄하려는 거지? 지은 죄를 조금이라도 갚으려는 거지?"

"죄는 벌써 갚았잖아!" 도니펀이 너그러운 마음이 되어 소리쳤다. "자크는 벌써 몇 번이나 위험을 무릅쓰고 우리를 위해 애썼어. 브리앙, 이제야 알겠다. 뭔가 위험한 일을 해야 할 때면 왜 네가 동생한테 그 일을 시키려 했는지, 왜 자크가 항상 위험한 일을 도맡으려 했는지, 그 이유를 이제야 알겠어! 자크가 크로스와 나를 찾아 안개 속으로 목숨을 걸고 뛰어든 것도 그래서였구나. 좋아, 자크! 우리는 진심으로 너를 용서할게. 그러니까 너는 이제 죄를 갚을 필요가 없어."

모두 자크를 에워싸고 그의 손을 잡았다. 자크는 계속 치

밀어 오르는 울음으로 목이 메었다. 체어먼 학교에서 가장 쾌활하고 가장 개구쟁이였던 자크가 왜 그토록 우울했는지, 왜 친구들과 어울리지 않고 혼자 떨어져 있으려고 했는지, 소년들은 이제 비로소 이해했다.

"이제 알겠지? 이 일도 역시 내가 해야 해! 반드시 내가 가야 해! 안 그래, 형?"

"알았어, 자크! 알았어!" 브리앙은 동생을 끌어안으면서 말했다.

자크는 소년들의 손을 잡았다. 그러고는 모래주머니를 들어낸 바구니에 들어가려고 브리앙을 돌아보았다.

"형을 안고 싶어!" 자크가 말했다.

"그래. 안아 줘." 브리앙은 벅찬 기분을 억누르면서 대답했다. "아니면…… 내가 널 안아 줄까? 바구니에는 내가 탈 거니까!"

"형이?" 자크가 소리쳤다.

"네가?" 도니펀과 서비스도 외쳤다.

"그래, 내가 탈 거야. 자크는 내 동생이야. 그러니 자크의 죄는 형인 내가 갚아도 상관없잖아! 내가 이 계획을 생각해 냈을 때 설마 이 일을 남에게 맡길 작정이었다고 생각하진 않겠지?"

"그럴 줄 알았어." 고든이 친구의 손을 잡으면서 말했다.

브리앙은 바구니 안에 들어가 몸을 안정시키고는 연을 세

우라고 말했다. 권양기 쪽에 진을 친 백스터와 윌콕스·크로스·서비스가 연줄을 풀었다.

10초 뒤에 '하늘의 거인'은 어둠 속으로 사라졌다. 예행연습 때는 만세 소리가 일었지만, 이번에는 깊은 침묵이 주위를 뒤덮었다.

연은 운동장을 떠난 지 10분이 지나자 가볍게 옆으로 흔들려, 가장 높은 곳에 이르렀음을 알려 주었다. 연줄이 다 풀렸기 때문에 연은 한쪽으로 기우뚱했다가 다시 일어나 몸을 가누었다. 연은 200미터 내지 220미터 높이까지 올라온 게 분명했다.

브리앙은 우선 납덩어리가 꿰어져 있는 끈을 팽팽하게 잡아당긴 다음 주위를 둘러보기 시작했다. 한 손으로는 밧줄을 잡고, 또 한 손에는 망원경을 움켜잡고 있었다.

밑에는 칠흑 같은 어둠이 펼쳐져 있었다. 호수와 숲과 벼랑은 어렴풋한 검은 덩어리로 보일 뿐, 세부는 전혀 분간할 수 없었다.

섬의 윤곽은 주위를 둘러싼 바다와 뚜렷이 구별되었다. 이렇게 높이 올라오자 섬 전체가 한눈에 내려다보였다.

서쪽과 북쪽과 남쪽 하늘은 안개가 자욱해서 아무것도 보이지 않았지만, 동쪽 하늘에는 잠시 구름이 갈라져 별이 반짝이고 있었다.

바로 그 동쪽에서 낮게 소용돌이치는 안개에 반사된 강렬한 불빛이 브리앙의 눈길을 끌어당겼다.

"저건 불빛이야!" 브리앙은 혼자 중얼거렸다. "월스턴 일당이 저기서 야영을 하고 있을까? 아니야. 저 불빛은 훨씬 멀리 있어. 바다 건너에 있어."

브리앙은 실망만을 처음 탐험했을 때 하얀 점 하나가 망원경에 나타난 것을 생각해 냈다.

"그래, 분명히 저쪽이었어. 동쪽 바다에는 체어먼섬에서 상당히 가까운 거리에 육지가 있는 게 분명해."

그때 브리앙은 또 다른 불빛을 보았다. 그것은 훨씬 가까워서, 10킬로미터도 떨어져 있지 않았다. 그 불빛은 패밀리 호수 동쪽의 숲속에서 빛나고 있었다.

"저건 숲속이야. 해변과 숲의 경계선이야!"

브리앙은 가슴이 두근거렸다. 손이 부들부들 떨려서 망원경을 눈에 대고 있을 수가 없을 정도였다.

어쨌든 동강 어귀에서 그리 멀지 않은 곳에 불빛이 있었다. 그 불빛이 숲속에서 반짝이고 있는 것을 브리앙은 분명히 보았다.

그렇다면 월스턴 일당은 곰바위 포구 근처에서 야영하고 있었다. '세번호'의 살인자들은 체어먼섬을 떠나지 않았다. 소년들은 아직도 악당들에게 공격당할 위험이 있고, 프렌치 동굴은 더 이상 안전을 바랄 수 없다!

브리앙은 정찰이 끝났으니 더 이상 공중 탐험을 계속할 필요가 없다고 생각했다. 그래서 땅으로 내려갈 준비를 했다. 바람이 강해지기 시작했다.

브리앙은 신호용 끈이 팽팽하게 당겨져 있는 것을 확인한 뒤 납덩어리를 내려보냈다. 납덩어리는 몇 초 만에 가넷의 손에 들어갔다.

그렇지 않아도 지상에서는 연을 내려 달라는 신호가 오기를 초조하게 기다리고 있었다. 브리앙이 공중에서 보낸 20분이 그들에게는 얼마나 길게 느껴졌는지 모른다.

마침내 납덩어리가 내려오자 도니펀과 백스터·윌콕스·서비스·웨브는 힘껏 권양기를 돌렸다. 연줄이 심하게 흔들렸기 때문에 그들도 바람이 강하게 불기 시작한 것을 알아차리고 있었다.

소년들은 400미터나 풀려 나간 연줄을 되감기 위해 권양기를 힘껏 돌렸다. 바람은 여전히 가라앉을 기미가 없었고, 브리앙이 신호를 보낸 지 45분 뒤에는 강풍으로 바뀌었다.

그때 연은 호수의 수면에서 30미터쯤 위에 떠 있었을 것이다. 갑자기 연이 격렬하게 옆으로 흔들렸다. 윌콕스와 도니펀·서비스·웨브·백스터는 온힘을 다해 매달려 있던 연줄이 갑자기 느슨해지는 바람에 중심을 잃고 하마터면 땅바닥에 나동그라질 뻔했다. 연줄이 툭 끊어져 버린 것이다.

소년들은 비명을 지르면서 브리앙의 이름을 불렀다.

"브리앙! 브리앙!"

몇 분 뒤에 브리앙이 호숫가로 올라와 큰 소리로 소년들을 불렀다.

"형! 형!" 자크가 맨 먼저 달려가 브리앙을 끌어안았다.

소년들이 주위에 모두 모이자 브리앙이 말했다.

"놈들은 아직 이 섬에 있어!"

연줄이 끊어졌을 때 브리앙은 수직으로 추락하지 않고 비교적 느린 속도로 비스듬히 내려왔다. 바구니가 물속으로 가라앉으려는 순간 브리앙은 머리부터 물속으로 뛰어들었다. 브리앙은 헤엄을 잘 쳤기 때문에, 기껏해야 150미터밖에 떨어져 있지 않은 호숫가까지 헤엄쳐 오는 것은 문제가 아니었다.

그사이에 무거운 짐을 내던진 연은 하늘의 거대한 표류물처럼 바람에 날려 북동쪽으로 사라져 버렸다.

25장

동굴 밖에서 들려온 총소리

월스턴 일당이 섬에 온 지 벌써 보름이 지났다. 따라서 아직도 배를 수리하지 못했다면 그것은 수리하는 데 필요한 도구가 없기 때문일 것이다.

그들이 떠나지 않았다 해도, 체어먼섬에 정착할 생각은 아닐 것이다. 이 섬에 정착하고 싶었다면 벌써 섬을 탐험했을 테고, 프렌치 동굴도 찾아냈을 것이다.

브리앙은 하늘에서 본 불빛으로 미루어, 동쪽으로 상당히 가까운 거리에 육지가 있는 것 같다고 말했다.

"우리가 동강 어귀를 탐험하고 돌아와서 말한 걸 잊어버리지는 않았겠지? 그때 나는 수평선보다 조금 위에서 하얀 점을 보았어. 그땐 그걸 어떻게 설명해야 할지 몰랐지만⋯⋯."

"좋아!" 도니펀이 말했다. "그런데 왜 대륙이나 섬이 가까이 있다고 생각하지?"

"그건 어젯밤 동쪽 수평선을 바라보았을 때 불빛을 보았기 때문이야. 바다 건너에 또렷이 보였어. 그래서 동쪽 바다에 육지가 있다는 결론을 내린 거야. '세번호' 선원들도 그걸 모를 리가 없어. 놈들은 무슨 수를 써서라도 육지로 건너가려 할 거야."

브리앙의 보고는 아주 중요했다. 체어먼섬이 태평양의 외딴섬인 줄만 알았는데 그렇지 않다는 생각을 소년들에게 심어 주었기 때문이다. 하지만 사태를 악화시킨 것은 월스턴 일당이 아직 동강 어귀에 머물러 있다는 사실이었다. 놈들은 세번 해안을 떠나, 프렌치 동굴에 20킬로미터나 가까이 다가온 셈이다.

브리앙은 그런 사태에 대비하여 철저한 대책을 세워야 했다. 앞으로는 꼭 필요할 때만 밖에 나가고, 밖에 나갈 때도 뉴질랜드강의 오른쪽 기슭을 따라 늪숲까지만 가기로 했다. 백스터는 외양간과 거실과 저장실의 입구를 나뭇가지와 풀로 덮어서 가려 놓았다. 호수와 오클랜드 언덕 사이를 돌아다니는 것도 금지되었다.

11월 초부터 중순까지 보름 동안은 소나기가 자주 내렸다. 그러다가 11월 17일부터 기압이 올라가면서 날씨가 좋아질 조짐을 보이더니 더운 날이 계속되었다. 모든 식물이 푸른

잎으로 뒤덮이고 꽃을 피우기 시작했다. 남늪에는 늘 찾아오는 철새들이 많이 돌아왔다.

하루는 윌콕스가 올무에 걸린 새들 중에서 지난겨울에 북쪽으로 떠난 철새 한 마리를 발견했다. 그것은 제비였다. 제비는 목에 작은 헝겊 주머니를 매달고 있었다. 그 주머니 안에는 '슬루기호' 소년들에게 보내진 편지가 있지 않을까 싶었지만, 유감스럽게도 편지는 없었다. 제비는 답장을 가져오지 않았다.

지루한 날들이 계속되었다. 소년들은 거실에서 많은 시간을 보냈다.

고든만은 언제나 자기가 관리하는 자질구레한 일에 몰두해 있었지만, 가장 팔팔한 아이들도 기력을 잃기 시작한 것을 보고 모두 걱정과 불안에 사로잡히지 않을 수 없었다. 브리앙조차 겉으로 내색하지 않으려고 애쓰기는 했지만 이따금 기분이 우울해졌다. 그래도 소년들을 격려하여 공부를 계속하게 하고, 토론회를 열고, 큰 소리로 책을 낭독하게 하면서 기운을 북돋워 주려고 애썼다. 또한 고향과 가족을 생각하게 하고, 언젠가는 반드시 돌아갈 수 있다고 격려해 주었다.

11월 21일 오후 2시쯤, 도니펀은 패밀리 호수 부근에서 낚시질을 하고 있다가 갑자기 스무 마리 정도의 새 떼가 귀에 거슬리는 울음소리를 내며 뉴질랜드강의 왼쪽 연안을 따라 미끄러지듯 날아가는 것을 보았다.

새들의 움직임이 이상하지 않았다면 도니펀은 시끄럽게 울어 대는 그 새들에게 별로 관심을 두지 않았을 것이다. 그런데 그 새들은 하늘에 커다란 원을 그리며 차츰 아래로 내려왔다. 땅에 가까워질수록 원은 점점 작아졌다. 이윽고 새 떼는 한 덩어리가 되어 곤두박질치듯 풀숲에 내려앉았다.

도니펀은 거기에 동물의 사체라도 있는 게 아닐까 하고 생각했다. 호기심에 사로잡힌 도니펀은 프렌치 동굴로 돌아가서, 보트로 뉴질랜드강을 건네 달라고 모코에게 부탁했다.

두 소년은 보트에 올라타고, 10분 뒤 강 건너 풀밭으로 살며시 숨어 들어갔다. 새들은 식사를 방해하러 온 침입자에게 항의하는 소리를 지르면서 날아올랐다.

새들이 날아오른 자리에는 새끼 과나코 한 마리가 누워 있었다. 죽은 지 얼마 되지 않은 듯 아직도 몸이 따뜻했다.

도니펀은 과나코를 조사해 보았다. 옆구리에 아직 피가 흐르는 상처가 있었다. 그 상처는 재규어 같은 맹수의 이빨 자국이 아니었다.

"이 과나코는 총에 맞았어!" 도니펀이 말했다.

"여기 그 증거가 있어요." 모코는 칼로 상처를 후벼 총알 하나를 꺼냈다.

그 총알은 크기로 보아, 흔히 사냥에 사용하는 엽총이 아니라 배에서 사용하는 총으로 쏜 것이었다. 그렇다면 월스턴 일당이 쏜 게 분명했다.

　도니펀과 모코는 과나코의 사체를 새들에 넘겨주고 프렌치 동굴로 돌아와서 친구들과 의논했다. 위험이 당장 코앞에 닥친 것은 아니지만 상황은 심각해졌다.

　사흘 뒤에는 더욱 중대한 사실이 발견되어 소년들은 모두 심한 불안에 사로잡혔다. 이제는 식민지의 안전이 전보다 더욱 위태로워졌다는 것을 인정하지 않을 수 없었다.

　11월 24일 오전 9시쯤, 브리앙과 고든은 뉴질랜드강을 건너갔다. 호수와 늪지 사이로 뻗어 있는 오솔길 옆에 감시 초소 같은 것을 만들 수 없는지 조사하기 위해서였다.

　브리앙과 고든이 강을 건너 300걸음쯤 걸어갔을 때 브리앙이 무언가를 밟아 으깼다. 브리앙은 조가비겠거니 하고 별로 신경을 쓰지 않았다.

　그런데 고든이 허리를 굽혀, 브리앙이 발로 으깬 것을 집어 들었다.

　"브리앙, 이것 좀 봐."

　"조가비가 아니잖아."

　"그래, 담배 파이프야!"

　과연 고든이 손에 들고 있는 것은 담배 파이프 조각이었다. 자루와 대통이 이어진 목 부분이 부러져 있었다.

　"우리는 아무도 담배를 피우지 않으니까, 이 파이프를 잃어버린 것은……."

"그놈들이야." 브리앙이 받았다. "우리보다 먼저 체어먼섬에 살았던 프랑수아 보두앵의 것이 아니라면……."

그럴 리가 없었다! 파이프는 얼마 전에 부러진 게 분명하니까, 20여 년 전에 죽은 보두앵의 파이프일 리가 없었다. 누군가가 최근에 이곳에 떨어뜨린 것이다.

고든과 브리앙은 서둘러 동굴로 돌아갔다. 브리앙이 그 파이프 조각을 케이트에게 보여 주자, 케이트는 월스턴이 그런 파이프를 갖고 있는 것을 본 적이 있다고 말했다.

악당들이 호수의 남쪽 끝을 돈 것은 분명했다. 놈들은 밤 중에 뉴질랜드강기슭까지 왔을 것이다. 어쨌든 악당들이 점점 가까이 다가오고 있는 것만은 의심할 여지가 없었다.

놈들이 언제 쳐들어올지 모르기 때문에 소년들은 경계 태세를 더욱 강화했다. 낮에는 반드시 누군가가 오클랜드 언덕에 올라가 망을 보기로 했다. 그리고 밤에는 상급생 두 명이 거실과 저장실 입구에서 불침번을 서고, 밖에서 나는 기척을 살피기로 했다. 입구에는 버팀목을 대어서 보강했고, 여차하면 당장 입구에 바리케이드를 쌓을 수 있도록 커다란 돌멩이를 동굴 안쪽에 쌓아 두었다. 암벽에 뚫어 놓은 창에는 작은 대포 두 문을 설치했다. 하나는 뉴질랜드강 쪽, 또 하나는 패밀리 호수 쪽을 방어하게 되었다. 소총과 권총은 당장이라도 쏠 수 있도록 모두 총알을 재 놓았다.

11월 27일이었다. 이틀 전부터 더위가 계속되고 있었다.

두꺼운 구름장이 섬 위를 지나가고, 멀리서 우르릉거리는 우렛소리가 폭풍이 다가오고 있음을 알려 주었다.

그날 밤 소년들은 여느 때보다 일찍 거실로 돌아왔다. 만약을 위해 얼마 전부터 보트를 동굴 안에 넣어 두었다. 소년들은 문단속을 하고, 함께 기도를 드리고, 멀리 바다 너머에 있는 가족들에게 인사를 보냈다. 이제 남은 일은 잠잘 시간을 기다리는 것뿐이었다.

9시 반쯤 천둥 번개가 더욱 심해졌다. 두 개의 창으로 들어오는 번갯불이 거실을 환하게 비추었다. 우렛소리는 잠시도 쉬지 않고 울려 퍼졌다. 귀가 먹먹해지는 우렛소리가 암벽에 부딪혀 오클랜드 언덕 전체가 뒤흔들리는 것 같았다. 비도 바람도 동반하지 않은 마른번개가 때로는 더욱 무섭다.

10시부터 11시까지 천둥 번개가 숨쉴 틈도 없이 계속되었다. 자정이 되기 조금 전에야 겨우 천둥 번개가 뜸해지기 시작했다. 곧이어 비가 억수같이 쏟아지기 시작했다.

브리앙과 상급생들은 여느 때처럼 문단속을 확인하고 잠자리에 들려고 했다. 바로 그때 판이 뭐라 설명할 수 없는 몸짓으로 무언가를 알렸다. 판은 벌떡 일어나더니 거실 입구로 달려가서 낮은 소리로 으르렁거렸다.

"판이 뭔가 냄새를 맡은 모양이야!" 도니펀이 개를 달래면서 말했다.

모두 총을 집어 들었다. 잠시 뒤에는 판이 맹렬하게 짖어

대기 시작했다. 주인인 고든도 달랠 수 없을 정도였다.

갑자기 우렛소리와는 전혀 다른 소리가 들렸다. 그것은 틀림없는 총소리였고, 게다가 프렌치 동굴에서 200걸음도 채 떨어지지 않은 곳에서 발사된 소리였다.

모두 바싹 긴장했다. 도니펀과 백스터·윌콕스·크로스는 총을 들고 문간에 서서, 침입자가 있으면 서슴없이 발사할 태세를 취했다.

그때 느닷없이 밖에서 외치는 소리가 들렸다.

"도와줘! 도와줘!"

밖에 누군가가 있다. 죽음의 위험에 빠진 사람이 도움을 청하고 있다.

"도와줘!" 또다시 목소리가 들렸다. 이번에는 바로 문 앞이었다.

케이트가 문간으로 다가와 귀를 기울였다.

"그 사람이야!" 케이트가 소리쳤다.

"그 사람이라뇨?" 브리앙이 물었다.

"열어 줘! 어서 문을 열어 줘!" 케이트가 말했다.

문이 열렸다. 그러자 물에 흠뻑 젖은 사내가 거실로 뛰어들었다.

그는 '세번호'의 갑판장 에번스였다.

26장

갑판장 에번스의 이야기

나이는 서른 살쯤 되어 보였다. 딱 바라진 어깨에 늠름한 체격을 갖고 있었다. 눈은 생기있게 반짝거리고 이마가 넓었다. 호감이 가는 얼굴이다. 얼굴의 일부는 텁수룩한 수염에 가려져 있었지만, 그것은 '세번호'가 난파한 뒤 수염을 깎지 못했기 때문이다.

에번스는 거실에 들어오자마자 문을 쾅 닫고는 그 문에 귀를 눌러 댔다. 하지만 밖에서 아무 소리도 들리지 않자 거실 한복판으로 걸어갔다. 그러고는 천장에 매달린 등불 빛을 받은 이 작은 공동체를 둘러보고 이렇게 중얼거렸다.

"역시…… 애들이로군! 모두 애들뿐이야!"

에번스가 갑자기 눈을 빛내며 두 팔을 활짝 벌렸다. 얼굴이 기쁨으로 확 밝아졌다.

케이트가 에번스에게 다가갔다.

"케이트! 살아 있었군요!" 에번스가 소리쳤다.

에번스는 케이트의 손을 움켜잡았다.

"그래요, 에번스! 나도 당신처럼 살아남았어요!" 케이트가
대답했다.

에번스는 거실 탁자 주위에 모인 소년들을 눈으로 헤아리
고 있었다.

"열다섯 명인가? 하지만 싸울 수 있는 것은 기껏해야 대여
섯 명뿐이군. 그래도 괜찮아!"

"이곳이 공격당할 위험이라도 있습니까?" 브리앙이 물
었다.

"아니, 그렇지는 않아. 적어도 지금 당장은……." 에번스가
대답했다.

다들 에번스의 이야기를 듣고 싶어 했다. 하지만 그전에
에번스는 흠뻑 젖은 옷을 벗고 빈속을 채워야 했다. 옷이 젖
은 것은 뉴질랜드강을 헤엄쳐 건넜기 때문이다. 기진맥진한
것은 열두 시간 동안이나 아무것도 먹지 못한 데다 아침부
터 잠시도 쉬지 않고 달렸기 때문이다.

브리앙은 에번스를 당장 저장실로 데려갔다. 고든은 훌륭
한 선원복을 에번스가 마음대로 고를 수 있게 해 주었다. 이
어서 모코가 고기와 건빵, 따끈한 차와 맛있는 브랜디를 내

놓았다.

15분 뒤에 에번스는 거실 탁자 앞에 앉아서 '세번호' 선원들이 섬에 좌초한 뒤에 일어난 일을 이야기해 주었다.

"구명정이 모래밭에 좌초하기 조금 전에 일당 다섯 명과 나는 마지막 암초 지대의 바위에 내던져졌어. 하지만 심하게 다친 사람은 아무도 없었지. 바위에 부딪혀 멍만 들었을 뿐 큰 상처는 입지 않았어. 그래도 역시 캄캄한 어둠 속에서 파도를 피하는 건 정말 힘들더군.

하지만 한참 동안 고생해서 간신히 파도가 닿지 않는 곳에 도착했어. 월스턴, 브랜트, 로크, 쿡, 코프, 그리고 나까지 모두 여섯 명이었지. 포브스와 파이크는 보이지 않았어. 배가 모래밭에 올라앉았을 때 파도에 휩쓸려갔는지, 아니면 용케 목숨을 건졌는지는 알 수 없었지. 케이트는 파도에 휩쓸려 간 줄 알았어. 이렇게 다시 만날 수 있을 줄은 정말 꿈에도 몰랐어.

해변에 도착하자 우리는 배를 찾아다녔어. 배는 저녁 일곱 시쯤 해변에 표착했을 텐데, 우리가 모래밭 위에 쓰러져 있는 배를 찾아낸 것은 자정이 가까울 무렵이었어."

"그건 세번 해안이에요." 브리앙이 말했다. "그 이름은 우리 친구들이 붙였어요. 그 해안에서 '세번호'의 구명정을 발견했기 때문에."

"우리는 '세번호'가 난파한 그날 밤 그 해안에 도착했어요."

도니편이 말했다. "그때는 아직 두 악당이 모래밭에 쓰러져 있었죠. 하지만 날이 밝은 뒤에 그들을 묻어 주러 가 보니 아무도 없었어요."

"그렇구나." 에번스가 말했다. "이제 이야기가 어떻게 연결되어 있는지 알겠다. 우리는 포브스와 파이크가 물에 빠져 죽은 줄만 알았어. '세번호'에서 불이 났을 때 탄약과 무기, 총 다섯 자루, 남은 식량을 황급히 구명정에 옮겨 실었는데, 그게 모두 고스란히 남아 있었지. 놈들은 구명정에서 그걸 다 꺼냈어. 다음 밀물이 들어오면 배가 부서져 버릴 염려가 있었으니까. 그 일이 끝나자 우리는 해안을 따라 동쪽으로 내려갔지.

그때 한 놈이—아마 로크였을 거야—케이트가 보이지 않는다고 하더군. 그러자 월스턴은 파도에 휩쓸린 게 분명하다면서, 골칫거리가 없어져서 속이 시원하다고 대답했지. 그런데 케이트, 당신은 어디 있었어요?"

"나도 배 옆에 있었어요. 바다 쪽에." 케이트가 대답했다. "배가 모래밭에 올라앉은 뒤 그리로 내던져졌죠. 아무도 나를 보지 못했어요. 그래서 나는 거기서 꼼짝도 않고 놈들이 하는 말을 다 들었죠. 놈들이 가 버린 뒤에 일어나서, 놈들한테 다시는 잡히지 않으려고 반대쪽으로 도망쳤어요. 이틀 동안 아무것도 못 먹고 배가 고파서 죽는 줄 알았는데, 이 착하고 용감한 애들이 나를 발견하고 프렌치 동굴로 데려왔답니다."

"프렌치 동굴?" 에번스가 되물었다.

"그건 우리가 이 동굴에 붙인 이름이에요." 고든이 설명했다. "우리보다 훨씬 전에 프랑스인 조난자가 여기 살았는데, 그 프랑스 사람을 기려서 그런 이름을 붙인 거예요."

"프렌치 동굴…… 세번 해안…… 너희는 이 섬 곳곳에 이름을 붙였구나. 잘한 일이야!"

"그래요. 모두 멋진 이름이죠." 서비스가 대꾸했다..

"그럼 이야기를 계속할게." 에번스가 말했다. "배를 떠난 지 한 시간쯤 뒤에 우리는 울창한 숲에 도착해서, 숲 언저리에서 야영을 했어. 그리고 며칠 동안 우리는 계속 배가 좌초한 곳으로 돌아가서 배를 수리해 보려고 애썼지. 그런데 연장이라고는 도끼 한 자루뿐이라서 구멍 난 뱃전을 수리할 수는 없었어. 그래서 그곳을 떠나, 사냥을 해서 식량을 구할 수 있고 민물을 얻을 수 있는 강가에 캠프를 치기로 했지. 그때쯤에는 식량이 바닥나 버렸으니까. 해안을 따라 20킬로미터쯤 내려가자 작은 하천이 나왔어."

"동강이에요!" 서비스가 소리쳤다.

"그래? 그곳의 넓은 후미 안쪽에……."

"실망만이에요!" 이번에는 젠킨스가 끼어들었다.

"거기가 실망만이군나?" 에번스가 웃으면서 말했다. "그곳에 바위로 둘러싸인 포구가 있어서……."

"곰바위예요!" 이번에는 코스타가 나설 차례였다.

"곰바위? 그래, 꼬마야!" 에번스가 대꾸했다. 그러고는 좋다는 듯 고개를 끄덕였다. "그곳에 정착하는 건 아주 쉬운 일이었어. 우리는 해안을 따라 배를 끌고 가서 포구 안으로 끌어들일 수 있었지. 배는 이제 그 포구 안에 있으니까 안전해."

"구명정이 곰바위 포구에 있다고요?" 브리앙이 물었다.

"그래. 필요한 연장만 있으면 충분히 수리할 수 있어!"

"연장은 우리가 갖고 있어요!" 도니펀이 소리쳤다.

"월스턴도 그렇게 생각했어. 놈은 우연히 이 섬에 사람이 살고 있고, 게다가 그 주민이 누구인지를 알았을 때, 맨 먼저 그걸 알아차렸지!"

"그걸 어떻게 알았죠?" 고든이 물었다.

"일주일쯤 전에 놈들과 나는 숲을 정찰하러 나갔어. 동강을 거슬러서 서너 시간쯤 걷자 넓은 호수가 나왔어. 거기서 호숫가에 놓여 있는 이상한 물건을 발견했는데, 그때 우리가 얼마나 놀랐을지 생각해 봐. 그건 갈대로 엮은 뼈대에 방수포를 씌운 거였어."

"우리가 날려 보낸 연이에요!" 도니펀이 소리쳤다.

"그게 연이었나?" 에번스가 말했다. "우리는 그게 뭔지 궁금했어. 이 섬에서 만들어진 게 틀림없다, 따라서 이 섬에는 사람이 살고 있나 본데, 어떤 사람일까 하고. 나는 그날부터 도망칠 결심을 굳혔지. 그때부터 놈들은 밤낮으로 나를 감시했어."

"그런데 여긴 어떻게 찾아내셨어요?" 백스터가 물었다.

"그건 말이야…… 아니, 이야기를 계속하기 전에 그 커다란 연을 무엇에 썼는지 궁금하구나. 무슨 신호였나?"

고든은 어떤 연을 만들었고, 어떤 목적으로 사용했는지, 브리앙이 모두를 구하기 위해 어떻게 목숨을 걸었는지, 월스턴이 아직 섬에 있다는 것을 브리앙이 어떻게 확인했는지를 모두 이야기했다.

"너는 정말 용감한 애구나!" 에번스는 브리앙의 손을 잡고 다정하게 흔들었다. 그러고는 다시 말을 이었다. "너희들도 알겠지만, 그때 월스턴은 한 가지 생각밖에 없었어. 이 섬 주민이 어떤 인간인지를 알아내는 거였지. 그래서 조사를 시작했어. 놈들은 호수 동쪽의 숲을 탐험하면서 조금씩 전진해서 호수 남쪽 끝에 이르렀지. 그런데 사람은 하나도 보이지 않았고 총소리도 들리지 않았어.

11월 23일에서 24일로 넘어가는 밤중이었지. 월스턴 일당 가운데 한 놈이 호수 남쪽을 지나 이 동굴이 보이는 곳까지 왔을 때, 불운하게도 벼랑에서 새어 나오는 불빛을 보고 만 거야. 잠깐 열린 문으로 등불 빛이 새어 나왔겠지. 이튿날 밤에 월스턴이 직접 가서 숨어 있었어. 강가 풀숲에……."

"알고 있었어요." 브리앙이 말했다.

"알고 있었다고?"

"그곳에서 고든과 내가 부러진 담배 파이프를 발견했거든요. 그게 월스턴의 파이프라고, 케이트 아주머니가 확인해 주었죠."

"그래! 그날 월스턴은 강가까지 갔다가 파이프를 잃어버렸어. 돌아왔을 때는 그것 때문에 몹시 초조해했지. 하지만 이곳에 작은 식민지가 있다는 것을 놈은 알아 버렸어. 놈이 풀숲에 웅크리고 있을 때 너희들이 강 너머에서 왔다갔다하는 걸 보았으니까. 식민지에는 아이들밖에 없었어. 어른 일곱 명이 덤벼들면 간단히 해치울 수 있다고 월스턴은 생각했지."

"못된 놈들! 그놈들은 사람도 아니야!" 케이트가 소리쳤다. "이 아이들이 가엾지도 않나?"

"그래요, 케이트. 놈들은 '세번호' 선장과 승객들을 가엾게 생각지 않은 것처럼 이 아이들도 전혀 가엾게 생각지 않아요."

"그런데 용케 도망칠 수 있었군요, 에번스." 케이트가 말했다.

"그래요, 케이트." 에번스는 다시 아이들을 향해 말을 이었다. "열두 시간쯤 전에 월스턴이 없는 틈을 타서 도망쳤지. 포브스와 로크가 나를 감시하려고 남아 있었지만, 나는 도망칠 기회라고 생각했어.

301

오전 열 시쯤에 나는 숲속으로 뛰어들어 정신없이 내달렸어. 두 악당은 내가 없어진 것을 곧 알아차리고 나를 쫓아오기 시작했지. 놈들은 총을 갖고 있었지만, 나한테 있는 거라고는 선원용 칼과 날쌘 두 다리밖에 없었지.

놈들은 온종일 나를 추적했어. 나는 숲을 비스듬히 가로질러 건너편 호숫가에 도착했지만, 거기서 다시 아래로 내려가 호수 남쪽 끝을 돌아야 했지. 나는 놈들의 이야기를 엿듣고, 너희가 서쪽으로 흐르는 강기슭에 살고 있다는 걸 알고 있었으니까.

그렇게 먼 거리를 달린 건 난생처음이야. 낮 동안 무려 25킬로미터를 달렸으니까. 그래도 밤이 되면 놈들의 추적도 끝날 줄 알았는데, 그게 아니었어. 나는 벌써 호수 남쪽 끝을 돌아서 서쪽 호숫가를 따라 올라오고 있었는데, 포브스와 로크는 여전히 끈질기게 따라오고 있었지. 몇 시간 전부터 폭풍이 닥쳐올 기미가 보이더니, 그때쯤 드디어 천둥이 치기 시작했어. 그래서 도망치기가 더욱 어려워졌지. 번갯불 때문에 놈들에게 들킬지도 모르니까.

드디어 강에서 100걸음쯤 떨어진 곳까지 왔어. 놈들은 눈앞에 이 동굴이 있는 것을 알고 있으니까 강을 건너면서까지 쫓아오지는 않을 것 같았어. 그래서 나는 강으로 달렸지. 그런데 막 강가에 닿으려는 순간 또다시 번개가 치면서 주위가 환해졌어. 놈들은 당장 총을 쏘았지."

"그게 우리가 들은 총소리였나 봐요." 도니편이 말했다.

"그럴 거야!" 에번스가 다시 말을 이었다. "총알 하나가 내 어깨를 스쳤어. 나는 강물 속으로 뛰어들었지. 팔로 몇 번 물을 휘젓자 이쪽 강가에 닿았기 때문에 풀숲에 숨어 있었어. 그러자 로크와 포브스가 건너편 강가로 다가와서 이렇게 말하더군. '놈이 총에 맞았을까?' '틀림없이 맞았어.' '그럼 지금은 강바닥에 처박혀 있겠군.' '틀림없어. 지금쯤은 완전히 뒈졌을 거야!' '아이쿠, 속시원해!' 이런 말을 나누고는 돌아가 버렸어.

나는 잠시 숨어 있다가 풀숲에서 빠져나와 벼랑 모퉁이 쪽으로 걸어와서 큰 소리로 불러 보았지. 그러자 동굴 문이 열리더군." 에번스는 호수 쪽을 가리키면서 덧붙였다. "자, 이제 우리 힘으로 저 악당 놈들의 숨통을 끊고 이 섬에서 몰아내자꾸나!"

에번스가 힘차게 말했기 때문에 소년들은 에번스를 따를 결심을 굳혔다.

이제는 소년들이 20개월 전부터 일어난 사건을 에번스한테 말해 줄 차례였다. 소년들은 '슬루기호'가 뉴질랜드를 떠나게 된 상황, 태평양을 횡단하여 이 섬에 닿을 때까지의 긴 항해, 프랑스인 조난자의 유골을 발견하고 프렌치 동굴에 작은 식민지를 세운 경위, 여름 동안 섬을 탐험한 결과와 겨울을 나기 위한 준비 작업, 월스턴 일당이 오기 전에 누렸던 안전하고 평온한 생활 따위를 이야기했다.

"하느님은 지금까지 너희를 지켜 주셨으니까, 앞으로도 너희를 버리지 않으실 거야." 케이트가 말했다. "하느님이 이 용감한 에번스를 너희에게 보내 주셨으니까, 이 사람과 힘을 합치면……."

"에번스 만세!" 소년들은 일제히 환성을 질렀다.

"나를 믿어도 돼." 에번스가 대답했다. "나도 너희를 믿고 있으니까, 우리가 힘을 합치면 살아날 수 있어. 약속할게."

"하지만 이 싸움을 피할 수 있다면…… 월스턴이 순순히 섬을 떠나겠다고 약속하면……." 고든이 말했다.

"고든, 그게 무슨 소리야?" 브리앙이 물었다.

"월스턴 일당이 배를 고칠 수 있었다면 벌써 섬을 떠났을 거라는 뜻이야. 안 그렇습니까, 아저씨?"

"아마 그렇겠지."

"틀림없이 그럴 겁니다. 그러니까 놈들과 협상하면 어떨까요? 놈들이 필요로 하는 연장을 빌려주면 놈들도 배를 수리해서 떠나겠다고 약속하지 않을까요? 살인자들과 협상하려면 속이 상하겠지만, 놈들을 쫓아 버리고 전쟁을 막을 수만 있다면…… 싸움이 벌어지면 이쪽이든 저쪽이든 피를 볼 게 뻔하고…… 아저씨는 어떻게 생각하세요?"

에번스는 고든의 의견에 귀를 기울이고 있었다. 에번스는 소년들 가운데 고든이 가장 신중한 것 같다고 생각했다. 그리고 고든의 의견은 충분히 논의해 볼 만했다.

"사실 악당들한테서 벗어날 수만 있다면 어떤 수단도 허용될 거야. 하지만 월스턴을 믿을 수 있을까? 너희가 그놈한테 협상을 제의하면, 놈은 그것을 기화로 이곳을 공격해서 너희 물건을 몽땅 빼앗으려 들지 않을까? 난파선에서 너희가 돈을 갖고 나왔을 거라고 생각지 않을까?"

"그건 안 돼! 안 돼!" 백스터와 도니펀이 외쳤다. 다른 소년들도 모두 안 된다고 입을 모아 외쳐서 에번스를 기쁘게 해 주었다.

"협상은 그만두자." 브리앙이 말했다.

"맞아요. 방비를 강화하고 적을 기다립시다!" 고든이 말했다.

"그래, 그게 가장 좋은 대책이야. 적이 쳐들어올 때까지 기다리자. 그리고 기다리는 데에는 또 한 가지 이유가 있어."

"그게 뭔데요?"

"그 배는 완전히 수리할 수 있어. 그건 장담해도 좋아. 너희가 배를 수리할 수 있도록 연장을 빌려주고, 월스턴이 동굴을 약탈할 생각을 버린다 해도, 역시 놈은 너희들 걱정은 눈곱만큼도 하지 않고 서둘러 섬을 떠나 버릴 거야."

"당장 섬을 떠나 주면 좋잖아요!" 서비스가 소리쳤다.

"천만에!" 에번스가 놀란 듯이 말했다. "월스턴이 섬을 떠나 버리면 우리는 어떻게 이 섬을 벗어나지? 구명정을 놈들이 타고 가 버리면 배가 없잖아."

"그럼 아저씨는 그 배를 타고 섬을 떠나실 작정인가요?"
고든이 물었다.

"물론이지."

"구명정이 태평양을 건너 뉴질랜드까지 갈 수 있단 말인가
요?"도니펀이 물었다.

"태평양이라고? 아니야. 멀지 않은 항구까지 구명정을 타
고 간 다음, 거기서 오클랜드로 돌아갈 기회를 기다리면 돼!"

"그런 구명정으로 어떻게 수백 킬로미터를 항해할 수 있
죠?"백스터가 물었다.

"수백 킬로미터라고? 천만에! 기껏해야 50킬로미터만 가
면 돼!"

"그럼 이 섬은 망망대해에 떠 있는 외딴섬이 아닌가요?"
도니펀이 물었다.

"서쪽은 망망대해지. 하지만 남쪽과 북쪽과 동쪽은 좁은
해협일 뿐이니까, 넉넉잡고 사흘이면 너끈히 건너갈 수 있
어. 동쪽에는 아주 넓은 육지가 펼쳐져 있는걸."

"역시 동쪽이야!" 브리앙이 외쳤다. "나는 동쪽에서 하얀
점과 불빛 같은 걸 보았어요!"

"하얀 점이라고?" 에번스가 되물었다. "그건 빙하일 거야.
그리고 그 불빛은 분출하는 화산이 분명해. 도대체 너희는
여기가 어디라고 생각한 거냐?"

"태평양의 외딴섬인 줄 알았어요!" 고든이 대답했다.

"섬인 건 확실하지만, 외딴섬은 아니야. 이 섬은 남아메리카 연안에 있는 수많은 군도 가운데 하나지. 너희는 이 섬의 곶이나 만이나 강에 너희들 나름대로 이름을 붙인 모양인데, 이 섬에는 어떤 이름을 붙였지?"

"체어먼섬이에요. 우리 학교 이름을 땄어요." 도니펀이 대답했다.

"체어먼섬? 그럼 이 섬은 이름을 두 개나 갖게 되겠군. 이 섬에는 벌써 하노버섬이라는 이름이 붙어 있으니까 말이다."

소년들은 여느 때처럼 불침번을 세운 다음 잠자리에 들었다. 에번스의 잠자리는 거실에 마련되었다.

그날 밤 소년들은 이중으로 흥분하여 좀처럼 잠을 이루지 못했다. 하나는 끔찍한 전쟁에 대한 두려운 예감이었고, 또 하나는 집으로 돌아갈 수 있을지도 모른다는 기대감이었다.

에번스는 하노버섬의 정확한 위치를 지도로 설명해 주는 것을 이튿날로 미루었다. 모코와 고든이 불침번을 서는 가운데 프렌치 동굴의 밤은 조용히 지나갔다.

27장

힘이냐 계략이냐

　이튿날인 11월 28일, 에번스는 슈틸러의 지도에서 마젤란 해협의 위치를 소년들에게 알려 주었다. 남아메리카 대륙의 남쪽 끝에 있는 이 해협은 저 유명한 포르투갈의 항해가 마젤란이 1520년에 발견한 곳이다.

　"마젤란 해협보다 훨씬 위쪽에 섬 하나가 있는 게 보이지? 이 섬 남쪽에는 케임브리지섬, 북쪽에는 마드레데디오스섬과 채텀섬이 있는데, 그사이에는 좁은 수로가 있을 뿐이야. 남위 51도에 자리 잡고 있는 이 섬이 하노버섬, 너희가 체어먼이라고 이름 짓고 스무 달이 넘도록 살고 있는 바로 이 섬이지."

　브리앙과 고든과 도니펀은 지도 위로 몸을 숙이고 신기

한 듯 그 섬을 바라보고 있었다. 어떤 육지에서도 멀리 떨어져 있는 줄 알았는데, 남아메리카 대륙과 이렇게 가까이 있다니!

하노버섬을 둘러싸고 있는 바다의 너비는 25킬로미터 내지 30킬로미터밖에 안 되는 곳도 있었다. 모코라면 날씨가 좋은 날 구명정을 타고도 쉽게 건널 수 있었을 것이다. 브리앙과 도니펀이 섬 북부와 동부를 탐험했을 때 주위의 섬을 발견하지 못한 것은 그런 섬들의 높이가 아주 낮았기 때문이다.

그런데 구명정을 손에 넣어 수리하면, 에번스는 어느 쪽으로 갈 작정일까?

고든의 질문에 에번스는 이렇게 대답했다.

"나는 북쪽으로도 동쪽으로도 가지 않을 거야. 그보다는 이 섬의 서해안에서 남쪽으로 내려가는 게 가장 좋을 것 같아. 물론 적당한 바람이 안정되게 불어 준다면 칠레 북쪽 연안에 있는 항구에 도착할 수 있을 테지만, 그쪽 해안은 바다가 아주 거칠어. 반면에 섬과 섬 사이의 수로는 언제나 쉽게 항해할 수 있지."

"그렇군요." 브리앙이 고개를 끄덕였다. "그런데 거기서 우리나라로 돌아갈 방법을 찾을 수 있을까요?"

"그건 문제없어. 자, 지도를 봐. 마젤란 해협 입구에 데솔라시온섬의 타마르항이 있는데, 그곳에만 도착하면 귀국길

310

에 오른 거나 마찬가지야."

에번스의 말이 옳았다. 일단 마젤란 해협으로 들어가면 항구는 얼마든지 있을 것이다. 그곳에서는 오스트레일리아나 뉴질랜드로 가는 배를 만날 수 있을 테니까, 집으로 돌아가는 문제는 걱정하지 않아도 된다.

하지만 거기에 가려면 먼저 구명정을 수리해야 하고, 그 배를 수리하려면 먼저 손에 넣어야 한다. 그리고 배를 손에 넣으려면 월스턴 일당을 해치워야 한다.

에번스는 소년들에게 절대적인 신뢰를 받고 있었다. 케이트가 열띤 어조로 몇 번이나 에번스에 대해 말해 주었기 때문이다. 더부룩하게 자란 머리와 수염을 말끔히 깎은 에번스의 자신만만하고 성실한 태도는 소년들을 안심시켰다. 에번스는 정력적이고 용감할 뿐만 아니라 상냥하고 의지가 강하고 남을 위해 헌신할 수 있는 성격이었다.

"아저씨는 놈들이 무서운 악당이라고 생각하세요?" 고든이 물었다.

"물론이지. 아주 흉악한 놈들이야."

"한 사람은 그렇게 흉악하지 않아요." 케이트가 끼어들었다. "완전한 악당은 되지 않은 것 같아요. 내 목숨을 구해 준 포브스 말이에요."

"포브스요?" 에번스가 되물었다. "천만에요! 놈도 똑같은 악당이에요! 못된 꼬임에 넘어갔는지, 동료들이 무서워서 그랬는지는 모르지만, 놈도 '세번호'의 학살에 가담했다고요. 게다가 그놈은 로크와 함께 나를 끝까지 쫓아왔잖습니까? 짐승을 사냥하듯 나를 총으로 쏘았다고요. 내가 강물에 빠져 죽은 줄 알고 좋아한 놈이에요! 포브스 그놈도 다른 놈들보다 나을 게 없어요. 그놈이 당신 목숨을 구해 주었다면, 그건 당신이 아직 쓸모가 있다고 생각했기 때문이에요. 이 동굴로 쳐들어오게 되면 포브스도 뒤에 물러나 있을 놈이 아니에요!"

그래도 며칠이 무사히 지나갔다. 오클랜드 언덕에서 망을 보는 소년들도 전혀 이상한 낌새를 채지 못했다. 에번스는 그것을 뜻밖으로 생각했다.

에번스는 윌스턴의 계획을 알고 있었다. 일을 서두르는 게 윌스턴에게는 이익이라는 것도 알고 있었다. 그런데 11월 27일부터 30일까지 눈에 띄는 움직임이 전혀 없는 것은 어찌 된 일일까 하고 에번스는 의아하게 생각했다.

그때 문득 생각난 것이 있었다. 어쩌면 윌스턴은 힘이 아니라 계략으로 프렌치 동굴에 들어오려는 게 아닐까? 그래서 에번스는 브리앙과 고든·도니펀·백스터에게 생각을 털어놓았다.

"우리가 이 동굴에 틀어박혀 있는 한 윌스턴은 어느 문으로도 쳐들어올 수 없어. 안에서 누군가가 문을 열어 주지 않는다면 말이야! 그래서 윌스턴은 계략을 써서 여기에 들어오려고 하는지도 몰라."

"어떻게요?" 고든이 물었다.

"너희들도 알다시피, 월스턴은 이 동굴을 공격하려는 악당 두목이야. 그런데 놈을 악당 두목으로 고발할 수 있는 것은 케이트와 나뿐이야. 하지만 놈은 우리가 둘 다 죽었다고 믿고 있어. 월스턴은 너희가 아직 아무것도 모른다고, '세번호' 선원들이 이 섬에 있는 줄도 모른다고 생각할 게 분명해. 그래서 일당 가운데 한 놈이 프렌치 동굴에 나타나면 너희는 그놈이 조난자인 줄 알고 기꺼이 맞아들일 거라고 생각할 거야. 그런데 그런 악당이 일단 여기에 들어오면 동료들을 끌어들이는 것은 식은 죽 먹기지. 그렇게 되면 우리는 도저히 당해낼 수 없어."

"알았어요." 브리앙이 대답했다. "누구든 조난자인 척하고 도움을 청해 오면 총알을 대접해 주지요, 뭐."

"모자를 벗고 정중히 맞아들이는 게 낫지 않을까?" 고든이 말했다.

"그래! 그거 좋은 방법이야." 에번스가 말했다. "어쩌면 그게 나을지도 몰라. 계략에는 계략으로 맞서는 거야."

그렇다. 되도록 신중하게 행동하는 편이 낫다. 실제로 일이 잘되어서 에번스가 '세번호'의 구명정을 되찾을 수 있다면 이 섬을 탈출할 날도 머지않았다. 하지만 아직도 많은 위험이 기다리고 있다.

이튿날 오전은 아무 일 없이 지나갔다. 그런데 날이 저물기 조금 전에 경보가 울렸다. 벼랑 위에서 망을 보고 있던 웨브와 크로스가 허둥지둥 달려와, 두 사내가 호수 남쪽에서 뉴질랜드강 건너편 쪽으로 다가오고 있는 것을 보았다고 말했다.

케이트와 에번스는 상대에게 들키지 않도록 조심하면서 곧바로 저장실로 달려가, 작은 창문으로 다가오는 두 사내를 관찰했다. 그들은 월스턴 일당인 로크와 포브스였다.

"역시 놈들은 계략을 쓸 작정이군." 에번스가 말했다. "조난에서 살아남은 선원인 체하고 여기 나타날 거야."

"어떡하죠?" 브리앙이 물었다.

"정중하게 맞아들이자." 에번스가 대답했다.

"저런 악당을 환영한다고요?" 브리앙은 화가 나서 소리를 질렀다. "난 도저히 못해요!"

"내가 맡을게." 고든이 말했다.

"좋아, 고든." 에번스가 말했다. "케이트와 내가 여기 있다는 것을 놈들이 눈치채지 못하게 해. 우리는 결정적인 순간에 나타날 테니까."

에번스와 케이트는 복도의 고방 안으로 들어가 문을 닫았다. 곧이어 고든과 브리앙과 도니펀과 백스터는 뉴질랜드강 쪽으로 달려갔다. 두 사내는 네 소년을 보고는 깜짝 놀란 체했다. 고든도 그에 못지않게 놀란 척했다.

로크와 포브스는 기진맥진한 태도로 다가왔다. 두 사내가 강가까지 오자, 강을 사이에 두고 이런 대화가 오갔다.

"누구세요?"

"조난자야. '세번호'의 구명정을 타고 있다가 섬 남쪽에서 조난을 당했어."

"영국인이세요?"

"아니, 미국인이야."

"그럼 동료들은요?"

"모두 죽었어. 우리 둘만 겨우 살아남았지. 하지만 완전히 지쳐 버렸어. 그런데 너희들은 도대체 누구냐?"

"이 섬에 정착한 이주민이에요."

"이주민이라면 우리를 불쌍히 여기고 도와줄 수 없을까?"

"조난자는 언제나 도움을 받을 권리가 있지요." 고든이 말했다. "잘 오셨어요."

고든의 신호에 따라 모코가 강기슭에 묶어 둔 보트에 타고 노를 저어 가서 두 사내를 태우고 돌아왔다.

아마 월스턴은 두 사람을 고를 수밖에 없었겠지만, 로크의 얼굴은 아무리 보아도 남에게 신뢰감을 줄 수 있는 얼굴이 아니었다. 좁은 이마와 넓은 뒤통수와 튀어나온 주걱턱은 그야말로 전형적인 악당의 얼굴이었다.

포브스는 케이트 말마따나 인간다운 감정이 완전히 사라지는 않은 듯, 로크보다는 나은 인상을 갖고 있었다. 아마 그 때문에 월스턴도 포브스를 로크에게 딸려 보냈을 것이다.

두 사내는 곧 프렌치 동굴로 안내되었다. 동굴 안으로 들어가자 두 사내는 역시 살피는 듯한 눈으로 둘러보았다. 고든은 그것을 놓치지 않았다. 두 사내는 소년들이 갖고 있는 온갖 무기와 창에 설치된 대포를 보고 상당히 놀란 눈치였다.

로크와 포브스가 조난에서 살아남은 이야기를 내일로 미루고 빨리 자고 싶다고 했기 때문에, 소년들도 조난자를 환영하는 이주민의 역할을 계속할 필요가 없었다.

로크와 포브스는 저장실로 안내되었다. 그들은 저장실 문이 강을 내려다보고 있는 것을 확인한 뒤, 방 안을 재빨리 둘러보았다. 물론 이 방에는 모코도 잘 테니까 단둘이 있는 것은 아니었다. 하지만 모코한테는 신경도 쓰지 않았다. 모코가 잠든 척 자기들을 감시하면 눈 깜짝할 사이에 목을 졸라 죽여 버릴 작정이었다. 약속된 시간에 로크와 포브스는 저장실 문을 열기로 되어 있었다. 그러면 네 명의 동료를 데리고 강둑에서 기다리고 있던 월스턴이 당장 프렌치 동굴로 쳐들어와 점령할 계획이었다.

9시쯤, 로크와 포브스가 잠들었다고 여겨질 무렵, 모코가 저장실로 들어와 바로 잠자리에 들었다. 언제라도 위급을 알릴 준비가 되어 있었다.

다른 소년들은 거실에 남아 있었다. 복도로 통하는 저장실

문이 닫히자 에번스와 케이트도 거실로 돌아왔다. 상황은 에번스가 예측한 대로 진행되고 있었다. 에번스는 월스턴이 침입할 기회를 엿보면서 프렌치 동굴 부근에 숨어 있을 거라고 생각했다.

"경계를 게을리하지 마!" 에번스가 말했다.

그러는 동안 두 시간이 지났다. 모코는 로크와 포브스가 계획을 내일로 미룬 게 아닐까 생각했다. 바로 그때 저장실 안쪽에서 희미한 소리가 나는 것을 듣고 모코는 흠칫 놀랐다.

천장에 매달린 등불이 방에 어슴푸레한 빛을 던지고 있었다. 그 불빛 속에서 로크와 포브스가 잠자리를 빠져나와 문쪽으로 살금살금 기어가는 것이 보였다.

그 문은 안쪽에 커다란 돌멩이를 쌓아 올려 튼튼하게 보강되어 있었다. 그래서 두 악당은 돌멩이를 하나씩 들어 올려 오른쪽 벽 앞에 늘어놓기 시작했다. 문 안쪽의 바리케이드는 몇 분 만에 완전히 치워졌다. 이제 빗장만 빼면 프렌치 동굴에는 누구나 마음대로 드나들 수 있다.

하지만 로크가 빗장을 빼고 문을 열려는 순간 손 하나가 로크의 어깨를 움켜잡았다. 로크가 돌아보니 등불 빛을 받은 에번스의 얼굴이 바로 눈앞에 있었다.

"에번스!" 로크가 소리쳤다. "네놈이 어떻게 여기……."

"모두 이리 와!" 에번스가 외쳤다.

소년들은 당장 저장실로 달려갔다. 우선 가장 힘이 센 백스터·윌콕스·도니펀·브리앙이 포브스를 잡아 눌러 꼼짝 못하게 했다.

로크는 재빨리 에번스를 밀치고 칼을 휘둘렀다. 칼은 에번스의 왼팔을 가볍게 스쳤다. 로크는 열린 문으로 뛰쳐나갔다. 하지만 로크가 열 걸음도 채 달리기 전에 총성이 울렸다.

에번스가 총을 쏜 것이다. 하지만 총알은 로크한테 빗맞은 모양이다. 비명 소리가 들리지 않았기 때문이다.

"제기랄! 놓쳐 버렸어!" 에번스가 소리를 질렀다. "하지만 한 놈은…… 어쨌든 적을 한 놈은 줄일 수 있겠군!"

에번스는 단검을 든 손을 치켜들었다.

"제발 살려 줘. 목숨만 살려 줘."

소년들 손에 붙잡혀 바닥에 짓눌린 사내는 처량한 소리로 애원했다.

"그래요. 살려 줍시다. 에번스!" 케이트도 에번스와 포브스 사이에 끼어들면서 말했다. "이 사람을 용서해 줘요. 내 목숨을 구해 주었으니까."

"좋아요!" 에번스가 대답했다. "당신 말대로 하죠. 적어도 당분간은!"

포브스는 손발이 꽁꽁 묶인 채 고방에 갇혔다.

소년들은 저장실 문을 닫아걸고 돌멩이로 바리케이드를 쌓은 다음, 날이 밝을 때까지 경계 태세를 늦추지 않았다.

28장

프렌치 동굴에 위험이 닥치다

월스턴은 계략이 실패했기 때문에 이제 힘으로 프렌치 동굴을 점령하려 할 것이다. 에번스의 총알을 용케 피한 로크는 벌써 동료들한테 돌아갔을 것이고, 계략이 들통난 이상 문을 부수고 프렌치 동굴로 쳐들어갈 수밖에 없다고 보고했을 것이다.

날이 밝자마자 에번스와 브리앙·도니펀·고든은 조심스럽게 거실에서 나왔다. 에번스는 우선 땅바닥에 사람 발자국이 남아 있는지 조사해 보았다. 발자국은 많이 발견되었다. 어젯밤 월스턴 일당이 강가에까지 와서 저장실 문이 열리기를 초조하게 기다리며 서성거린 것을 분명히 보여 주었다.

모래 위에는 핏자국이 하나도 보이지 않았다. 그것은 에번스가 쏜 총알이 로크에게 상처 하나 입히지 못했음을 말해 주는 증거였다.

그런데 한 가지 의문이 생겼다. 월스턴은 로크와 포브스처럼 호수 남쪽을 돌아 프렌치 동굴로 왔을까, 아니면 호수 북쪽에서 내려왔을까. 북쪽에서 내려왔다면, 로크는 일당을 만나기 위해 덫숲 쪽으로 달아났을 것이다.

이 점을 확인할 필요가 있었기 때문에, 월스턴이 어느 쪽에서 왔는지 알기 위해 포브스를 심문하기로 했다. 에번스는 포브스를 가두어 둔 고방 문을 열고 손발을 풀어 준 뒤 거실로 데려왔다.

"이봐, 포브스." 에번스가 말을 꺼냈다. "로크와 네가 생각한 계략은 실패로 끝났어. 너는 월스턴의 계획이 어떤 것인지 알고 있겠지. 대답해 봐."

포브스는 고개를 숙이고 있었다.

케이트가 입을 열었다.

"포브스, 당신은 '세번호'에서 살인이 벌어졌을 때 동료들을 설득해서 나를 살려 주었어요. 조금은 동정심이 남아 있다는 것을 보여 주었죠. 당신은 어젯밤 죽어도 어쩔 수 없었는데, 이 아이들은 당신을 살려 주었어요. 당신 마음에서 양심이 완전히 사라지지는 않았잖아요! 나쁜 짓은 지금까지 실컷 했으니까, 이제부터는 좋은 일을 하려고 생각해도 되잖아요!"

숨 막힌 듯한 한숨이 포브스의 입에서 새어 나왔다.

"도대체 내가 뭘 할 수 있다는 거지?" 포브스가 우물거리는 목소리로 대답했다.

"어젯밤에 어떤 계획을 세웠는지, 앞으로는 어떻게 할 예정인지 말해 주면 돼. 월스턴 일당은 어느 길로 여기까지 왔지?" 에번스가 질문을 계속했다.

"호수 북쪽에서." 포브스가 대답했다.

"로크와 너는 남쪽으로 돌아서 왔지?"

"그래."

"섬의 다른 곳도 조사했나? 서쪽은 어때?"

"아직."

"지금은 어디 있지?"

"몰라."

"또 알고 있는 건 없어?"

"없어, 에번스. 난 아무것도 몰라."

포브스한테서는 더 이상 정보를 끌어낼 수 있을 것 같지 않았다. 그래서 에번스는 포브스를 다시 고방에 가두고 밖에서 문에 단단히 빗장을 질렀다.

상황은 여전히 심각했다. 점심을 먹은 뒤 에번스는 덫숲까지 정찰하러 갈 계획을 소년들에게 털어놓았다. 월스턴 일당이 아직 프렌치 동굴 부근에 있는지 어떤지를 알 필요가 있다고 에번스는 생각했다. 소년들은 두말없이 이 제안을 받아들이고, 만반의 준비를 갖추었다.

　포브스가 붙잡혔으니까 월스턴 일당은 이제 여섯 명으로 줄었다. 반면에 식민지에는 열다섯 명의 소년이 있고, 케이트와 에번스를 포함하면 모두 열일곱 명이다. 하지만 전투에 직접 참가할 수 없는 아이들은 셈에서 빼야 한다.

　상급생인 브리앙과 고든·도니펀·크로스·서비스·웨브·윌콕스·가넷은 에번스와 동행하기로 했다. 여덟 명의 소년이 건장하고 난폭한 여섯 사내와 맞서는 것은 공평한 승부라고 말할 수 없을 것이다. 하지만 소년들은 저마다 총이나 권총을 한 자루씩 갖고 있는 반면, 월스턴 일당은 '세번호'에서 가져온 총 다섯 자루를 갖고 있을 뿐이다. 따라서 이런 조건이라면 멀리 떨어져 싸우는 게 소년들에게 훨씬 유리할 것 같았다. 도니펀과 윌콕스와 크로스의 총솜씨는 악당들보다 훨씬 뛰어났기 때문이다. 게다가 소년들은 탄약도 충분히 갖고 있었지만, 에번스의 말에 따르면 월스턴 일당의 탄약은 조금밖에 남지 않았다고 한다.

　오후 2시에 에번스의 지휘 아래 정찰대가 편성되었다. 백스터·자크·모코·케이트와 두 꼬마는 프렌치 동굴에 틀어박힌 채 문을 모두 닫아걸었다. 다만 만약의 경우 정찰대가 급히 피난할 수 있도록 바리케이드는 쌓지 않았다.

　에번스와 소년들은 오클랜드 언덕 기슭을 따라 조심스럽게 걸음을 옮겼다. 덤불과 울창한 나무 덕분에 모습을 드러내지 않고 숲에 도착할 수 있었다.

프랑스인 조난자의 유골이 묻혀 있는 작은 무덤을 지나자, 에번스는 숲을 비스듬히 가로질러 패밀리 호수 쪽으로 가까이 가는 게 좋겠다고 판단했다.

고든은 판이 제멋대로 뛰쳐나가지 못하게 하려고 애썼지만 뜻대로 되지 않았다. 판은 귀를 쫑긋 세우고 코를 땅바닥에 대고 무언가를 찾고 있는 것 같았다. 이윽고 판이 발자국 같은 것을 발견했다.

"조심해!" 브리앙이 말했다.

"알았어." 고든이 대답했다. "이건 짐승 발자국이 아니야. 판의 태도를 봐!"

"풀숲으로 들어가자." 에번스가 말했다.

잠시 후 정찰대는 덤불 가장자리에 도착했다. 그곳에 타다 남은 삭정이와 아직 다 식지 않은 재가 남아 있었다. 누군가가 쉬다가 방금 떠난 흔적이었다.

"월스턴 일당은 여기서 하룻밤을 보낸 게 분명해." 고든이 말했다.

그 말이 끝나기도 전에 오른쪽에서 총성이 울렸다. 총알하나가 브리앙의 머리를 스치고, 그가 기대서 있던 나무줄기에 박혔다.

거의 동시에 또 한 발의 총성이 울리더니, 곧이어 비명소리가 들렸다. 쉰 걸음쯤 떨어진 나무 그늘에 검은 그림자 같은 것이 털썩 쓰러졌다. 첫 번째 사격으로 연기가 피어오른 곳을 향해 도니펀이 총을 쏜 것이다.

잠시 후 그들은 풀숲 속에 쓰러져 있는 사내를 둘러쌌다.

"파이크야." 에번스가 말했다. "죽었군. 어쨌든 적이 한 놈 줄었어."

"다른 놈들도 멀리 있지는 않을 겁니다." 고든이 말했다.

"물론이지. 그러니까 모습을 보이면 곤란해. 무릎을 꿇고 고개를 숙여!"

이번에는 왼쪽에서 세 번째 총성이 울렸다. 서비스가 재빨리 고개를 숙이지 않았기 때문에 총알이 서비스의 이마를 스쳤다.

"다쳤니?" 고든이 소리치며 서비스에게 달려왔다.

"괜찮아. 살짝 스쳤을 뿐이야." 서비스가 대답했다.

에번스와 소년들은 풀숲에 몸을 웅크리고 밀집 대형을 갖춘 채, 어느 쪽에서 공격해 와도 반격할 수 있는 태세를 갖추었다.

그때 갑자기 가넷이 소리를 질렀다.

"브리앙은 어디 있지?"

"아까부터 안 보여!" 윌콕스가 말했다.

판이 더욱 격렬하게 짖어 대면서 숲속으로 들어가고 있었다.

"브리앙! 브리앙!" 도니펀이 불렀다.

소년들은·모두 충동적으로 판을 따라 달려갔다. 그들은 이 나무에서 저 나무로 몸을 숨기면서 나아갔다.

"조심하세요, 아저씨!" 갑자기 크로스가 외치고는 땅바닥에 몸을 던져 납작 엎드렸다.

에번스는 본능적으로 고개를 숙였다. 그 순간 총알이 머리 위를 아슬아슬하게 스치고 지나갔다. 그가 다시 고개를 들었을 때 악당 한 놈이 숲속으로 도망치는 게 보였다. 어젯밤에 놓친 로크였다.

"이번에는 네 차례다, 로크!" 에번스가 외쳤다.

그러고는 총을 쏘았지만, 로크는 발밑의 땅이 갑자기 꺼져 버린 것처럼 순식간에 모습을 감추었다.

이런 일은 모두 순식간에 일어났다. 가까운 곳에서 느닷없이 개 짖는 소리가 들렸다. 거의 동시에 도니펀의 목소리가 울려 퍼졌다.

"힘내, 브리앙! 힘내!"

에번스와 다른 소년들은 도니펀의 목소리가 들려온 쪽으로 달려갔다. 스무 걸음쯤 떨어진 곳에서 브리앙이 코프와 격투를 벌이고 있었다. 그 악당은 브리앙을 땅바닥에 쓰러뜨리고 단검으로 찌르려고 했다. 위기일발의 순간, 도니펀이 코프에게 덤벼들었다. 권총을 빼 들 겨를도 없었다.

단검이 도니펀의 가슴에 박혔다. 도니펀은 비명도 지르지 못하고 그 자리에 쓰러졌다.

코프는 에번스와 가넷과 웨브가 도망칠 길을 막으려 하는 것을 알아차리고는 북쪽으로 달아나기 시작했다. 그 악당을 향해 몇 발의 총알이 일제히 날아갔다. 하지만 코프는 모습을 감추어 버렸다. 판도 코프를 따라잡지 못하고 되돌아왔다.

브리앙은 땅에서 일어나자마자 도니펀에게 달려가 머리를 끌어안고 정신을 차리게 하려고 애썼다.

하지만 불행히도 도니펀은 가슴을 찔려 버렸다. 어쩌면 치명상일지도 모른다. 눈은 감겨 있고, 얼굴은 밀랍처럼 새하얗다. 몸은 꼼짝도 하지 않았고, 브리앙이 부르는 소리도 들리지 않는 모양이었다.

에번스는 도니펀의 몸 위에 허리를 굽히고는 윗옷을 벌리고 피에 물든 셔츠를 찢었다. 왼쪽 가슴의 네 번째 갈비뼈에 작은 세모꼴 상처가 나 있고, 거기서 피가 흘러나오고 있었다.

"동굴로 옮기자!" 고든이 말했다. "거기 가지 않으면 치료할 수가 없어."

"도니펀을 살려야 해." 브리앙이 외치듯이 말했다. "아아, 도니펀! 나를 위해서 그런 위험을 무릅쓰다니!"

도니펀의 상태가 심각했기 때문에, 몸이 흔들리지 않도록 조심스럽게 운반할 필요가 있었다. 그래서 가넷과 서비스가 서둘러 나뭇가지로 들것을 만들어 도니펀을 그 위에 눕혔지만, 도니펀은 여전히 의식을 되찾지 못했다. 네 소년이 조용히 들것을 들어 올렸고, 나머지 사람들은 총을 손에 들고 들것을 에워쌌다.

일행은 곧장 오클랜드 언덕 기슭까지 돌아왔다. 호숫가를 따라 내려가는 것보다 벼랑을 따라가는 게 안전했다. 이제 프렌치 동굴까지는 천 걸음도 남지 않았다. 그때 갑자기 뉴질랜드강 쪽에서 외침 소리가 들려왔다. 판이 그쪽으로 달려갔다.

월스턴과 브랜트와 쿡이 프렌치 동굴로 쳐들어온 게 분명했다.

나중에 알았지만 그때의 상황은 이러했다.

로크와 코프와 파이크가 덤불숲에 숨어서 에번스가 이끄는 정찰대를 유인하는 사이에 월스턴과 브랜트와 쿡은 징검다리 개울의 마른 냇바닥을 거슬러 올라가 오클랜드 언덕 위로 올라갔다. 그러고는 벼랑 위를 지나 뉴질랜드강둑으로 통하는 골짜기를 따라서 프렌치 동굴의 저장실 입구 근처로 내려갔다. 거기까지만 가면, 바리케이드가 없는 문을 부수고 쳐들어가는 것은 간단했다.

에번스는 재빨리 결단을 내렸다. 크로스와 웨브와 가넷을 도니펀 곁에 남겨 두고, 고든·브리앙·서비스·윌콕스와 함께 지름길을 따라 동굴로 달려갔다. 몇 분 만에 그들은 운동장이 보이는 곳에 이르렀다. 거기서 그들의 눈에 들어온 광경은 모든 희망을 앗아가 버렸다.

월스턴이 거실에서 한 아이를 붙잡아 강 쪽으로 끌고 가는 참이었다. 그 아이는 자크였다. 케이트가 월스턴에게 덤벼들어 자크를 빼앗으려고 했지만 소용이 없었다.

잠시 후, 이번에는 브랜트가 어린 코스타를 안고 거실에서 나와 역시 강 쪽으로 데려가려고 했다. 그러자 백스터가 뛰쳐나와 브랜트에게 덤벼들었지만, 브랜트의 발길에 채어 땅바닥에 고꾸라졌다.

돌과 젠킨스와 아이버슨은 보이지 않았다. 모코도 보이지 않았다. 동굴 안에서 이미 죽었는지도 모른다.

그러는 동안에도 월스턴과 브랜트는 강 쪽으로 성큼성큼 다가가고 있었다. 쿡이 동굴 안에 넣어 둔 보트를 끌어낸 것이다. 악당들이 강을 건너 버리면 도저히 따라잡을 수 없게 된다.

그래서 에번스와 브리앙·고든·크로스·윌콕스는 미친 듯이 달렸다. 악당들이 강을 건너 안전지대로 달아나기 전에 운동장에 도착해야 한다. 지금 있는 곳에서 악당들에게 총을 쏘면 자크나 코스타도 총에 맞을 위험이 있었다.

하지만 판이 이미 악당들을 따라잡았다. 판은 브랜트에게 덤벼들어 목을 물고 늘어졌다. 브랜트는 개를 떨쳐 내려고 할수없이 코스타를 놓아주었다. 그러는 동안에도 월스턴은 자크를 보트 쪽으로 질질 끌고 갔다.

그때 갑자기 한 사내가 거실에서 뛰쳐나왔다. 포브스였다.

"이쪽이야, 포브스! 빨리 와! 빨리!" 월스턴이 소리쳤다.

에번스는 걸음을 멈추고 총을 조준했다. 그때 포브스가 월스턴에게 덤벼드는 것이 보였다.

월스턴은 뜻밖의 공격에 허를 찔려, 저도 모르게 자크의 손을 놓아 버렸다. 하지만 돌아서면서 단검을 휘둘러 포브스를 찔렀다. 포브스는 월스턴의 발치에 쓰러졌다.

순식간에 일어난 일이었다. 월스턴은 다시 자크를 붙잡아 보트로 끌고 가려고 했다. 그러나 월스턴은 자크를 붙잡을 수 없었다. 권총을 몰래 지니고 있던 자크가 월스턴의 가슴팍에다 총알을 박아 넣었기 때문이다. 월스턴은 중상을 입고 동료들 쪽으로 기어갔다. 두 부하는 두목을 부축하여 보트에 태우고 힘껏 배를 밀어냈다.

그 순간 무시무시한 소리가 울려 퍼지더니 산탄이 비오듯 쏟아져 강물을 때렸다.

모코가 저장실 창에서 대포를 쏜 것이다.

이리하여 덤숲 속으로 사라진 두 악당을 빼면 체어먼섬은 '세번호'의 살인자 일당한테서 해방되었다.

29 장

체어먼섬을 떠나다

체어먼섬의 소년들에게 새로운 시대가 시작되었다.

지금까지는 위험한 상황에서 생활을 안정시키기 위해 싸웠지만, 이제는 섬을 떠날 준비를 하면서 가족과 고향으로 돌아가기 위해 마지막 노력을 기울이게 되었다.

악당들과 싸우는 동안 온갖 사건이 잇따라 일어나 격렬한 흥분에 사로잡힌 뒤였기 때문에, 소년들이 허탈감에 빠진 것은 자연스러운 반응이었다. 모두가 이 믿기 어려운 승리에 압도당한 듯했다. 위험이 사라지자, 그것은 생각했던 것보다 훨씬 큰 위험이었던 듯이 여겨졌다.

전투의 영웅들은 당연한 칭찬을 받았다. 모코는 때를 잘 맞춰서 대포를 쏘았다. 자크는 침착하게 권총으로 월스턴을 쏘았다.

판까지도 칭찬을 듬뿍 받았다. 모두 판의 머리를 쓰다듬어 주었고, 모코는 커다란 뼈다귀를 상으로 주었다.

모코가 대포를 쏜 뒤, 브리앙은 들것을 지키고 있는 소년들에게 서둘러 돌아갔다. 잠시 후 도니펀은 의식을 되찾지 못한 채 프렌치 동굴로 돌아왔다. 에번스는 포브스를 저장실의 간이침대에 눕혔다. 케이트와 에번스가 밤새도록 두 부상자 곁에 붙어 앉아 보살폈다.

도니펀이 중상을 입은 것은 한눈에 알 수 있었다. 그래도 상당히 규칙적으로 숨을 쉬는 것으로 보아, 코프의 단검이 폐에 닿지는 않은 모양이었다. 케이트는 상처를 치료하기 위해 미국 서부에서 자주 쓰이는 나뭇잎을 이용했다. 그것은 뉴질랜드강기슭에 자라는 오리나무 잎이었다. 그 잎을 으깨서 상처에 붙이면 곪는 것을 막는 효과가 있었다. 하지만 월스턴의 칼에 배를 찔린 포브스에게는 이 고약도 효과가 없었다. 포브스는 자신이 치명상을 입은 것을 알아차리고 있었다. 의식을 되찾았을 때 포브스는 옆에서 자기를 치료해 주고 있는 케이트에게 중얼거렸다.

"고맙습니다, 케이트! 정말 고마워요. 하지만 치료해도 소용없습니다. 나는 이제 틀렸어요."

그의 눈에서 눈물이 흘러내렸다.

"희망을 가지게, 포브스." 에번스가 포브스를 격려해 주었다. "자네는 이미 죄값을 치렀어. 틀림없이 살 수 있을 거야."

하지만 그렇게 되지 않았다. 이 불운한 사내는 죽어가고 있었다. 정성껏 간호했지만 그의 상태는 눈에 띄게 나빠졌다. 새벽 4시쯤 그는 죄를 회개하고, 신에게 용서를 빌면서 죽어 갔다. 그는 고통도 없이 숨을 거두었다.

이튿날 에번스와 소년들은 프랑스인 조난자가 잠들어 있는 무덤 옆에 구덩이를 파고 포브스를 묻었다. 이제는 두 십자가가 두 무덤이 있는 곳을 나타내고 있었다.

그러나 로크와 코프가 아직 살아 있다면 위험은 여전히 남아 있는 셈이었다. 그래서 에번스는 고든·브리앙·백스터·윌콕스와 함께 총을 들고 덤숲을 수색하러 갔다. 판도 데려 갔다. 발자국을 찾을 때는 개의 후각에 의존하는 것이 상책이다.

이 수색은 어렵지도 않았고, 오래 걸리지도 않았다. 덤숲 덤불에 묻은 핏자국은 코프가 지나간 길을 알려 주었다. 코프는 총에 맞은 곳에서 수백 걸음 떨어진 곳에 시체가 되어 누워 있었다. 전투가 시작되자마자 죽은 파이크의 시체도 그 자리에 남아 있었다.

로크는 마치 땅이 꺼진 것처럼 갑자기 사라졌는데, 에번스는 이제야 그 이유를 알 수 있었다. 그 악당은 치명상을 입은 뒤, 윌콕스가 전에 파 놓은 함정 속으로 굴러떨어진 것이다.

에번스와 소년들은 세 악당의 주검을 그 함정에 묻고, 무덤도 만들어 주었다.

이튿날 에번스와 고든·브리앙·백스터는 당장 실행에 옮겨야 할 계획을 의논했다. 무엇보다 중요한 일은 '세번호'의 구명정을 되찾는 것이다.

월스턴 일당이 탄 보트는 뉴질랜드강의 강물이 소용돌이치고 있는 곳에서 발견되었는데, 산탄은 보트 위를 스쳐 지나갔을 뿐이어서 배는 전혀 손상되지 않았다. 그래서 구명정을 수리하는 데 필요한 연장과 식량, 탄약과 총을 이 보트에 실었다.

12월 6일 아침, 보트는 비스듬히 뒤쪽에서 불어오는 산들바람을 받으며 에번스의 지휘 아래 호숫가를 떠났다. 보트는 상당히 빠른 속도로 호수를 건넜다.

구명정은 동강이 바다와 만나는 개어귀에서 그리 멀지 않은 곰바위 옆 모래톱에 누워 있었다.

에번스가 말했다.

"월스턴은 이 배를 세번 해안에서 곰바위까지 끌고 왔으니까, 이곳에서 뉴질랜드강까지 끌고 갈 수도 있을 거야. 거기서는 훨씬 편하게 일할 수 있어. 수리가 끝나면 프렌치 동굴을 떠나 슬루기만으로 나가서 바다를 건너는 거야."

그날 밤은 동굴 속에서 조용히 보냈다. 도니펀과 세 소년이 처음 실망만을 탐험할 때 잠자리로 삼은 동굴이었다.

이튿날 새벽, 에번스와 브리앙과 백스터는 구명정을 보트 뒤에 묶고 밀물을 탔다. 보트는 오후 5시쯤 패밀리 호수에 도착했다.

이런 상태로 밤중에 호수를 건너는 것은 무모하다고 에번스는 판단했다. 세 사람은 그곳에서 야영을 하기로 했다. 저녁을 먹은 다음, 너도밤나무 줄기에 머리를 기대고 곤히 잠들었다. 발치의 모닥불은 탁탁 소리를 내면서 아침까지 계속 타올랐다.

아침 해가 호수를 비추기 시작하자마자 에번스가 소리쳤다.

"어서 배에 타!"

예상대로 해가 뜨자마자 북동풍이 불기 시작했다. 프렌치 동굴로 돌아가기에는 더없이 좋은 바람이었다.

돛이 펼쳐졌다. 보트는 뱃전까지 물에 잠긴 구명정을 끌고 뱃머리를 서쪽으로 돌렸다.

오후 3시쯤, 드디어 오클랜드 언덕이 서쪽에 나타났다. 5시쯤 보트와 구명정은 뉴질랜드강으로 들어가 낮은 강기슭에 도착했다. 만세 소리가 에번스 일행을 맞이했다. 프렌치 동굴에서는 에번스 일행이 며칠 뒤에나 돌아올 줄 알고 있었다.

그들이 없는 동안 도니펀의 상태가 다소 좋아져 있었다. 그는 브리앙의 손을 맞잡아 반응을 보일 수도 있게 되었다. 폐는 전혀 다치지 않았기 때문에 숨을 쉬기도 한결 편해졌다. 케이트가 두 시간마다 고약을 갈아 준 덕에 상처도 아물어 가고 있었다.

이튿날부터 당장 구명정을 수리하는 작업이 시작되었다. 우선 배를 뭍으로 끌어 올리기 위해 모두 팔을 걷어붙였다. 에번스는 훌륭한 선원일 뿐만 아니라 훌륭한 목수이기도 했기 때문에, 배를 수리하는 일에도 훤했다. 자재와 도구는 충분했다.

뱃머리 쪽에만 있던 갑판을 선체의 3분의 2쯤 되는 곳까지 연장하여, 날씨가 나쁠 때는 모두 갑판 밑으로 들어가 비바람을 피할 수 있게 했다. '슬루기호'의 돛대가 구명정의 주돛대로 이용되었다. 케이트는 에번스의 지시에 따라 '슬루기호'의 예비돛을 잘라서 뱃머리 돛과 삼각돛, 고물에 달 보조돛을 만들었다.

이런 작업은 한 달 남짓 지난 1월 8일에야 겨우 마무리되었다. 이제는 자질구레한 뒷마무리가 남아 있을 뿐이었다.

한 가지 말해 두어야 할 것은, 배를 수리하는 작업이 한창일 때 크리스마스와 1862년 새해 첫날을 축하하는 파티가 성대하게 열렸다는 사실이다. 소년들은 그것이 체어먼섬에서 맞는 마지막 새해가 되기를 간절히 소망했다.

이 무렵 도니펀은 아직 쇠약하긴 했지만 많이 회복되어, 거실에서 나올 수도 있게 되었다. 이제 상처가 덧날 염려는 없었지만, 그래도 친구들은 도니펀이 몇 주의 항해를 견딜 수 있을 만큼 건강해질 때까지 출발을 미룰 생각이었다.

월콕스와 크로스와 웨브는 남늪과 덧숲에서 다시 사냥을 시작했다. 고든은 여전히 탄약을 아끼라고 잔소리를 했지만, 이제 사냥꾼들은 덫이나 올무를 쓰지 않았다. 그래서 여기저 기서 총소리가 들리고, 모코의 식료품 창고에는 신선한 고기 가 잔뜩 쌓였다. 덕분에 항해용 통조림을 축내지 않고 비축 해 둘 수 있었다.

1월의 마지막 열흘 동안, 에번스는 배에 짐을 실었다. 물론 소년들은 '슬루기호'에서 가져온 물건을 모두 가져가고 싶어 했지만, 다 실을 공간이 없었기 때문에 일부만 골라서 실을 수밖에 없었다.

우선 고든은 '슬루기호'에서 모아 둔 돈을 가져가기로 했 다. 모코는 17명분의 식량을 준비했다.

그리고 남은 탄약과 총기류는 갑판 밑 짐칸에 실었다.

브리앙은 갈아입을 옷 한 벌, 책꽂이에 있는 대부분의 책, 취사도구, 그리고 항해에 필요한 기구들(선박용 시계, 망원 경, 나침반, 속도 측정기, 신호등, 고무보트 등)을 가져가기 로 했다. 월콕스는 그물과 낚싯대 중에서 항해하는 동안 낚 시도구로 쓸 만한 것을 골랐다.

고든은 뉴질랜드강에서 길어온 단물을 여남은 개의 작은 통에 담았다. 이 물통은 배 밑바닥의 용골을 따라 가지런히 늘어놓았다. 남은 브랜디와 알가로브 열매로 담근 술도 잊지 않고 실었다.

출발일은 2월 5일로 결정되었다.

떠나기 전날, 고든은 기르던 가축들을 모두 풀어 주었다. 과나코와 비쿠냐, 그리고 능에를 비롯한 새들은 지금까지 돌봐 주어서 고맙다는 인사도 없이 앞다투어 달아나 버렸다. 어떤 녀석은 쏜살같이 달려 나갔고, 어떤 녀석은 날개를 파닥거리며 곧장 날아올랐다.

이튿날 소년들은 배에 올라탔다. 프렌치 동굴에서 쓰던 보트는 구명정의 꽁무니에 매달아 끌고 가기로 했다. 에번스는 그 보트를 거룻배로 이용할 작정이었다.

구명정을 강가에 묶어 둔 밧줄을 풀기 전에 브리앙과 소년들은 프랑수아 보두앵과 포브스의 무덤을 마지막으로 참배하여, 마지막 기도와 함께 작별 인사를 했다.

도니펀은 고물에서 키를 잡을 에번스 옆에 앉았다. 뱃머리에서는 브리앙과 모코가 돛의 방향을 바꾸는 밧줄을 잡고 있었다. 나머지 소년들과 판은 마음대로 갑판 앞쪽에 자리를 잡았다.

밧줄이 풀리고 노가 물을 때렸다.

모두 만세 삼창을 외쳤다. 그들을 따뜻하게 맞아 준 거처, 오랫동안 그들에게 피난처를 제공해 준 프렌치 동굴을 향해 만세를 불렀다. 오클랜드 언덕이 강변에 우거진 나무들 뒤로 사라지는 것을 보았을 때 소년들은 가슴이 뭉클해졌다.

배는 뉴질랜드강을 따라 내려갔다.

배가 어귀에 도착했을 때는 밤이 이슥해져 있었다. 어둠 속에서 암초 지대를 지나는 것은 위험했기 때문에, 신중하고 노련한 선원인 에번스는 내일 동이 트기를 기다려 바다로 나가기로 했다.

조용한 밤이었다. 바람은 저물녘부터 잔잔해져 있었다. 해변에 사는 바다제비와 바다오리 같은 물새들이 둥지로 돌아가 버리자 슬루기만은 깊은 적막에 휩싸였다.

날이 밝자마자 에번스는 앞 돛과 보조돛과 삼각돛까지 모두 펴게 했다. 배는 믿음직한 갑판장의 지휘 아래 뉴질랜드 강에서 바다로 나갔다.

그 순간, 소년들은 모두 오클랜드 언덕으로 눈길을 돌렸다. 그리고 슬루기만의 마지막 암초를 바라보았다. '미국곶'을 돌아 넘자 그 암초도 보이지 않게 되었다.

여덟 시간 뒤, 배는 케임브리지섬의 해변을 따라 체어먼섬의 남곶을 돌아서 애들레이드 군도 사이로 들어갔다.

마침내 고향으로 돌아오다

2월 11일, 보트는 여전히 순풍을 받으며 마젤란 해협으로 들어갔다.

배 안에서는 모든 게 순조롭게 돌아가고 있었다. 도니펀의 건강에는 바다 냄새를 머금은 공기가 무엇보다 좋았던 모양이다. 도니펀은 잘 먹고 잘 잤다. 친구들과 다시 로빈슨 크루소 같은 생활을 할 기회가 오면 다시 배에서 내려도 좋다고 큰소리칠 만큼 건강해졌다.

2월 13일 아침, 뱃머리에 서 있던 서비스가 소리쳤다.

"오른쪽에 연기가 보인다!"

"어부들이 때고 있는 모닥불 연기가 아닐까?" 고든이 물었다.

"아니야! 저건 기선의 연기야!" 에번스가 대답했다.

실제로 그쪽에 있는 육지는 너무 멀어서 모닥불 연기가 보일 리가 없었다.

브리앙은 앞 돛대로 달려가 꼭대기로 올라갔다.

"배다! 기선이야!"

곧 기선이 보이기 시작했다. 그것은 900톤급 기선이었고, 시속 20킬로미터 정도의 속도로 달리고 있었다.

배에서 만세 소리가 일어났다. 동시에 신호용 총성도 울려 퍼졌다.

기선 쪽에서도 구명정을 발견했다. 10분 뒤, 구명정은 기선 '그래프턴호' 옆에 닿았다. 그 기선은 오스트레일리아로 가는 길이었다.

'그래프턴호'의 톰 롱 선장은 '슬루기호'의 모험담을 듣게 되었다. 그런데 '슬루기호'가 행방불명된 사건은 영국과 미국에서도 큰 화젯거리가 되어 있었다. 톰 롱 선장은 구명정에 탄 사람들을 서둘러 자기 배에 태웠다.

'그래프턴호'는 2월 25일 오클랜드항에 닻을 내렸다. 체어먼 기숙학교의 학생 15명이 뉴질랜드에서 7,200킬로미터나 떨어진 곳까지 표류한 지 2년째 되는 날을 며칠 앞둔 날이었다.

살아 돌아온 아이들을 만난 가족들의 기쁨은 말로는 도저히 표현할 수 없었다. 가족들은 아이들이 태평양의 거친 파도에 휩쓸려 물귀신이 되어 버렸다고 믿고 있었다. 하지만 폭풍에 밀려 남아메리카 해역까지 떠내려간 소년들은 한 명도 빠짐없이 모두 무사히 돌아왔다.

'그래프턴호'가 조난한 소년들을 데려왔다는 소식은 순식간에 오클랜드 전역으로 퍼져 갔다. 소년들이 부모의 품에 안겼을 때, 오클랜드 시민들은 모두 항구로 달려 나와 환성을 지르고 박수를 보냈다.

이 소식은 전 세계로 퍼졌고, 체어먼섬에서 무슨 일이 있었는지를 많은 사람이 알고 싶어 했다. 여기에 부응하기 위해, 이듬해에는 벡스터가 프렌치 동굴에서 꼼꼼하게 기록한 일기가 '2년 동안의 방학'이라는 제목으로 출간되었고, 세계 각국에서도 번역 출간되어 베스트셀러가 되었다.

이 이야기에서는 다음과 같은 교훈을 얻을 수 있을 것이다.

어린 학생들이 이 책에 묘사된 것과 같은 방학을 보낼 염려는 또 없겠지만, 어떤 위험한 상황에 놓이더라도 질서와 열성과 용기를 가지면 얼마든지 헤쳐 나갈 수 있다는 것이다. 특히 조난한 '슬루기호'의 소년들이 온갖 시련과 고난을 겪으면서 단련되었기 때문에, 고국으로 돌아왔을 때 하급생은 상급생처럼, 상급생은 어른처럼 성숙해 있었다는 점도 잊지 말기 바란다.